Geitau
Osterhofen
Seeberg
Dürrmiesing
miesing
d
Maroldschneid
Sillberg
Aderspitz
Auerberg
Hausberg

KONRAD ESTERL

Wann I geh' auf die Pirsch

KONRAD ESTERL

Wann I geh' auf die Pirsch

NEUMANN-NEUDAMM

2. Auflage

ISBN 978-3-7888-1192-1

Schwalbenweg 1, 34212 Melsungen
Tel. 05661-9262-0, Fax 05661-9262-20
www.neumann-neudamm.de, info@neumann-neudamm.de

Printed in the European Community
Satz/Layout: J. Neuman-Neudamm AG
Bildnachweis: Alle Abbildungen aus dem Archiv des Verfassers.
Titelbild: Unter Verwendung eines Kunstwerkes von Karl Wiedemann
Druck und Weiterverarbeitung: Druckerei Bercker, Kevelaer

Inhaltsverzeichnis

Zum Geleit

Als Söhne eines Berufsjägers werden wir immer wieder gefragt, wo wir zum „Jagern“ gehen.

Die Antwort, man jage überhaupt nicht, löst bereits Erstaunen aus. Ein heftiges Kopfschütteln, mit dem Zusatz, „das gibt es doch gar nicht“, erleben wir beide sehr oft im Gespräch mit Waidmännern.

Mein Bruder Hubert und ich saugten quasi schon mit der Muttermilch den hohen Wert der Jagd auf. Der Respekt vor der Kreatur stand dabei im Mittelpunkt des jagdlichen Schaffens unseres Vaters. Dies bedeutet, sich und seine Arbeit zum Wohl des Wildes und des Waldes zur Verfügung zu stellen. Im Winter das Rot- und Rehwild füttern, im Frühjahr auf Stangensuche gehen und die Hahnenbalz zu erleben, im Sommer das Kahlwild jagen und Jagdgäste auf Gams und Hirsch führen und im Herbst die Hirsch- und Gamsbrunft zu erleben; all dies beherrschte unser Familienleben. Wobei der Abschuss immer sekundär war.

Und wir Buben halfen mit: Ob bei der Hirschfütterung, beim Liefern des Wildes, beim Stangensuchen oder beim Bau von Kanzeln und Hochständen. Und wir wollten Jäger werden!

Dann kam eine schwierige Zeit. Das Wild war plötzlich ein Umweltfaktor, der störte. Um den Bestand des Wildes stark zu reduzieren, wurden sehr rohe und für uns Buben unverständliche Jagdmethoden angewandt, und die erlernten Werte kamen plötzlich ins Wanken. Unser Vater konnte auf einmal die Jagd nicht mehr erklären und er litt am meisten unter diesen Umständen. Nach vielen Jahren ließ er sich aus seinen geliebten Bergen in den Ebersberger Forst versetzen. Und wir beide wollten keine Jäger mehr werden.

Jagd kann man nicht erklären, sondern nur erleben. Aber wir haben die Jagd als Gleichung Wald und Wild, geprägt vom Respekt vor der Kreatur und vom nachhaltigen Denken kennen gelernt. Denn genau dafür steht unser Vater.

Und was ist bei uns von der Jagd hängen geblieben? Wir beide sind immerhin zwei passionierte Fliegenfischer geworden und verbringen gerne unsere Zeit in der Natur.

In Gesprächen mit Jägern glänzen wir mit unserem Fachwissen und gehen als Waidmänner glatt durch.

Hubert & Thomas Esterl

Vorwort

Über fünfzig Jahre gehe ich schon zum „Jagern“, und davon war ich vierzig Jahre Berufsjäger. Es war mir vergönnt, große, klassische und herrliche Reviere zu betreuen. Sowohl im Flachland als auch im Hochgebirge durfte ich die Jagd auf alles vorkommende Hoch- und Niederwild ausüben. In der Kampfzone des Berges war es für mich von besonderem Reiz, „jagern“ zu dürfen, forderte es doch den ganzen Mann, eiserne Disziplin und Härte. Immer wieder war ich alleine den Naturgewalten ausgeliefert und musste mich durch hüfthohen Schnee zu den Fütterungen regelrecht durchkämpfen. Wie oft durfte ich auch, und das war von besonderem Reiz, den Schweißriemen in die Hand nehmen, und mit meinen besten Jagdkameraden, meinen Bayerischen Gebirgsschweißhunden, der Wundfährte nachhängen. Es war schon überwältigend und spannend, dem Bail zu folgen, der aus irgendeinem Graben oder einer fast undurchdringlichen Dickung kam, den Fangschuss anzutragen, um das Wild von seinen Leiden zu erlösen. Ob Hirsch oder Gams, ob Sau, Reh oder Mufflon, alles Wild nahm ich unter meine weite Jagdlodenkotze. Der Ruf des Hirsches, das Blädern des Gamsbocks, das Fiepen der getriebenen Rehgeiß mit dem Keuchen des Rehbocks, der Kampfschrei des Keilers, das Puitzen und Quorren der Schnepfe beim Aufgehen des Abendsterns, das Kullern und Zischen des kleinen Hahnes von hoher Schneewächte und das Faszinierendste, das Balzlied des großen Hahnes aus dem Bergwald, das da klingt wie ein Gelalle aus der Urzeit, alles durfte ich erleben, schauen und genießen. Ich bin meinem Schöpfer unendlich dankbar, dass er mir Augen zum Sehen und Ohren zum Hören gab, die Wunder zu bestaunen.

Die größte Freude hatte ich immer, wenn ich einen Gast führte, zu Schuss brachte und in glückliche und auch staunende Jägeraugen schaute, um dann den Erlegerbruch auf meinem alten und verschwitzten Jagdhut zu überreichen. Viel zu oft musste meine Familie, besonders meine Frau, auf den Ehemann und Vater verzichten, da ich am Berg oder im Revier war. Immer wieder waren meine Kinder aber ganz Ohr, wenn ich Ihnen vom Erlebten und Geschauten erzählte. Sie hatten vollstes Verständnis,

(Der Autor. Bild: Fred Maierhofer)

wenn ich Ihnen erklärte, dass ich auf der Pirsch sei. In einem bekannten deutschem Volkslied heißt es: ob Fuchs, ob Has, ob Haselhuhn, ob Rehbock oder Hirsch.

Ein besonders netter Text bei einem bayerischen Volkslied lautet aber:

> Wann i geh auf die Pirsch,
> zittern d`Reh, zittern d`Hirsch,
> denn sie fürchten mei Blei
> ja i schiaß selten vorbei.

Zittern musste das Wild nicht vor mir, denn ich war neben der Jagd ein leidenschaftlicher Heger und Beschützer der von Gott geschaffenen Kreatur. Ich war mir stets bewusst, welche Verantwortung, sowohl dem Wild als auch dem Wald gegenüber, mir der Herrgott mit übertragen hatte und es kann und darf nicht sein, dass in barbarischer Art und Weise, Muttertiere dem Jungwild weggeschossen werden und dieses dann seinem Schicksal überlassen wird. Ich wünsche diesen Killern, denn von Jägern kann man hier weiß Gott nicht reden, das Jammern und Klagen, das Suchmahnen der Kälber zu hören. Dass der Wildschaden hier dann vorprogrammiert ist, liegt auf der Hand.

In steter Dankbarkeit widme ich dieses Buch meiner Frau Ilse und meinen Kindern Michaela, Thomas und Hubert. Meinen Schwiegerkindern Bernhard und Sanda. Den Enkelkindern Mona, Katharina, Fabian und Sebastian. Besonders aber den bayerischen und deutschen Berufsjägern, den Gralshütern der jagdlichen Tradition, einem Beruf, der ums Überleben kämpft.

Gott beschütze dieses Land,
den Wald, das Wild
den Jägerstand.

Schliersee, im Fuchsmond 2008 KONRAD ESTERL

Die Dublette.

Dass es unter den Wildtieren besondere Beziehungen, ja Freundschaften gibt, habe ich in meiner langen Dienstzeit als Berufsjäger immer wieder erleben dürfen. Dass es aber eine regelrechte Freundschaft unter zwei verschiedenen Tierarten gibt, habe ich dagegen nur sehr selten feststellen können.

Im Ebersberger Forst konnte ich auf einer von Sturmschäden und dem Borkenkäfer zerstörten Waldfläche ein Rehkitz und ein Wildkalb dabei beobachten, wie sie sich ständig suchten. Ja, sie warteten regelrecht aufeinander, um dann ausgelassen wie Kinder über die Freifläche zu toben und zu scherzen, sich gegenseitig zu fangen, um sich nach wilder Hatz nebeneinander nieder zu tun und für kurze Zeit zu ruhen. Ausgeruht ging es dann wieder scherzend und tobend über die Schlagfläche. Welche Verrenkungen und lustige Kapriolen die zwei Wildkinder hier aufführten, kann man fast nicht beschreiben. Mir liefen ob dem lustigen Treiben der beiden regelrecht die Tränen herunter, ich presste mir das Taschentuch vor den Mund, sonst hätte ich herausgebrüllt vor Lachen.

Die zwei Mütter, das Alttier und die Geiß blickten nur immer wieder kurz zu den spielenden Kindern, ehe sie sich wieder beruhigt der Äsung hingaben. Manchmal glaubte man, dass sie den Kopf schüttelten, und es fehlte nur noch ein Seufzer von Seiten der Tiermütter. „Nein, diese Jugend!" Die zwei Jungtiere hatten gerade noch Zeit bei ihren Müttern unter den Wanst zu schlüpfen, zu säugen, sich ablecken zu lassen und dann sofort die verspielte Hatz wieder aufzunehmen. Wie lustig und amüsant war es anzusehen, wenn die beiden Hatzteufel, völlig verausgabt und ausgepumpt, sich unter einem weitausladenden, einzeln stehenden Ahorn nieder taten. Dabei konnte ich feststellen, dass das Rehkitz weiblichen Geschlechts war, denn so verführerisch kann ja nur „a Weiberleut" mit dem Hintern, pardon, dem Spiegel wackeln.

Was aber das Interessante dabei war, sie hatten die gleichen Einstände. Auch nach der Blattzeit, zur Geiß hatte sich ein junger Sechser gesellt, und nach der Hirschbrunft, das Alttier hatte sicherlich einen der Brunftplätze aufgesucht, standen die zwei lustigen Waldbewohner zusammen. Leider konnte ich ein Jahr darauf die zwei Jungtiere nicht mehr beobachten, ich hatte mich in den Ruhestand verabschiedet.

Die wohl schönste und innigste Freundschaft unter zwei Tierarten erlebte ich im Rotwandgebiet.

Oberhalb der Oberen Wallenburger Alm, einer von ihrem Besitzer und Betreuer, dem von mir so geschätzten Schöpfer Peter, bestens betreuten Almfläche, stand am steilen und zerklüfteten Lahner, eines Tages ein starker alter Rehbock, der im Winter an der neuen Judengrabenfütterung, die ich nur für das Rehwild erbaut und mit Stangen eingezäunt hatte, Äsung und Wintereinstand hatte.

Wir hatten im Revier Spitzingsee, obwohl ich fleißig und gewissenhaft die Rehfütterungen beschickte, nicht viel Rehwild am Berg, aber was den langen und oft sehr strengen Winter überlebte, war von bester Gesundheit und Qualität.

Der Bock, von dem ich hier erzähle, war sehr alt, aber stark im Wildbret. Immer wieder bestätigte ich Rehwild hoch am Berg, denn die saftige, junge Almäsung war ein Magnet nicht nur für Gams und Rotwild. Nachdem der Bock sich niedergetan hatte, direkt neben einem Latschenbusch, gab er sich der Verdauung und dem Wiederkauen hin, stand auf einmal keine fünf Meter neben dem Rehbock, ein hochaufhabender Gamsbock. Knochig von Gestalt, verwaschene Zügel und ein leichter Senkrücken, alles deutete auf ein hohes Alter hin. Neben dem damals noch kaum begangenen Steig, setzte ich mich unter eine einzeln stehende Fichte. Ganz langsam streifte ich den Rucksack von den Schultern und holte das Spektiv heraus. Am Stamm angelehnt, den Bergstock zwischen die Knie geklemmt, konnte ich den Gamsbock in aller Ruhe genauestens ansprechen.

Der Gamsbock war ebenfalls sehr alt, ich gab ihm seine 15 Jahre. Auch er äste von der vom Weidevieh kurz gehaltenen Almäsung. Was das Erstaunliche dabei war, er stand direkt neben dem Rehbock, dessen Haupt mit der kurz vereckten Krone aus dem Latschengewirr herausschaute. Jetzt wollte ich es natürlich wissen, ob sich die zwei grundverschiedenen Wildtiere auch vertragen würden.

Dass Rotwild und Gamswild zusammenästen und sich nicht aus dem Wege gingen, hatte ich schon des Öfteren festgestellt. Aber wie wird es bei Gams und Reh sein? Diese Frage interessierte mich brennend. Lange musste ich mich nicht gedulden, denn auf einmal saß der Gamsbock auf einer vom Weidevieh getretenen Kuhtreppe direkt neben dem Rehbock.

In meiner langen Dienstzeit am Berg habe ich immer wieder sehen können, dass dort, wo das Weidevieh die „Graserei" kurz hält, wo sich Kuhtreppen stufenförmig den Berg hinaufzogen, selten Lawinen abgingen. Der Schnee, besonders der Nassschnee, fand kaum eine Verbindung zum kurz gehaltenen Gras, er setzte sich stufenförmig die steilen Hänge hinauf ab. Hier gingen in den langen Wintermonaten wenige Lawinen nieder, meistens waren es nur oberflächliche Schneebretter. Im Gegensatz dazu habe ich erlebt, dass, als man eine Almfläche aus dem Weiderecht herausnahm und das Gras unbehindert wachsen konnte, sich die Lawinengefahr drastisch erhöhte. Dort verband sich der Nassschnee mit dem umgelegten Gras, das Altgras wurde rotzig und im Nu rutschten ganze Schneelagen die steile Bergflanke herunter. An einigen Stellen wurde der Druck des Nassschnees zu groß, es wurde das hohe und rotzige Gras zusammen mit der dünnen Humusschicht herausgerissen und so entstanden so genannte Plaicken, die im Laufe der Jahre immer größer wurden. Es erschien der blanke Fels und so waren Lawinenabgänge vorprogrammiert. Dass man das Weidevieh aus dem empfindlichen Bergwald heraushaben wollte, darüber brauchte man normalerweise nicht zu streiten. Ich hatte mit unseren Almbauern immer ein gutes Verhältnis und gewann dabei den Eindruck, dass die Almbauern sehr einsichtig waren. Nur bei der notwendigen Trennung von Wald und Weide, wurde des Öfteren kurzsichtig und kleinlich mit den Almbesitzern umgegangen. Mehr Großzügigkeit hätte die Sache, weiß Gott, mehr gefördert.

Doch zurück zu den zwei ungleichen Brüdern! Entweder auf der Wallenburger Alm oder über den Berg rüber, auf der steilen Flanke des Kirchstein habe ich sie angetroffen und sie waren immer zusammen. Die Blattzeit zog ins Land und ich war gespannt, ob der Kirchsteinbock, so sagte ich zum Rehbock, ausgezogen war. An einem wunderschönen Bergsommermorgen, ich hatte die Nacht auf der Engelweghütte verbracht, stieg ich beim Schimmern der Sterne zum Almboden gen Wallenburg auf. Weit musste ich ausholen, um das Hochwild, das des Nachts die Wildfeldalm bevölkerte, nicht zu vergrämen. Über die nach einer längeren Trockenperiode langsam fließenden Wasser des Waidgraben, stieg ich bedächtig zu einer Naturkanzel, die ich in einen Felszapfen gebaut hatte. Mehrmals turnte ich über die rotzigen Steine, der Bergstock leistete mir hier wichtige Dienste. Neben mir gurgelte das Wasser des Almgraben der Valepp zu. Immer wieder wischte ich mir während des sehr steilen Aufstiegs den Schweiß von der Stirne. Leicht harfte der Bergwind in den Zweigen der Wetterfichten und Tannen. Vor mir brach ein einzelnes Stück Hochwild weg. Meine BGS Hündin saß zitternd auf meinen Bergschuhen, hetzte aber nicht hinterher. „So ist´s brav mein Hund“, streichelte ich über den edlen Kopf der Nachsuchenspezialistin. Ganz langsam zog sich die Nacht durch Gräben und Schrunden geisterhaft zurück. Aus dem zarten Schleier, der sich über unsere Berge gezogen hatte, sah man die Konturen von Schinder, Guffert und das Wahrzeichen des Tegernseer Tales, den mächtigen Wallberg. Weit reichte der Blick zu den Stubaier und den Zillertaler Alpen und majestätisch thronte das mächtige Massiv der Zugspitze neben der Alpspitze, dem Wettersteingebirge und dem wilden Massiv des Karwendelgebirges. Im Hintergrund sah ich mehr schemenhaft, das Wahrzeichen vom tirolerischen Ehrwald, den breit und behäbig sich abzeichnenden Daniel.

Am Fuße der Felskanzel, legte ich meine BGS Hündin Asta unter einer typischen Bergfichte – die Äste waren fast mit dem Erdreich verwachsen – auf dem Wettermantel ab. Aus dem Rucksack holte ich mir das Reservehemd, denn ich war beim steilen, steinigen Aufstieg gehörig ins Schwitzen und Schnaufen gekommen. Den Bergstock, den dritten Fuß des Bergjägers, lehnte ich an die Felswand und enterte auf die gut versteckte Leiter. Gerade hatte ich es mir auf dem Sitzbrett der Kanzel bequem gemacht, da zog bereits Hochwild über dem Wasserfall unter der Alm zum Tageseinstand hinunter. Zielstrebig steuerte das Leittier die Salzlecke an. Drei Alttiere mit ihrem heurigen Nachwuchs schleckten nun gierig die Wurzelausläufer der Stocksulze mit ihren Leckern ab. Eines der Alttiere hatte einen fast schneeweißen Lauf.

Die ersten Sonnenstrahlen beleuchteten die Hochberge der Alpen und aus dem Dunst heraus schälten sich die steilen Bergflanken der Dreitausender in der näheren und weiteren Heimat, sie waren noch mit Schnee bedeckt.

Mein Gott war das schön und ich war meinem Schöpfer, für das Wunder, das mir vergönnt war zu schauen, sehr dankbar. Oberhalb von mir turnten mehrere Gamsl, es war alles Geraffel, über die steil zerklüftete Felsnase des Kirchstein. Lange blieb ich heute nicht sitzen, die Neugierde trieb mich zur Alm rüber, denn von dort hatte ich einen guten Einblick in die Gräben und Latschenfelder der Wallenburger Alm und des Lempersberg. Ganz vorsichtig pirschte ich am versteckt angelegten Steig zur Alm rüber und ließ mich auf dem Wettermantel, den ich heute mit meiner Asta teilen musste, hinter der Krummfichte nieder. Nach kurzer Zeit, die Rehböcke trieben bereits, sah ich den alten Gamsbock aus den Latschen ausziehen. Auf einmal stand etwas unterhalb der Rehbock und er war nicht alleine. Er hatte eine Rehgeiß bei sich. „Aha – alter Genießer, du hast dir eine Hochzeiterin ins Latschenfeld geholt", waren meine Gedanken. Mit weitgreifenden Fluchten trieb der Altbock seine Gespielin. Den Gamsbock interessierte der Hochzeitstanz seines Mitbewohners kaum, denn nur einmal äugte er, beim Äsen aufwerfend, zum Tanzpaar, dann gab er sich wieder der Äsung hin. Über Stock und Stein, im wahrsten Sinne des Wortes, ging der Hochzeitstanz, ehe das Paar im Latschenfeld verschwand. Mittlerweile warf die Sonne auch auf die Hochalm ihre wärmenden Strahlen und es versprach ein heißer Tag zu werden. Ich stieg ab und schaute beim Almbauern der Wallenburger Alm, dem Freund Peter Schöpfer vorbei. Der Peter war gerade bei der Morgensuppe, er hatte die Kühe bereits gemolken und wieder ausgetrieben.

So ein Frühstück auf der Alm, mit selbst gebackenem Bauernbrot und frischer Almbutter, ist durch nichts zu ersetzen. Natürlich drehte ich beim Peter die Zentrifuge, half noch anschließend beim Ausmisten und stieg dann wieder über die Wildfeldalm zur Engelweghütte ab.

Anfang September hatte ich einen Gast auf einen starken Gamsbock zugeteilt bekommen. Aus der Gegend um Ingolstadt war ein honoriger Ingenieur, der sein Brot bei Audi verdiente, zum „Jagern auf den Gamsbock" erschienen. Am nächsten Morgen pirschten wir über den Oberen Lochgraben zum Taubenstein und zum Lempersberg. Behutsam nahmen wir den steilen Aufstieg unter die Grobstolligen. Im Kar der Schönfeldalmen steinelte es, Gams zogen durch die steil aufwärts sich hinziehende Sandreise. Gegenüber vom steilen Aufstieg zum Oberen Lochgraben zog ein kleines Rotwildrudel dem Einstand zu. Da ich einen Gast führte, blieb die Kugel im Lauf, das geringe Schmaltier konnte ich dann auch später erlegen. Am Taubenstein hatte ich einen abnormen alten Gamsbock ausgemacht. Längere Zeit blieben wir hier, unter der überhängenden Felswand sitzen. Wir hatten auch Anblick. Drei jüngere Gamsböcke turnten mit aufgestellten kurzen Rückenhaaren über die Ausläufer der Taubensteinwand, zogen über das Geröllfeld und bald darauf waren sie im Latschenfeld verschwunden. Wir pirschten weiter zum Lempersberg, wo in dem weiten Latschengewirr immer wieder Gams zu sehen waren. Heute standen hier nur einige Gamsgeißen mit ihren verspielten Kitzen ein. Auf einmal blendete mich ein semmelgelber Fleck vom Kirchstein her. Der alte Gamsbock stand unterhalb des Kirchstein im Lahner. Im nächsten Augenblick stand auch der alte Rehbock neben seinem ungleichen Bergbewohner. Ich klärte den Gast auf, dass es gut wäre, wenn er auch den Rehbock mit erlegen würde. Ich wollte den Rehbock nicht alleine am Berg lassen und hier gab es die Chance, eine besondere Dublette vom Berg zu holen. Mein Gast war sofort einverstanden, und so pirschten wir, jede Wegbiegung und jeden Latschenbüschel als Deckung ausnützend, dem begehrten Wild entgegen. Wir kamen ohne jegliche Störung, wir ließen uns ja auch Zeit, zur krummschäftigen und Sichtschutz bietenden Fichte. Mit den zusammengebundenen Bergstöcken, für was so ein richtiges „Sacktücherl“ alles zu gebrauchen ist, machte ich eine feine Auflage. Mit dem Ellenbogen konnte sich mein Gast an der rauborkigen Fichte sauber abstützen und im nächsten Moment kugelte der Gamsbock, der Gast schoss eine ausgezeichnete Kugel, ins Latschenfeld runter. Der Rehbock machte einige verwunderte Fluchten nach oben, ich schreckte ihn mehrmals an und bald darauf hatte auch er die Reise in die ewigen Jagdgründe angetreten.

Donnernd und lange nachgrollend verklangen die zwei weiten Schüsse in den Wänden der Schlierseer Berge. Zuerst musste ich noch etwas warten, ich musste schon „a bisserl“ schlucken, ehe wir durch das Latschenfeld zum Lahner rüber schlüpften. Ich ließ den Gast zuerst alleine zur besonderen Beute, ehe ich die Latschenbrüche auf dem Hut überreichen konnte. Mit strahlendem Lachen flog mir mein Gast an den Hals. Er war sich bewusst, hier etwas Besonderes erlebt und erlegt zu haben. Beim Zählen der Jahresringe an der Gamskrucke kam ich auf 16 Jahre und der Unterkiefer des Rehbocks deutete auch auf mindestens 10 Jahre hin.

Wer trägt vom Berg schon auf einmal 26 Jahre heim? Aus den Rucksäcken schauten die bruchgeschmückten Häupter von Gams und Rehbock, die wir zum Berggasthaus „Obere Maxlrainer Alm“, zum Freund Walter Tscheba trugen. Es waren dann schon einige „Schnapserl“, die wir hier „owidruckten“. Beim Heimweg von der Alm sang ich dann nur für meinen Gast und für mich die dritte Strophe des Liedes:
„Frisch auf die Jagd hinaus“

Ruhig und mäuschenstill
Wer einen guten Schuss tun will
Dort kommt ein Gams
Dort kommt ein Reh
Die Büchse fest angedrückt
Und auf das Korn geblickt
Wenn dann der Schuss gleich fällt
Gibts ein „Juchhe“.

Fuchs passen.

Noch heute sehe ich, wie mein erster Ausbilder, der Oberjäger Lorenz Karl, vor mir stand und mir mit eindringlichen Worten erklärte, dass sich ein fleißiger Berufsjäger in einer Wintersaison eine Büchs zusammenfangen oder zusammenschießen kann und damit einen enorm wichtigen Beitrag für die Erhaltung der Raufußhühner leistet.

Als ich mein erstes Staatsjagdrevier, droben am Spitzingsee, mit seinen weiten Almmatten und tiefdunklen Wäldern, mit seinen schroffen Felspartien und den fast unergründlich tiefen Gräben übernahm, konnte ich gleich bei meinen ersten Erkundungspirschgängen einige Große Hahnen und die Ritter mit der krummen Sichel, mehrere Spielhahnen anschauen. Noch jetzt klingt mir in den Ohren das donnernde Abreiten der Auerhahnen aus den wild verfilzten Himbeeren, Brombeeren und Blaubeerenschlägen nach. Es war für mich so erfreulich, als ich feststellen konnte, dass meine Vorgänger, sowohl der legendäre Revierjäger Georg Zistl als auch der spätere Wildmeister Sepp Fegg, hier großartige Arbeit geleistet hatten. Bei meinem Antrittsbesuch in seinem schmucken „Jagahäusl" ermahnte mich der alte Georg Zistl eindringlich, sowohl den Fuchs als auch den Marder mit Falle und Büchse schärfstens zu bejagen. Ja, der gute Zistl „Irgä", dies ist eine typisch oberlandlerische und lieb gewordene Ausdrucksweise für Georg, marschierte mit mir durch das große Revier und zeigte mir die Salzlecken und idealen Fangplätze zum Aufrichten der Schwanenhälse. Dort, wo die Brunnkresse wächst, erklärte mir der alte Revierjäger, dort friert das Wasser nicht ein, denn dort gibt es unterirdische wärmere Quellen. Wusste ich doch von meinem Vater, auch er war ein leidenschaftlicher Fuchs- und Marderjäger, dass des Nachts das Raubwild an den Bächen entlang schnürt und holzt, hier gab es immer wieder etwas Fressbares, besonders Fallwild, zu finden, hier konnte ich auch einmal einen Fuchs beim Fischfang beobachten. Im Laufe des Sommers hatte ich einige Fangplätze ausgeschaufelt, kleine Steinwälle zum Aufstauen des Wassers vorbereitet und mit Moos und Lehm die Steinfugen abgedichtet. Den ganzen Sommer über schleppte ich die Aufbrüche und das Gescheide des von mir und von den zahlreichen Gästen erlegten Rotwildes und der Gams an die Fangplätze. Wie es mir der Vater und der Zistl Georg beigebracht hatten, wurden die Füchse und die Marder den ganzen Sommer und Herbst über bestens versorgt. Ja, sehr schnell stellte ich hier fest, dass der reichlich gedeckte Tisch vom Raubwild, wie die zahlreichen Brantenabdrücke zeigten, stets angenommen wurde.

Im hintersten Talwinkel, am Ausläufer des Enzengraben, der das Land Bayern von Tirol trennt, hatte ich im Laufe des Sommers eine fest verschlossene Hock in den Berg gebaut und davor, einen Schrotschuss entfernt, einen Luderplatz angerichtet. Ich baute, wie ich es von meinem Ausbilder gelernt hatte, einen Luderkasten mit einem fest montierten Deckel, damit die Kolkraben, diese schlauen Luftakrobaten, die ja mit ihren scharfen Augen aber auch alles entdecken, sich nicht zu reichlich bedienten. Manches Stück Fallwild, aber besonders die Aufbrüche verschwanden im Luderkasten. Um den Luderplatz herum stellte ich bald regelrechte Schnürpfade fest. Der nächste Winter konnte kommen, ich hatte alles vorbereitet. Kurz

nach der Hirschbrunft legte ich meine Fangeisen, jedoch noch nicht fängisch gestellt, in die vorbereiteten Brunnkressetümpel. Nun präparierte ich noch die Köderbrocken nach dem Rezept meines Vaters. Ich möchte vorausschicken, dass einem dabei nicht grausen darf. Aus den Pansen des Rotwildes schnitt ich ca. 15 cm breite Streifen und rollte die Pansenstreifen, der Pansen durfte ja nicht ausgewaschen werden, zu faustgroßen Brocken zusammen, umwickelte diese kreuzförmig mit dünnem, aber stabilen

Draht und legte die Brocken in einen Plastikkübel. Aus der Apotheke besorgte ich mir die so scharf riechende Schafbocksgarbe in pulverisierter Form und streute das Pulver über die Brocken. Dazu gab ich etwas Dörrobst, wir bei uns sagen dazu Kletzen, das ja bekanntlich alle Marder besonders lieben. Der süßliche Geruch wirkt auf den Weiß- und Gelbkehligen wie ein Magnet, und deckte das Ganze mit Pferdemist ab. Wenn ich den Eimer voll hatte, es waren ca. 30 Köderbrocken, dann verschloss ich ihn mit einem passenden Deckel und stellte den Eimer in einen warmen Pferde- oder Kuhstall. Nach mehreren Tagen, wenn der Deckel eine Wölbung nach oben zeigte, wusste ich dann, dass mein feines „Supperl“ fertig war. Nun wurden auf die Fangeisen die Köderbrocken gebunden, links und rechts platzierte ich neben den Fangbrocken

noch einen Steigstein, sowohl Fuchs wie Marder steigen nicht gerne ins Wasser, ich hatte deshalb nur einmal einen Brantenfang, und mit einem gegabelten Stock stellte ich meine Schwanenhälse fängisch. Einmal, und das ist mir in besonderer Erinnerung, stellte ich am 30. November meine „eisernen Krawattl“ fängisch, es waren elf Schwanenhälse, und am 1. Dezember hingen in den Eisen fünf Füchse und vier Steinmarder. Es war eine Selbstverständlichkeit, dass ich jeden Morgen, vor oder nach der Pirsch meine Eisen kontrollierte. Wenn mich meine Kollegen oder andere Jagdkameraden im „Jagahäusl“ am Spitzingsee besuchten, dann hingen meistens mehrere Füchse und Marder vor meiner Behausung. Die tägliche Kontrolle war so spannend wie die Jagd. Natürlich waren die „Eisen“ weit genug von den Straßen entfernt, meistens war ein Bachlauf dazwischen, damit ja nichts passieren konnte.

Eines Nachts, es war eine unwahrscheinlich schöne Vollmondnacht, und bei Vollmond habe ich immer Probleme den Schlaf zu finden, wälzte ich mich von einer Seite auf die andere, stand schließlich auf und stieg in die Jagdklamotten. Aus dem Waffenschrank angelte ich mir meine unverwüstliche Ferlacher Bockbüchsflinte, im VW Käfer lag bereits der daunengefütterte Schlafsack, und ich fuhr ins Valepper Tal. Am kleinen Zollhäuschen kletterte ich aus dem Wagen, stieg in die Tourenski und rutschte und spurte dem Enzengraben zu. Mit den Skispitzen schaufelte und kratzte ich den Schnee vom Eingang der windgeschützten Ansitzeinrichtung, und bald darauf saß ich, im Schlafsack wohlig verpackt, in meiner Hock. Im grellen Mondlicht zeichneten sich die zahlreichen Fuchspässe um das Luder herum ab. Leise kippte ich meine Ferlacherin auf und stopfte eine 3½-Millimetrige in den Schrotlauf und eine 6,5x57 R in den Kugellauf. Ganz sachte konnte ich das Fenster anheben und am Nagel einhängen. Immer wieder glitt mein Blick zum steil aufsteigenden Bergwald. Ich kam so richtig ins Sinnieren, warum an der hintersten Rotwildfütterung mein sonst so vertrautes Wild auf einmal ängstlich wurde. Im Boden des Enzengraben hatte ich schon einmal einen Rehriss gefunden. Ich musste eingenickt sein, denn auf einmal gab es mir einen gewaltigen Riss, ich hatte mir den Kopf an der aufgestellten Fensterscheibe angeschlagen. Vor mir am Luderplatz glaubte ich zuerst ein Reh zu sehen, doch der Blick durch mein 7x42 Hensoldt zeigte mir einen riesigen Hund. Wo kam denn der bloß her, ca. drei Kilometer vom Forsthaus Valepp entfernt? In dem abgeschlossenen Tal wusste ich niemanden dem der riesige Köter gehörte. Langsam fing es bei mir an zu dämmern. Das konnte nur der Beunruhiger meiner Fütterung im Grießgraben und der Rissverursacher vom Enzengraben sein. Ganz langsam holte ich mir meine Ferlacherin aus der Sitzecke, zog den rechten Hahn auf und im nächsten Augenblick brach die Bestie, durch das Haupt geschossen, zusammen. Erst jetzt bekam ich den Zitterer und eine schüttelnde Gänsehaut. Nachdem der Hund sich nicht mehr rührte, entstieg ich meinem Schlafsack und bald darauf stand ich vor dem kohlschwarzen Räuber. Mit einem Strick um den Hundehals schleppte und zerrte ich den vollgeluderten Wildhetzer zum Auto. Im Licht der Scheinwerfer fand ich Rehhaare am Fang des Hundes. Ich fuhr nach Hause, und es dauerte recht lange, bis ich endlich in Morpheus Armen hinüber geschlummert war. Am nächsten Tag machte ich Meldung am Forstamt und bei der Polizei in Miesbach. Es hat sich nie jemand gemeldet. In diesem Winter beruhigte sich das sonst so vertraute Wild an der Griesgrabenfütterung nur sehr langsam. Noch zwei Rehrisse fand ich im Laufe des Winters, die schwarzen Schweißhunde, die Kolkraben hatten mir diese gezeigt.

Nach ein paar Tagen spurte ich mit den Skiern wieder zum Luderplatz im Enzengraben. Leichter Schneefall setzte ein, als ich hinter mir die Türe meiner Hock verschloss. Heute war ich wesentlich früher dran und ich hatte mir vorgenommen, mindestens bis Mitternacht auszuhalten. Der leicht abnehmende Mond zeichnete ein gespensterhaftes Licht auf Luderplatz und Bergwald. Nach einer halben Stunde imitierte ich Lampes Klagelaut zum Berg. Kaum war das sterbende Gejammer verklungen, da stand schon der erste rote Freibeuter am Pass zum Luderplatz. Mit runterhängender Lunte schnürte er, jede Deckung und den Mondschlagschatten ausnützend, durch den Bergwald zu mir runter. Lange musste ich warten, ehe sich der starke Bergfuchs auf den Luderplatz geschoben hatte. Vorsorglich hatte ich den Schrotlaufhahn schon aufgezogen und im nächsten Augenblick warf ihn der raue Schuss zu Boden. Noch einmal schlug der Fuchs mit der Lunte, dann lag er wie ein Strich vor der dick verschneiten Luderhütte. Nachdem die frisch geladene Ferlacherin wieder in der Ecke meiner versteckten Hock abgestellt war, zündete ich mir meine lange Pfeife an und nahm einen Schluck aus der Thermosflasche. Auch jetzt kämpfte ich mit den Schlafläusen. Es gab keinen einzigen Tag, an dem ich nicht meine vier großen Rotwildfütterungen und meine fünf Rehfütterungen versorgen musste. Dazu noch die ständige Kontrolle der Fuchseisen, ich war also enorm eingespannt. Die Woche ging von Montagfrüh bis Sonntagabend und von einer Vierzigstundenwoche wurde gar nicht geredet, ja manchmal kam fast die doppelte Zahl an Stunden zusammen. Trotzdem war es eine sehr schöne, aber eben auch anstrengende Zeit, und ich würde diesen Beruf wieder ergreifen. Immer wieder trichterte ich den angehenden Berufsjägern, bei denen ich in der Laubau Unterricht geben durfte, ein, dass der Beruf des Berufsjägers nur ein Beruf für Idealisten ist. Bei dieser Arbeit kann man nur von einer Berufung sprechen und niemals von einem Job. Die Reviere sowohl im Hochgebirge als auch die großen Parkreviere, wie der Ebersberger Forst oder der Forstenrieder Park, verlangen einen enormen Einsatz und viel Idealismus.

Nach dem wärmenden Teerumschlürfen lehnte ich mich (im Schlafsack warm eingepackt) in meiner windgeschützten Hock zurück. Auch heute musste ich wieder eingeschlafen sein, denn vom Kreuzberg her wurde ich von einem lauten Keckern, die Füchse standen in der Ranz, wieder wachgerüttelt. Nochmals ließ ich Lampes Todesgeschrei aus der hohlen Hand erklingen. Auch jetzt musste ich nicht lange warten, ehe direkt am Luderplatz der nächste Freibeuter mit abgewinkelter Lunte zu mir her sicherte. Ich traute mich fast nicht zu schnaufen, ehe der Fuchs mit seinen Fang in den Neuschnee stupfte. Mit dem Zeigefinger hielt ich das Abzugszüngel und mit dem Daumen konnte ich völlig lautlos den Schrotlaufhahn aufziehen. Auch dieser Fuchs lag bald darauf neben seinem Artgenossen, vom rauen Schuss tödlich getroffen. Auch hier schlug noch einige Male die Lunte nach oben, ehe er sich nicht mehr rührte. Nun konnte ich mir wieder einen Schluck aus der Thermosflasche gönnen und die lange Pfeife in Brand setzen. Noch zwei Stunden blieb ich sitzen, und kurz vor Mitternacht, der leichte Schneefall hatte aufgehört, stieg ich aus meiner wohligen Sasse, band mir den Schlafsack auf den Rucksack und holte die zwei Füchse. Es waren zwei hell gefärbte Füchse, fast sahen sie aus wie Birkfüchse, mit jeweils wunderschönen Grannen. Nachdem ich die beiden aufgehecksel hatte, legte ich mir die warme Beute über die Schulter und stieg in die Ski. Rauschend durchfurchte ich den Neuschnee und hatte bald meinen VW Käfer erreicht.

Am Zöllnerhäusl blieb ich stehen und stieg aus dem Auto. Es war einfach eine traumhaft schöne und helle Mondnacht. Der Schinder lag in seiner Behäbigkeit, mit seiner dick verschneiten Schneemütze trutzig vor mir. Vor drei Monaten hetzte noch der schwarze Teufel, der Gamsbock durch die Gräben und Wände seinem Rivalen nach. Dort, wo sich die rote Valepp mit der weißen Valepp verbindet, sah ich schon mehrmals den Wassermarder, den Fischotter. Als ich den Otter das erste Mal sah, zog ich sofort meine Schwanenhälse ein. Wie freute ich mich am Anblick dieses wendigen und eleganten Jägers. Dir sind die paar Forellen

von Herzen gegönnt. An der Waitzinger Fütterung standen zwei Hirsche auf der Mautstraße. Nur widerwillig verließen sie die Straße und trollten dann zum Futterstadl hinauf.

Langsam fuhr ich, ich hatte nur das Standlicht eingeschaltet, über die leicht verschneite Forststraße dem heimischen Herd zu.

Am Grünanger, dort wo sich die rote Valepp durch ein breites Tal mäandert, hielt ich an und spekulierte zum gegenüberliegenden Höhenrücken und zu den Valepper Almen. Ich traute meinen Augen kaum, denn in der Langlaufspur schnürte, man kann fast sagen trabte, ein Fuchs zu mir runter. Leise öffnete ich die Wagentüre. Nochmals lud ich meine Ferlacherin, dieses Mal allerdings mit einer Vollmantelpatrone. Auf dem Dach des unverwüstlichen Käfers hatte ich meinen Wettermantel in Position gebracht, und mit zusammengepressten Lippen mäuselte ich. Augenblicklich verhoffte der Fuchs und im nächsten Moment hatte ich den Freibeuter im Absehen meiner Bockbüchsflinte. Noch eine Flucht machte der Rote, dann lag auch er ruhig im Schnee. Sehr gerne stieg ich in die Ski und lief einem Langläufer gleich, in der zart verschneiten Langlaufspur zum Fuchs rüber. Bald darauf hielt ich eine starke Fuchsfähe, eine wahre Matrone von einem

Fuchs in den Händen, ich hätte jubeln können vor lauter Freude. Noch heute schlägt mir, bevor ich auf einen Fuchs zu Schuss komme, das Herz etwas schneller. Ja, es kann sogar passieren, dass mir der „Zitterer" in die Finger springt.

An der Wand meiner Behausung hängte ich die drei Freibeuter an die Haken und wohlige Wärme schlug mir, als ich das „Jagahäusl" betrat, entgegen. Meine Frau hatte es doch mitbekommen, obwohl ich sehr leise war, dass ich die Stube betreten hatte. Zur Feier des Tages öffneten wir noch ein Flascherl Wein und begossen das erfolgreiche Waidwerken.

Mit meinem Freund Prof. Lothar Zettler machte ich einmal eine Fuchsjagdtour. Jene Nacht war, wie Ludwig Benedikt Freiherr von Cramer-Klett so treffend schreibt, die Nacht der Füchse. Wir erlegten zusammen fünf Füchse und zu meiner Schande muss ich gestehen, dass ich den sechsten Fuchs sauber vorbeifunkte.

Ein besonders nettes Erlebnis ist mir noch in Erinnerung. Ich war mit meinen Fütterungen etwas früher fertig geworden und kurvte mit meinem ersten Allradfahrzeug, einem Nissan Patrol, durch das Valepper Tal

dem heimischen Herd zu. Es war ein traumhaft schöner Januartag und es war „saukalt". Kurz vor dem Bogen der steinernen Brücke blieb ich stehen, ich könnte es ja unterhalb der Dickung, die sich zur zugewachsenen Alm des Richter-Aipl raufzieht, doch noch mit der Hasenklage probieren. Wusste ich doch, dass Meister Reineke auch sehr sonnenhungrig ist und eventuell auf einem Stock sein Mittagsschläfchen halten würde, dabei die volle Lunte über sein Spitzbubengesicht gelegt. Im weichen Pulverschnee war es ein feines und lautloses Raufpirschen zu einem älteren Fichtenstock. Hinter dem Stock legte ich mir den Filzfleck zurecht und steckte vor mich hin den Bergstock zum Anstreichen. Von hier aus konnte ich mehrere schmale Schneisen, die sich zum Klausgraben raufziehen, einsehen. „Ohwei – Ohweh – Ohwei – Ohwe", klang es aus meiner hohlen Hand, die ich an die zusammengepressten Lippen gehalten hatte. Noch mehrmals jammerte ich Lampes Todesklage zur Fichtendickung oberhalb von mir. Lange rührte sich nichts und ich schaute ständig auf die schnellergehend vorkommende Armbanduhr. Auf einmal fiel an einer kleinen Randfichte der Schnee herunter und im nächsten Augenblick von der nächsten Jungfichte. Vorsorglich hatte ich meinen Hornetrepetierer schon „feuerbereit" gemacht. Unter der einen Fichte zeigte sich auf einmal der spitze Fang eines Fuchses. Ganz langsam schob er sich ins Freie, derweil lag mein leichtes „Büchserl" bereits an der Wange. Mit einem dumpfen Schlag erreichte das Projektil sein Ziel, dann, ohne noch einen Muckser zu machen, sank der Fuchs in den jungfräulichen Schnee. Gerade hatte ich wieder nachgeladen, als ich aus den Augenwinkeln heraus einen rötlichen Wischer wahrnahm. Mit zurückgelegten Stehohren schnürte ein Fuchs in die Dickung. Ich wusste, dass der Fuchs an einer der schmalen Schneisen wieder auftauchen, zumindest darüber schnüren musste. Vor mir zeterte eine Amsel ihren Protest heraus. Auch dieses Mal hatte ich mein Büchserl an der Wange, als der Fuchs die erste Schneise überquerte. Mit dem Warnruf des Eichelhähers brachte ich den Fuchs zum Heräugen. Er stand zwar nicht ganz frei, einige Distelhalme verdeckten leicht seinen aufmerksam heräugenden und gespannten Körper. Es müsste doch gehen, waren meine Gedanken, als das kleine Geschoss bereits eingeschlagen hatte. Mit einer hohen Flucht quittierte der Fuchs den Erhalt der Kugel, rutschte in sich zusammen und blieb liegen. Noch einmal schlug er mit der Lunte, ehe er still liegen blieb. Schnell hatte ich nachgeladen und war mit dem Zielstachel bereits wieder im Leben des Freibeuters. Es war nicht mehr nötig, der Fuchs hatte die letzte große Reise ins unbeschwerte Fuchsparadies angetreten. Mühsam war der sperrige Aufstieg zum Fuchs, ich kam dabei gehörig ins Schwitzen. Mit meinen zwei über die Schultern gelegten Füchsen stapfte und watete ich zum Geländewagen runter. Meine Frau hatte in der Zwischenzeit den fertigen Braten schon mehrmals aus der Röhre geholt und der Empfang wäre sicherlich etwas unfreundlicher ausgefallen. Als ich ihr aber die zwei Roten zeigte, da hatte sie wie immer Verständnis, nur ein leichtes Kopfschütteln ließ sich nicht vermeiden. Jaja, die Frauen der Berufsjäger müssen verdammt viel Geduld und vor allem Verständnis aufbringen.

Durch meine Bejagung, in manchem Frühjahr hatte ich bis zu 40 Füchse und Marder auf dem Spannbrett, konnte ich den Raufußhühnern gewaltig helfen.

Wenn ich heute mit meinem Freund Franz Eirenschmalz, unter uns Freunden wird er nur als „da Oarä“ betitelt, natürlich auch ein

Jäger und exzellenter Hundeführer, und mit meinem Bruder Thomas, der einstens mein Reviernachbar war, am Spitzingsee über die Pisten wedle, dann gleiten meine Blicke beim Hinauffahren mit dem Sessellift über dieses einstige Paradies. Immer wieder fallen mir Geschichten beim Anblick des ehemaligen Reviers ein, und ich erzähle meinen Jagd- und Sportkameraden von den wunderschönen Erlebnissen, die ich haben durfte.

Es war für mich ein sehr stolzer Augenblick, als ich meiner Frau eine aus selbst gefangenen Bälgen gefertigte Marderjacke über die Schultern legen durfte, und sie an Weihnachten in einen tollen Fuchsmantel, natürlich alles selbst gefangen oder erlegt, schlüpfen konnte.

Hab vielen Dank für Dein Verständnis, liebes Weibi!!

Der „Lochgraben-Moorackl".

Wie ich zu diesem Namen gekommen bin, ist schon eine eigenartige Geschichte.

In unmittelbarer Nachbarschaft meiner Dienstwohnung lebte eine besondere Gestalt. Schwarz waren ihre dicken Zöpfe, wenn sie nicht zu bequem war, diese aufzudrehen und zu flechten. Von sehr dunklem Teint war auch ihre Haut und was die Sauberkeit anbelangte, war sie dem Wasser oder einer Reinigung auch nicht besonders angetan. Was mir aber noch in besonderer Erinnerung ist: sie hatte ständig schmutzige Finger, mit einem Trauerflor unter den Fingernägeln, und ihr an und für sich nettes Gesicht war selten sauber. Ja, sie hatte öfters Schmutz oder Dreck in ihrem Antlitz. Manchmal entstand der Eindruck, als wäre sie gerade einer Suhle entstiegen. Sie war, um es gelinde auszudrücken, „a Fackä", so bezeichnet man bei uns ein junges Schweindl. Was mir aber besonders an ihr auffiel, war ihre stete Hilfsbereitschaft und Gutmütigkeit. Einer der Dorfbewohner, oder einer der diversen Stammtische, betitelte sie als den Moorackl und dieser Titel ist ihr zeitlebens geblieben. Des Öfteren schaute sie auch an der Lochgrabenfütterung vorbei und ich musste ob ihres Wissen und ihrer Ausdruckweise nur so staunen. Sie war intelligent, ja gescheit und enorm belesen.

An der Lochgrabenfütterung erschien gleich zu Anfang des Winters, ein geringer Schmalspießer. Unbekümmert, wie nun mal junges Blut ist, zog der Hirsch zur ersten Raufe und selbst die gröbsten Schläge des Leittiers, ließ er in unbekümmerter Manier über sich ergehen. Es rührte ihn nicht im Geringsten, wenn diese Matrone von einem Alttier, mit zurückgelegten Lauschern und mit den Zähnen malmend, auf ihn losging. Er hatte Nerven wie breite Nudeln. Was mir aber an diesem Hirschl, normalerweise sollte er erlegt werden, auffiel, dass er ständig voll Morast und Dreck war. Selbst im strengsten Winter schlug er sich die Suhle, die gegenüber der Fütterung war, von Eis frei und wälzte sich genussvoll in der morastigen Brühe. Es gab selten einen Tag und ich konnte mein Wild, das sorglos zur Fütterung zog, ständig beobachten, an dem der Schmalspießer nicht seine Badewanne aufsuchte und auch trotz der trommelnden Schläge der Rudelführerin, an der ersten Raufe Silage und Raufutter aufnahm. Mit dem Äser kugelte er eine Rübe vom Futterplatz etwas weg, um diese dann mit Hochgenuss aufzunehmen. Immer seltener wurden dann die saugroben Attacken des Stucks und eines Tages zog sie zusammen mit dem Spießer zur Fütterung runter. Da ich meinen Abschuss schon längstens erfüllt hatte, sollte er am Leben bleiben und weiterhin seine Suhle annehmen. Sein Haupt bzw. sein Gesicht war ständig mit Dreck verschmiert und eines Tages rutschte mir der Namen „Moorackl" so heraus. „Bist a richtiger Moorackl", sagte ich zum vertrauten und rotzfrechen „Hirschl". So kam der Hirsch zu seinem Namen und dieser Titel blieb ihm zeitlebens. Der Hirsch stand zusammen mit der alten Schachtel von einem Stuck als Erster an der Fütterung, doch vorher genehmigte er sich ein wohliges Bad, ja selbst mit dem Haupt fuhr er in die Dreckbrühe und äste sich den Pansen voll. Was mir aber noch besonders auffiel, er duellierte sich gerne mit anderen Schmalspießern und jüngeren Hirschen. Er zeigte nicht die Spur von Respekt oder Angst. Als ihm aber eines Tages ein jüngerer Zwölfer, auch hier konnte er einer Auseinandersetzung nicht widerstehen, das Haupt auf die Seite drehte, da musste er dann doch die Flucht ergreifen. „Nun wirst du doch endlich dein Lehrgeld bezahlt haben", dachte ich, doch schon im nächsten Augenblick stand er mit gesenktem Haupt, mit den Vorderläufen scharrend, mit rollenden Lichtern, einem Stier ähnlich, einem anderen Spießer zu einer „Rauferei" herausfordernd, gegenüber. Er konnte es einfach nicht lassen.

Das Frühjahr zog ins Land, die Besuche an der Fütterung wurden immer seltener und eines Tages war auch der „Moorackl" an der Fütterung nicht mehr zu sehen.

An einem recht regnerischen Frühlingstag, ich war über Nacht auf der Hochleger-Hütte gewesen und hatte am Morgen die Hahnen verlost, stieg ich über den schmalen Steig zur Waitzinger Alm herunter. Gerade als ich die letzte Serpentine herunterstieg, blendete mich aus der roten Valepp, die ziemlich viel Wasser führte, ein gelbroter Wildkörper. Mitten in einem Strudel, ganz knapp neben der Waitzinger Brücke, stand ein Hirsch, der frisch abgeworfen hatte. Beide Petschäfte waren noch rot, über das Haupt rann noch etwas Schweiß, und es war der „Moorackl". Ich redete den Hirsch, vertrauensvoll äugte er vom Bach zu mir rauf, an und er hatte mich erkannt. Ganz vertraut, ohne Angst und ohne weit greifende Fluchten, zog er durch den Bach, zum nahen E-Werk rauf. Kurz bevor er in den Erlen verschwand, schlug er sich im morastigen Boden der Erlen noch eine Suhle frei und nahm ein ausgiebiges Bad. Dann entstieg er seiner Badewanne, schüttelte sich ausdauernd, kratzte sich mit den Hinterläufen am Träger und unter der Äserspitze, schüttelte sich noch einmal, so dass er in einer richtigen Nebeldreckwand stand, und zog dem Hofergraben zu.

„Aha, du stehst also bei den Kolbenhirschen in der Hofer Höll", war mein Gedanke, als ich meine Schonzeitbüchse, den Wettermantel, der ziemlich nass und schwer war, und meinen Rucksack im VW Käfer verstaute. Meine unverwüstliche Begleiterin und Nachsuchenspezialistin, die Hella, war auch froh, dass wir nun den heimischen Herd ansteuerten.

Zwei Tage später stieg ich mit einem schweren Salzstein auf der Kraxe über den Hofer Graben zur Hofer Höll rauf. Diese Tour war eine enorme Schinderei, denn der Weg zur Höll war sehr steil und schweißtreibend. Aber die Hofer Höll war einfach mein bester Feisthirscheinstand und ich nahm diese Schinderei für mein Wild gerne auf mich. Gerade hatte ich im alten Stock eine schwere Steinplatte auf vier stabile Stützen gehoben und den Leckstein untergeschoben, als es unter mir steinelte und der Kies knirschte. Zu mir rauf zog ein geringer Hirsch, es war der Moorackl. Immer wieder holte er Wind, kam auf meine frische Fährte, die er ausgiebig bewindete und untersuchte, dann zog er, keine dreißig Meter neben mir, zur Lecke. Der Hirsch hatte mich, seinen Heger, erkannt, denn im nächsten Augenblick fuhr er genussvoll mit seinem Lecker über dem Salzstein. Der Hirsch war mir, ohne sentimental zu werden, ans Herz gewachsen.

In der Feiste, es war an einem wunderschönen Augustmorgen, pirschte ich mit einem Gast, es war ein hohes Tier aus Brüssel, zur Hock am Stolzenberg. Ich hatte vom alten Jagdhaus aus, die Jagd gehörte früher zum Gut Wallenburg, einige Feisthirsche ausmachen und ansprechen können. Bei dem siebenköpfigen Feisthirschtrupp war ein ungerader Eisendzehner, den ich gerne vor der Brunft erlegt haben wollte, denn er hatte zwar lange Stangen, aber die Masse ließ schon sehr zu wünschen übrig. Leichte Morgendämmerung zog über den Stolzenberg, als wir nass geschwitzt unsere Hock erreichten. Neben dem Bodensitzerl hatten wir unsere verschwitzten Hemden gewechselt, und dann schoben wir uns ein. Langsam zogen die Morgengeister über den Berg. Vom alten Schafstall her, den eine Lawine zusammengedrückt und verschoben hatte, es war nur noch ein Bretterhaufen, kam der bescheidene Morgengruß des Rotschwanz und über das Almfeld, das sich steil zum Stolzenberg raufzieht, hoppelte ein blaugrauer Schneehase im Sommeranzug. Über das steil zerklüftete Felsband der Hofer Höll turnten einige Gamsl, als mir mein Gast einen Stupfer gab. Der erste Hirsch wechselte, hie und da noch etwas Äsung aufnehmend, zum Tageseinstand rüber. Nun zog ein Hirsch nach dem anderen über den weiten Boden der weiträumigen Alm, dem Einstand zu. Mitten unter den Hirschen stand auf einmal der Zehner. Nachdem ich den Hirsch noch mal eingehend angesprochen hatte, gab ich die Erlaubnis zum Schuss. Der Gast brachte seine feine Ferlacher Doppelbüchse auf der Schussstange in Position und im nächsten Augenblick zeichnete der Hirsch beim Einschlag der alten, bewährten 8x57 IRS und stürmte zu uns runter. Direkt vor uns (es dauerte lange, ehe das Echo des Kugelschusses, das von den nahen Bergen immer wieder zurückgeworfen wurde, verhallte) tauchte der Hirsch in eine kleine Waldinsel ein. Immer wieder vernahmen wir den röchelnden Ton und mir ging das Sterben des Hirsches dann doch sehr nahe. Ich wollte dem Drama ein Ende setzen und pirschte weit ausholend, von oben kommend, ganz behutsam zum nun schlagenden Hirsch runter. Ich traute meinen Augen kaum, denn beim Hirsch stand ein geringer Sechser und ließ sich von mir, ich redete ihn an, kaum vertreiben, es war der Mooorackl. Ich setzte dem sterbenden Hirsch eine Kugel auf den

Trägeransatz. Auch hier dauerte es doch sehr lange, hier kommen einem die Minuten ja wie eine Ewigkeit vor, ehe der Sechser sehr missmutig, und ich glaubte in seinen Lichtern auch Trauer zu sehen, endlich weiter- und dann einzog. Ich musste mich erst setzen, denn auch mir standen die Tränen in den Augen. Es wurde mir bewusst, dass auch Tiere, in diesem Fall das Wild, Trauer zeigen können. So schön der Beruf des Berufsjägers sein kann, aber er schlägt auch manchmal verdammt harte Seiten auf und hier stand ich doch vor einem Problem. Ich musste mich erst fangen, ehe ich meinen Gast holte, die Brüche überreichte bzw. dem Hirsch in den Äser schob und ihn dann zum Steig runterschleppte und auch dort versorgte.

Es war dann schon eine schwere Schinderei, bis wir mit dem Hirschkarren, den wir zum Teil tragen mussten, wieder am Steig waren und den Hirsch auf Tannenästen gebettet, der Wildkammer zuführten. Unser Haumeister, der Winkler Anderl, verstand dann auch meine Zurückhaltung, als ich ihm am Hirsch den Sachverhalt und meine Situation erklärte. Leider ist dieser so bescheidene und dennoch so großartige Mann einer heimtückischen Krankheit erlegen. Drei Jahre später mussten wir den Anderl auf dem Westenhofer Friedhof zur letzten Ruhe betten.

Nach Tagen, es war wieder so ein schöner Spätsommermorgen, pirschte ich, die Nacht verbrachte ich am Hochleger, zur Hofer Höll rauf. Unterhalb der Salzlecke, neben einer vollkronigen Fichte, schob ich mir den Filz unter den Hintern, meiner Hella hatte ich aus dem Wettermantel „a feins Bettl“ gemacht. Lange rührte sich überhaupt nichts und ich hatte schon Sorge, dass die empfindlichen Feisthirsche die zwei Schüsse übel genommen hatten. Es gibt ja fast nichts Empfindlicheres als den Feisthirsch. Auf einmal stand ein Hirsch an der Lecke und im nächsten Augenblick standen mehrere Hirsche am alten Stock und fuhren mit ihren Leckern genüsslich über den Stock, die Wurzelausläufer und sogar das Erdreich nahmen sie auf. Der Moorackl aber war nicht dabei. Hatte er die Schüsse und das Sterben des Kameraden übel genommen? War er ausgezogen, oder hatte er sich einem anderen Feisthirschtrupp angeschlossen?

An einem nasskalten Frühherbstmorgen, am Berg war bereits der erste Schnee gefallen, was am Spitzingsee öfter vorkam, saß ich auf einer hohen Kanzel im Judengraben. Hier hatte ich schon mehrere Schlagstellen von Hirschen in Augenschein genommen. Der Nebel tanzte im Schlag ständig auf und ab, so dass ich schon Sorge hatte, dass mich die kreisenden Winde verraten würden. Auf einmal stand am Rande der Nebelbrühe ein Hirsch. Es war ein dickstangiger und auch alter Hirsch. Seine Brunftmähne war schon stark ausgebildet und der Hirsch machte den Eindruck, dass er bald zum Kahlwild ziehen und mit dem Hochzeitstanz beginnen würde. Mit dem Spektiv wollte ich mir den Hirsch gerade anschauen, als neben dem Althirsch noch ein Hirsch auftauchte. Es war der „Moorackl“, der sich hier dem alten Herrn als Adjutant angeschlossen hatte. Der Althirsch duldete den jungen Spund direkt neben sich, ja sie ästen, fast Haupt an Haupt, nebeneinander. Auf das Mahnen hin kreuzten die zwei Hirsche ihre Stangen, und der Althirsch schob den „Moorackl“ spielerisch über den Schlag leicht bergauf. Da ganz in der Nähe, über den Bergrücken rüber, im Richteraipl, einer aufgelassenen und mittlerweile zugewachsenen Almfläche, ziemlich viel Kahlwild stand, blieb die Kugel im Lauf. Es war dann auch tatsächlich so, der starkstangige Vierzehner war Platzhirsch auf dem Brunftplatz der Valepper Alm und der Moorackl sein „Lehrbua“, sein Beihirsch. Während der alte Hirsch anderen Hirschen gegenüber, falls sie es wagten, seinem Harem zu nahe zu kommen, saugrantig wurde, durfte der Jungspund mitten im Rudel äsen, die brunftigen Tiere bewinden, jedoch zu einem Beschlag kam es nicht. Auch hier zeigte der Althirsch dem Lauser seine Grenzen auf, wenn er ihn hier mit dem Sprengruf, einem Stakkato ähnelnd, vom Brunftrudel vertrieb.

An einem glasklaren, aber kalten Herbstmorgen, die Hirschbrunft hatte ihren Höhepunkt erreicht, führte ich einen Gast auf den alten Vierzehner. Mit dem VW Käfer fuhren wir ins Valepper Tal. Kurz nach der Steinernen Brücke, ein aus Natursteinen erbauter Steinriegel in gewölbter Form, der hier den Klausgraben überspannt, ließen wir den Wagen stehen und pirschten über den schmalen Almboden zur Hock.

Die Luft war erfüllt vom Schreien, Trenzen, dem Kampfruf und dem Ruf des suchenden Hirsches, als sich mein Gast und ich auf dem Sitzbrett der auf einen Felsriegel vom Vorgänger Sepp Fegg gebauten Hock niederließen. Unter uns, auf der zugewachsenen Almfläche, tobte ein Hirschkampf. Im nächsten Moment flog aus den zimmerhohen Fichten ein mittelalter Hirsch regelrecht heraus, dichtauf verfolgt vom alten Vierzehner. Mit zurückgelegten Lauschern und ängstlichem Zurückblicken flüchtete der junge Zwölfer durch die Schlagfläche. Immer wieder drohte der Althirsch zu der unter uns gelegenen Fichtendickung. Mein Gast hatte sich bereits fertig gemacht, es ging aber noch nicht, denn der Hirsch stand spitz zu uns. Endlich drehte sich der Hirsch und unter der Drehung verließ die 270 Win. den Lauf des eleganten Mauser Stutzen. So viel glaubte ich noch gesehen zu haben, dass es auf der Decke des Hirsches aufstaubte. Im nächsten Moment rumpelte der Hirsch zur Fichtendickung rauf. Mit aufgestellten Lauschern und immer wieder sichernd, trollte ein mehrköpfiges Kahlwildrudel über die schmale Schneise, dem Einstand zu. Mitten unter dem Rudel sah ich noch, nun schon etwas verängstigt, den „Moorackl". Nach einer halben Stunde war ich am Anschuss. Tiefe Eingriffe und weit verstreute Schnitthaare zeigten mir eindeutig, dass der Hirsch die Kugel hatte. Nach weiteren drei Stunden war ich mit meiner Hella am Anschuss. In ihrer sehr bedächtigen Art untersuchte sie den Anschuss und verwies nach ca. 30 Metern dunkelroten Schweiß, also ein Leberschuss. In langgezogenen Serpentinen ging die Fährte leicht bergauf und am Höhenrücken zum Klausgraben runter. Nachdem die Hündin einmal zurückgegriffen hatte, spannte sich erneut der lange Riemen und es ging durch eine neu aufgeforstete Kahlfläche zum Tageseinstand, oberhalb des Klausgrabens rauf. Nach einer längeren Riemenarbeit, die Hündin verwies immer wieder Schweißspritzer, wurde auf einmal der Schweißriemen locker. Unter einer sehr starken Altbuche, die rundherum eingehakt zum Absterben verurteilt war, damit sie Fichtenreinbeständen Platz machte, lag verendet der Althirsch.

Mir stellten sich die Haare auf. Hier der Altbaum, der einer irrsinnigen Forstpolitik zum Opfer fallen musste und unter der abgestorbenen

Mutter des Waldes, der Buche, lag der verendete Althirsch. Welche Gefühle und Gedanken man hier entwickelt, will ich hier nicht wiedergeben. Mit dem Taschenhorn rief ich meinen Jagdkameraden zum Hirsch. Auch er war, als er die tote Altbuche sah, schockiert.

Natürlich zogen wir den Hirschkarren zum Klausgraben, betteten den Althirsch auf ein Tannenbett und zogen mit der viel beachteten Beute zur Forststraße runter. Gerade als wir durch das seichte Bachbett fuhren, rumpelte neben uns ein Hirsch durch den Bach, verhoffte und äugte dann längere Zeit zu uns und zu seinem Bruder runter. Es war der „Moorackl". Gab er seinem Lehrherrn das letzte Geleit? Auch hier stellten sich bei mir die Haare auf. Was bewog den Hirsch, hier einzustehen bzw. zu warten? Hatte er auch hier das Sterben seines Bruders mitbekommen?

Ständig mussten wir anhalten, denn auf der damaligen Mautstraße kamen uns immer wieder wissbegierige Straßenbenutzer entgegen, die unbedingt ein Foto machen mussten.

Als wir den Hirsch nach dem Verblasen in die Wildkammer brachten, überwog doch die Freude. Wir hatten durch waidgerechte Jagd, ein wertvolles Stück Wild der Wildbahn entnommen und suchten die Alte Wurzhütte auf. Auch hier kreiste dann, nach den obligatorischen Weißwürsten, der Becher. Und es wurde eine würdige, lustige und auch lange Hirschfeier.

Als ich dann am Abend das Erlebte meiner Frau und den Buben erzählte, kreisten unsere Gedanken immer wieder um den Hirsch „Moorackl". In dieser Hirschbrunft sah ich ihn nicht mehr, der Einstand im Richteraipl war längere Zeit nicht mehr angenommen.

Der Winter zog ins Land und ich war ständig unterwegs, um meinen Abschuss hinzubekommen. Auch eine größere Zahl von Jagdgästen mussten noch auf den Brunftgamsbock geführt werden und natürlich mussten auch die vier großen Rotwildfütterungen und die fünf Rehfütterungen versorgt werden. Auch die Fuchseisen verlangten eine tägliche Kontrolle, ich war also mit Arbeit reichlich gesegnet.

Endlich, mein vorgeschriebener Abschuss war erfüllt, konnte ich an den Fütterungen nach meinem Wild schauen. Natürlich kreisten meine Gedanken um den „Moorackl". Der zuständige Förster, FAM Max Fackler hatte einen geringen Sechser erlegt und wir glaubten beide, dass es der „Moorackl" sei. An der Fütterung im Lochgraben stand er nicht und ich machte mich schon mit dem Gedanken vertraut, dass er einer waidgerechten Kugel zum Opfer gefallen sei.

An einem recht stürmischen Wintertag, ich watete weit hinter ins Valepper Tal zur Grießgraben- und zur Waitzingerfütterung, wartete ich am Futterstadl der Waitzinger Alm. Das Wild hatte bei diesem Sauwetter oberhalb der Fütterung seinen Einstand gewählt. Es schneite und stürmte in einer Tour und wollte einfach nicht aufhören. Auf einmal sah ich oberhalb der Fütterung einen einzelnen Hirsch auf dem zugewehten Wechsel zum Stadl runterziehen. Immer wieder musste ich das Hensold Glas abwischen, denn der dichte Schneefall drang bis zu den Okularlinsen vor. Knapp oberhalb des Futterstadl verhoffte der Hirsch und in einer Windpause konnte ich ihn endlich ansprechen, es war

Fütterung am Lochgraben.

der Moorackl. Er hatte sich die linke Stange oberhalb des Mittelendes abgerauft, rechts fehlte das Augende. Der Trubel mit dem vielen Kahlwild an der Lochgrabenfütterung war ihm zu viel. Nun hatte er also Einstand und Fütterung im ruhigeren Valepp Tal bezogen. Nach zwei Tagen, ich beschickte am Vormittag gerade die Fütterung der Waitzinger Alm, schüttete Grummet auf und legte auf den langen Tischen Silage aus, als neben und oberhalb von mir ein kleines Schneebrett niederging. Ich blickte nach oben und traute meinen Augen kaum, der „Moorackl" zog mit einem jungen Kronenzehner, schon so frühzeitig zur Fütterung runter. Ich redete die zwei Junghirsche an, doch sie verhofften lange. Die ausgelegten Rüben und Äpfel mussten ein Magnet sein, denn kaum hatte ich den Futterstadl verschlossen, zogen sie in unbekümmerter Manier wie zwei Helden herunter. Tagtäglich standen die zwei Junghirsche als Erste am vollen Barren und an der Raufe. Auch das übrige Futterstadlwild wurde immer vertrauter und so erhielt ich einen genauen Überblick über den Wildbestand. Natürlich duellierte sich der Moorackl des Öfteren mit dem Kronenzehner. Es verging kaum ein

Tag in diesem schneereichen und kalten Winter, ohne den Junghirsch gesehen zu haben.

Auch dieser sehr strenge Winter neigte sich dem Ende zu, als ich eines Morgens die zwei Stangen des Moorackl unter der Futterraufe hervorholte.

Im nächsten Sommer, zur Feiste, stand der Moorackl zusammen mit seinem Futterstadl-Kameraden wieder bei den Feisthirschen in der Hofer Höll. Er trug heuer ein dünnstangiges und niedriges Achtergeweih und normalerweise hätte man ihn erlegen können oder sollen. In der darauffolgenden Brunft, es war eine schlechte, von Regenmassen und unstetem Wetter begleitete Brunft, zog er im Lochgraben seine Fährte. Er war Beihirsch bei einem saugrantigen Zwölfer, der noch einige Jahre geschont werden sollte. Auch dieser Hirsch, der aus dem Bayrischzeller Bergen zu uns zog, duldete den Moorackl, während er bei anderen Hirschen sofort zum Angriff überging.

An einem recht windigen, von Nebel durchzogenen Frühpirschmorgen stieg ich, es war auch mal schön, keinen Gast am Rucksack hängen zu haben, über den unteren Lochgraben zum Dorf Spitzingsee runter. Neben mir tosten und rauschten die wilden Wasser des Lochgrabens. Ich hatte wegen meiner Söhne dieses Wildwasser gepachtet, damit sie die Fischwaid ausüben konnten. Bei einer Frühpirsch entdeckte ich den fliegenden Diamanten, den Eisvogel, der an einer weit verzweigten Gumpe nach Kleinfischen jagte. Mit meinen Söhnen zusammen, sie hatten mit der Natur die größte Freude, legten wir an mehreren Kolken und Gumpen Stangen über den Wildbach, damit der Jagdkamerad Eisvogel auch seine Ansitzmöglichkeit hatte. Durch einen Zufall sah ich dann auch die Nistmöglichkeit dieses wunderschönen Tieres, unter einer überhängenden kleinen Felswand. Da ich einmal böse Erfahrungen mit so genannten Falkenhorstbewachern gemacht hatte, habe ich mir geschworen, nie mehr die Nest- und Brutplätze seltener Vögel bekannt zu machen. Sie haben den Wanderfalken, diesen edelsten Jäger der Lüfte, zu Tode bewacht, bzw. er verließ seinen angestammten Horst. Unter anderem, weil tagtäglich einige Wichtigmacher, meistens haben sie von der Natur und ihren Zusammenhängen keine Ahnung, den Horst bewachten, zu nahe aufrückten, und dadurch diesen Edeljäger vertrieben. Aber auch hier kam mir der Zufall, oder war es meine Erfahrung, wieder zu Hilfe, als ich den Neubau des Horstes entdeckte. Die Vertriebenen haben dann zwei Jungfalken großgezogen und es war für mich ein besonderes Erlebnis, die ersten Starts und Flugversuche der so schön gezeichneten Flugjäger zu beobachten.

Natürlich wussten die Dorfbuben, sie waren ja ständig bei unseren Söhnen, dass hier ein guter Forellenbestand vorhanden war. Mir war völlig klar, dass ich hier stille Teilhaber haben würde, es wären ja keine richtigen Lausbuben, wenn sie nicht ab und zu eine Forelle, mit der Hand gefangen, nach Hause bringen würden. An einem wunderschönen Sommermorgen, ich hatte gerade meine versteckte Hock verlassen, stieg ein Bub, dessen Mutter Sennerin auf der Hochalm war, über den Steig des Lochgraben zu Tale. Er musste ja in die Schule und es war ein so lieber und netter, „a richtiger Lausbua".

Völlig unbekümmert stieg er neben mir, er hatte mich noch nicht bemerkt, zum Grabenboden runter. Auf einmal gab es ihm einen gewaltigen Riss. Er stand völlig verdattert neben mir und dabei entwickelte sich folgender Wortlaut. „Ja guadn Morgen Franzä" – „Ja guadn Morgen Jaga", gab er sehr schüchtern und ängstlich von sich. Er erklärte mir, dass es ihm pressieren würde, denn der Schulbus fuhr pünktlich ab. „Du Franzä", fragte ich, „is dir net zufällig eine Forelle in den Schulranzen gehüpft"? Nun war der Bua völlig aus der Bahn geworfen. Mit großen Augen schaute er mich an und stotternd gab er folgendes von sich: „Na, na – heut net." Ich musste mich umdrehen, denn ich hatte bei den Dorfkindern ein besonderes Ansehen, mich hätte es bald zerrissen vor Lachen. Mit wieselflinken Beinen spurtete der Bub den Lochgraben runter. Als ich den Franzä aus den Augen verloren hatte, setzte ich mich auf einen Stock und ich musste hell herauslachen. Heute ist dieser damalige Bub, er machte trotz des frühen Todes seiner Mutter eine enorme Karriere bei der Polizei bzw. bei der Kripo, der 1. Bürgermeister unserer Gemeinde.

Aber lassen sie mich wieder zum Moorackl zurückkommen. Beim Abstieg in den Lochgraben glaubte ich eine Hirschstimme vernommen zu haben. Nun horchte ich schon gespannter zur Fichtendickung oberhalb der wild tosenden Wasser. Auf einmal sah ich mehrere Wildkörper, die sich hier durcheinander schoben. Es war das Standwild des Lochgrabens, und unter der „Weiberschar" stand mit hochgestellten Lauschern „da Moorackl". Der bösartige Platzhirsch duldete den Junghirsch sogar beim Kahlwild.

Noch drei Jahre zog der Moorackl im Sommer zu den Feisthirschen in die Hofer Höll. Während er die Brunft auf der Schönfeldalm oder im Lochgrabengebiet verbrachte. Er hatte so seine Gewohnheiten und eine davon war, seine besondere Liebe zu sämtlichen erreichbaren Suhlen. An einem recht schönen Frühjahrmorgen, ich war schon zeitig ins Valepper Tal gefahren, um nach Abwurfstangen zu suchen, denn mehrmals stellte ich auch hier stille Teilhaber fest. Ganz bedächtig stieg ich die steilen Wechsel zum Einstand rauf. Unter den Schirmfichten fand ich die ersten Stangen, ich ließ das Wild lange in Ruhe, ehe ich mir den Lohn für die vielen Mühen des Winters holte. Ich wollte das Wild einfach nicht beunruhigen und deshalb drang ich lange nicht in den Einstand ein. Auf der Forststraße, die sich 300 Meter oberhalb der Fütterung um den Pfannkopf herumzieht, wollte ich gerade wieder umkehren, als ich ein Plätschern von einem schmalen Altholzstreifen her hörte. Ganz vorsichtig pirschte ich weiter, um Einblick in die Suhle, die ich dort wusste, zu bekommen. Über den leicht ansteigenden Höhenrücken schlich ich vorsichtig weiter. Vor mir schimmerte die Suhle aus dem Altholz und wer lag, sich wohlig drehend und wälzend in der Hirschbadewanne – „da Moorackl". Er war so voll Dreck und Schlamm, aber er fühlte sich sauwohl dabei. „Bist a richtiger Saubär", war mein verhalten gegebener Kommentar. Ich stieg zurück, stemmte den Bergstock unter die Achsel und rutschte und schlitterte zum Futterstadl runter. Zwei Tage darauf lagen beide Stangen von ihm auf dem Futterplatz. Sämtliche Enden waren angekämpft oder abgebrochen. Die Stangenlänge war auch nicht zufriedenstellend und so entschloss ich mich, den Hirsch heuer, obwohl er mir sehr nahe stand, zum Abschuss freizugeben, er war der klassische 2B Hirsch.

In der Feiste wurde er von einem Jagdgast, der mehr mit dem Maul, aber nicht mit der Büchse traf, sauber vorbeigefunkt. Der Hirsch kam uns oberhalb des Schafstalls, am Stolzen, wie auf dem Präsentierteller. Natürlich war wieder alles andere schuld an dem Fehlschuss. Mir fiel dabei mein erster Lehrherr, Oberjäger Lorenz Karl, ein, der einmal zu einem Jagdgast, der ob seiner Patzerei schon dorfbekannt war, sagte: „Das Glump fängt hinter dem Schaft an." Dieser weise Spruch kam mir auch hier in den Sinn, aber ich schluckte die Bemerkung runter. Noch zweimal nahmen wir den schweren Aufstieg unter die Bergschuhe, aber der Moorackl ließ sich nicht mehr in Anblick nehmen.

An einem von Föhnwolken und dem dazu gehörigen warmen Wind durchzogenen Vollmondmorgen, ich putzte gerade meine Bergschuhe, drangen mehrere Hirschschreie vom Lochgraben und dem wilden Fräulein zu mir runter. Ich hatte zwei Tage keinen Gast und konnte so alleine mit meiner Zeit schalten und walten. Ich stieg in die Bergschuhe, hängte mir den Mannlicher über Rucksack und Buckel, angelte den Bergstock aus dem Eck des Jagdhauses, zischte der Asta und marschierte durch das noch schlafende Dorf, dem Lochgraben zu. Oberhalb der Gundlalm war der Teufel los. Hier mussten sich mehrere Hirsche gewaltig in die Haare gekommen sein. Es war ein so gewaltiges Hirschkonzert, mit Trenzen und Orgeln, mit Kampfruf und Vertreiben, dass es mir die Haare aufstellte. Immer wieder deutete der Nasenschwamm meiner BGS Hündin zum Berg oberhalb der Gundlalm. Heute führte der Lochgraben wenig Wasser, so dass mir kein Hirschlaut auskam. Oberhalb vom Futterstadl, in einer langen schmalen Rinne, hatte ich im Laufe des Sommers eine feine Hock gebaut.

Hinter der Verblendung ließ ich mich nieder, die Nachfolgerin meiner unvergessenen Hella, die Asta, hatte es sich auf meiner Kotze bequem gemacht. Langsam nahmen die Konturen von Schwarzenkopf und Jägerkamp, von Wilden Fräulein und Seeleiten Farbe an. Direkt oberhalb von mir, es waren keine 150 Meter, schob sich ein Kahlwildrudel durcheinander. Beim Rudel stand mit grimmigem Blick und unter ständigem Drohen ein langstangiger Zwölfer. Der kohlschwarze Hirsch, er hatte auch eine gewaltige Stimme, trieb dann sein Rudel zu Holze. Nun ging es Schlag auf Schlag. Im nächsten Moment trollte mit knackenden Läufen ein mittelalter Vierzehner, mit sehr dicken Stangen, dem Rudel hinterher. Im nächsten Augenblick flüchtete der Vierzehner, ängstlich zurückäugend zum Lochgraben runter, verfolgt vom Platzhirsch, der ihm mehrmals mit den Stangen auf den Spiegel drosch. Mir lief es kalt den Rücken runter, denn so ein Schauspiel hatte ich noch nicht erlebt. Langsam entfernte sich das mordialische Spektakel und nur noch vereinzelte Hirschhälse kamen zu mir rüber. Auf einmal hatte sich die Asta aufgerichtet. Oberhalb der steilen Rinne stand mit grantig dreinschauendem Blick ein ungerader Eisendzehner, es war der Moorackl. Er hatte sich wieder eine Stange oberhalb des Mittelendes abgekämpft. Der Hirsch trug sein siebtes Geweih und ich hatte einen 2B Hirsch zum Abschuss frei bekommen. Einen solch klassischen 2B Hirsch konnte und durfte ich nicht weiterziehen lassen. Ich holte aus der Ecke der Hock meinen Mannlicher. Gerade

Der Lochgraben Moorackl.

als der Hirsch weiterziehen wollte, ahmte ich das Mahnen des Alttieres nach und im nächsten Augenblick kugelte und walkte und überschlug sich der Hirsch, von einer waidgerechten Kugel getroffen, zu mir runter. Meine bewährte 6,5x57 hatte auch hier ihre Leistung unter Beweis gestellt. Der Hirsch hatte die schönsten Grandln, die ich je herausbrechen durfte. Er musste in dieser Brunft schon enorm viel gerauft haben, denn der Wildkörper war übersät von Narben und Schmissen, und er war natürlich wieder voll Schlamm und Dreck. Kurz vor seinem Ende hatte er noch eine Hirschbadewanne aufgesucht. Ich ließ den Hirsch in einem schmalen Grasband nach unten rutschen und zerrte ihn in eine Gumpe des Lochgrabens. Ein breiter Dreckstreifen sprudelte dann den Graben runter, bevor ich den Hirsch aufbrechen konnte.

Lange stand ich mit dem bruchgeschmückten Hut in der Hand beim Hirsch, ehe er auf Tannenästen gebettet, auf dem Hirschkarren der Wildkammer zurollte.

Der abgelegte Jagdgast.

Im Laufe vieler Jahre habe ich eine beträchtliche Zahl von Jagdgästen auf alle, in den von mir zu betreuenden Revieren vorhandenen Wildarten geführt und auch die meisten zu Schuss gebracht. Vom Generaldirektor bis zum einfachen Parkwächter, vom hohen Politiker bis zum bescheidenen und braven Handwerksmeister. Wenn ich mit dem Gast im Revier war, dann stand bei mir nicht der Titel, ob zu Recht oder Unrecht erworben, möchte ich dahingestellt sein lassen, sondern der anständige und waidgerechte Jäger im Vordergrund. Sehr schnell stellte ich bei den Pirschgängen die jagdliche Einstellung und Achtung dem Wild gegenüber fest. Wenn ich mit meinen Gästen auf der Hütte war, dann konnte es schon passieren, dass mir mancher Gast sein Herz ausschüttete; manchmal kam ich mir fast wie ein Beichtvater vor. Es war oft schon sehr interessant, was wir Berufsjäger an kleinen und auch größeren Geheimnissen, auch politischer Natur, mit anhören durften. Wir wurden sogar des Öfteren um einen natürlichen Ratschlag gebeten. Mit einem Mitglied des Bayerischen Kabinetts saß ich einmal auf einer hohen Kanzel und wir durchleuchteten den vorgeschlagenen Entwurf zum Jagdgesetz.

Es war für mich immer von besonderer Bedeutung, wenn ein Flachlandjäger, ob aus dem norddeutschen Raum oder aus Niederbayern, nach stundenlangem Aufstieg, nass geschwitzt, aber überglücklich am gestreckten Gamsbock oder Hirsch, den Erlegerbruch sich an den Hut stecken durfte. Ich selbst war genauso zufrieden, wenn wieder ein glücklicher „Flachlandler" oder „Städter" mit für ihn unvergesslichen Erinnerungen und einer Trophäe seiner Heimat zustrebte.

Im Schlierseer Winkel hatte ein sehr reicher, heute würde man sagen neureicher älterer Herr seinen Alterssitz genommen. Der Waidmann hatte an einem der schönsten Plätze, oberhalb des malerischen Schliersee, sein Domizil aufgeschlagen. Wie seinem großspurigen Gehabe und

Auftreten zu entnehmen war, besaßen er und seine wesentlich jüngere und charmante Frau auch den Jagdschein, und sie suchten jagdlichen Anschluss. Bei einem Telefongespräch gab sich der „Auchwaidmann" zu erkennen und erzählte mir von seinen großartigen jagdlichen Erlebnissen. Natürlich kam man auch auf Jagdgelegenheiten zu sprechen und ich gab die Adresse und Telefonnummer des Forstamtes bekannt. Am nächsten Tag stand der Schlierseer Neubürger mit seiner jungen Frau vor dem „Jagahäusl". Natürlich hörte ich mir mit Skepsis die wortreich vorgetragenen Jagdwünsche des norddeutschen Waidmanns an. Aber am meisten fiel mir das tadellose, aber sehr übertriebene Make-up der jungen Jägerin auf, etwas weniger hätte auch ausgereicht. Die verdammt langen Fingernägel, Adlerfängen ähnlich, gaben mir besonders zu denken. Wie sollte diese Dame denn beim Aufbrechen mit dem Knicker wohl umgehen, waren so Gedanken, die mir als Erstes durch den Kopf gingen. Das Forstamt hatte mich mittlerweile verständigt, dass dem Ehepaar jeweils ein Hochwildabschuss, Gams oder geringer Hirsch, zugebilligt wurde. An einem der nächsten Tage trafen wir uns zum Einschießen der Waffen an der Schranke der Mautstraße zum Valepper Tal. Aus dem Schusshüttl an der Waitzinger Alm holte ich die Scheiben und stellte diese auf 100 Meter auf. Die mit Schminkfarbe zugekleisterte Jägerin schoss zuerst und sie schoss eine sehr gute Kugel, wie die drei Zehner auf dem Papier anzeigten. Nun war der ältere Waidmann an der Reihe und er schoss eine hundsmiserable Kugel. Beim genauen Hinschauen stellte ich fest, dass der Schlierseer Neubürger verdammt stark muckte. Die Ausreden des Waidmanns waren schon von besonderer Güte. Von starker Aufregung über schlechte Sicht gingen die Ausreden und mir blieb keine andere Wahl, als selbst die elegante Kipplaufbüchse auszuprobieren. Sämtliche Schüsse saßen genau im Zentrum. Also, an der Waffe konnte es nicht liegen, sondern nur am Steuermann. Wie sagte immer wieder mein Vater so treffend: „Das Glump fängt hinter dem Schaft an."

Am Spätnachmittag machten wir den ersten Pirschgang ins Thalerl, einem tiefen Talkessel zwischen den markanten Wänden des Sonnwendjochs und dem Tuschbergrücken. Unterhalb des Kreuzberges, einem fast mit Latschen zugewachsenen Felszapfen, hatte ich in einer Lawinengasse eine hohe Kanzel gebaut. Beim Aufstieg, der sich in manchmal sanfteren Biegungen und dann wieder etwas steileren Serpentinen zum Kreuzbergsattel raufzieht, bedurfte es schon viel guten Zuredens, damit mir der Jäger nicht schlapp machte. Seine junge Frau, ich musterte sie einige Mal verstohlen unter der Hutkrempe hervor, schritt derweil munter neben mir her, dem Ansitz zu. „Warum schmierst du dir denn dein nettes ‚Gsichtl' so furchtbar mit Farbe und sonstigen weiblichen Schönheitsmittel zu", waren meine unausgesprochenen Gedanken. Ja, selbst nach dem Ausstieg aus dem VW Käfer trat der Lippenstift nochmals in Aktion. Immer wieder redete das weibliche Schönheitsideal, über den Geschmack lässt sich ja bekanntlich streiten, ihrem langsam schlapp machenden Ehemann zu. Endlich, so dachte ich, als wir die hohe Tannenkanzel sahen, waren wir am Ziel. Aber ich hatte mich gewaltig getäuscht, denn beim Anblick der hohen „Abschussrampe", ging mein „Preiß" erst richtig in die Knie. Er war alles andere, bloß nicht schwindelfrei. „Los, jetzt hab dich nicht so", und noch stärkeres Zureden seiner Frau, der Mann war nicht zu bewegen, nach drei Sprossen drehte er, grün im Gesicht, den Angstschweiß auf der Stirn, zitternd und käseweiß wieder um. Schwerfällig und auch grantig setzte sich „da Waidmann" unter die Kanzel. Wir legten ihn wie einen meiner Schweißhunde ab. Mit der farbenprächtigen Jägerin enterte ich die Kanzel. Nun erlebte ich eine der lustigsten Geschichten, die mir als Pirschführer je gegönnt waren. Nebeneinander saßen wir hinter der Tannenverblendung und glasten den steilen Lawinenstrich und das dichte Latschenfeld des Kreuzbergs ab. Der Boden der Kanzel bestand aus armdicken Rundholzprügeln, so dass man sowohl nach unten als auch nach oben schauen konnte. Der abgelegte Ehemann ließ uns keinen Augenblick aus den Augen, ständig blickte er nach oben, ob der junge Revierjagdmeister, mit 35 Jahren ist man ja bekanntlich in den besten Jahren, seiner jungen Frau nicht doch zu nahe kommen würde. Ich klärte den lebenden „Schminktopf" über das misstrauische Gehabe ihres abgelegten Ehemanns auf. Die sonst so nette Jägerin schüttelte nur den Kopf. „Eifersüchtiger Gockel", war eine der treffenden Bemerkungen.

Langsam ging hinter der Felskrone des Schinder, diesem so markanten Wald und Felsberg, die Sonne unter und das Licht wurde immer spärlicher und dünner. Am gegenüberliegenden Lawinengraben zogen mehrere Gamsgeißen mit Nachwuchs zur Salzlecke, die ich unter eine weit ausladende Altfichte gelegt hatte. Mit den Jagdgläsern sprachen wir das Scharwild an, bei dem noch zwei jüngere Gamsböcke zum Kindergarten sich gesellten. Oberhalb des Scharwildes zogen zwei Alttiere mit ihren Kälbern zur Äsung. Aus meinem Rucksack holte ich das Spektiv und klemmte es an einer eingeschraubten Eisenzwinge ein. Die Jägerin musste, damit sie das Spektiv nicht verstellte, zu mir herrücken und kam mir aus der Sicht ihres abgelegten Ehemanns zu nahe. Mit dem Glas äugte „da Preiß" nach oben und drehte ständig an seiner Okulareinstellung. Auf einmal stand er auf, räusperte sich so laut, dass das ausgezogene Gams- und Rotwild zu uns runter äugte und im nächsten Augenblick absprang. Wild gestikulierend und zornig die Fäuste schwingend, drohte uns der abgelegte Ehemann und dies alles ohne einen Ton. Wir stiegen ab und trollten uns dem Tale zu. Im Auto konnte ich endlich dem so misstrauischen Ehemann den Sachverhalt schildern. Ich musste mich jetzt schon gewaltig am Riemen reißen, damit ich nicht ausfällig wurde. Ohne ein Wort noch zu verlieren, fuhren wir dem Dorfe zu, das mittlerweile im Abendlicht lag, und ohne auch nur ein Wort zu sagen, entschwanden die beiden. „Den führe ich nicht mehr, der soll meinetwegen ‚Schwammerl' suchen", so sagte ich zu meiner Frau. Ich verständigte den Chef des Forstamtes, Oberforstmeister Thierfelder, doch der Chef bat mich, den Gast unbedingt zu führen. „Schauns, dass er bald zu Schuss kommt, dann haben Sie Ihre Ruhe vor ihm", war die lakonische Bemerkung des Vorgesetzten.

Am nächsten Mittag, ich saß gerade bei der Suppe, klingelte das Telefon. „Warum nur grad beim Essen", war mein brummiges Aufstehen vom Mittagstisch. Am Telefon meldete sich mein Schlierseer Neubürger in seinem freundlichsten Ton und wir verabredeten für den nächsten Morgen eine Pirsch zum Lochgraben. In einem älteren Bodensitzerl, einer Hock, saßen wir schon am zeitigen Morgen. Eine penetrante Duftwolke zog mir, da ich unterhalb der Waidfrau saß, in die Nase. Der Geruch eines Brunfthirsches wäre mir lieber gewesen. „Ich werde es schon aushalten“, waren meine Gedanken. Man sah dem „Preiß“ so richtig an, wie froh er doch war, dass er nicht wieder abgelegt wurde. Sehr schnell war es Tag geworden. Hinter uns, von den Schönfeldalmen her, hörten wir bereits, dass die Sennerinnen ihr Tagwerk begonnen hatten. Das Scheppern der Milchkannen sowie der monotone Brummton der Melkmaschinen vermischten sich mit dem Bimmeln der Weideviehglocken. Oberhalb des kleinen Erlenwäldchens, das sich nierenförmig zum Taubenstein raufzieht, zogen bei bestem Tageslicht zwei Schmaltiere und zwei hoch aufhabende Schmalspießer dem Einstand zu. Der Gast erklärte mir, dass er auch mit einem Schmaltier zufrieden sei. Ich klappte das Stützbrett für den Ellenbogen herunter, der Gast richtete sich ein und fehlte auf knapp 100 Meter zweimal hintereinander ein geringes Schmaltier. Die Ehefrau des „Superjägers“, als solcher gab er sich öfters aus, schaute mich nur ganz groß an und schüttelte den Kopf. In den Erlen erschien noch ein sehr starker Gamsbock mit einer dick verpechten Krucke. Unterhalb des steilen Lahner, der sich in die Lochgraben-Skiabfahrt reinzieht, trieb ein jüngerer Rehbock sein Schmalreh durch den Almboden, ehe auch hier die untergetauchten Rehspiegel im anschließenden Altholz verschwanden. Ziemlich grantig und auch sehr einsilbig stiegen wir aus unserer Hock. Mit der freilaufenden Hündin, wenn es ernst werden würde, dann konnte ich die Asta immer noch an den Riemen nehmen, untersuchten wir die Anschüsse und es waren auch solche, wie der Flurschaden eindeutig zeigte. Beim Abstieg erklärte mir der „Preiß“ auch noch, dass ihm die Auflage doch zu niedrig und der Abstand zur Schussstange zu weit gewesen sei. Ich musste mich gewaltig zusammennehmen, damit ich nicht doch noch unfreundlich wurde, aber so ähnlich ist es mir schon einige Male ergangen, wenn der Steuermann das gewünschte Ziel verfehlte.

Am nächsten Morgen wartete ich an der Schranke auf das Ehepaar. Die Wartezeit versüßte mir ein einzelner Fischreiher, der mit schwerem Schwingenschlag und vollem Kropf über den See ruderte. Mühsam schraubte er sich hoch, ehe er über den Spitzingsattel entschwand. Kurz darauf stand das Ehepaar wieder startbereit an der Valepper Schranke. Mit meinem VW Käfer fuhren wir zur Oberen Firstalm. Unterhalb der Plaick, einem wilden Kar im Brecherspitzmassiv, hatte ich im Frühjahr eine neue „Hock" gebaut. Zum Sitzerl hin hatte ich in mühseliger Arbeit einen längeren Pirschsteig angelegt, auf dem wir zu dritt hinpirschen konnten. Mehrmals musste ich den Waidmann ermahnen, etwas leiser zu sein. Ständig stieß er mit der Eisenspitze des Bergstockes an Steine und so entstanden metallische Geräusche, das „Gamsklingeln". Endlich drehte er den Bergstock um und dann ging es wesentlich leiser. Nachdem wir uns den Filzfleck unter den Hintern gelegt und hinter der Verblendung eingeschoben hatten, konnten wir den stark angenommenen Wechsel, der sich durch den steilen Bergwald zieht, gut einsehen. Unter uns blinkte im ersten Morgenlicht der Spitzingsee uns zu und von den Almen her hörten wir wieder das Geläut der Almviehglocken. Es lag eine so wohltuende Ruhe über diesem Paradies, sicherlich eines der letzten im Bayerischen Alpenland. Auf einmal rumpelten Steine durch den Bergwald herunter und im nächsten Augenblick zog ein alter und stiernackiger Hirsch seinem Einstand entgegen. In einer schmalen Altholzgasse verhoffte der stolze Geweihträger. Er trug ein hohes Geweih, mit langen Enden und einer edlen Viererkrone. Diesen Hirsch konnte ich erst ein Mal, in der letzten Brunft, als er einen jüngeren Hirsch vom Brunftplatz an den Valepper Almen trieb, ansprechen. Zitternd saß die Jägerin, heute hatte sie ihre Farben etwas dezenter aufgetragen, neben mir, fasziniert vom Anblick, den wir hatten. Lange war der Hirsch schon hinter dem nächsten Felsriegel eingezogen, als es wieder steinelte. Unterbrochen von einem Gamspfiff, diesem markanten Warnton, standen auf einmal mehrere Gamsgeißen mit Kitzen und Jährlingen an der weit entfernten Lawinenrinne, die sich von der Plaick zum Firstalmboden runter zieht. Es war für einen verantwortungsvollen Schuss aber doch zu weit. Heute war die First Lady dran. Mit dem Bergstock in den knallroten „Adlerfängen", die Büchse über der Schulter, pirschten wir, weit ausholend, dem äsenden Gamsscharl entgegen. Immer wieder äugte eine schon misstrauisch gewordene Gamsgeiß zu uns runter. Im Altholz kamen wir nun langsam der ersehnten Beute, es stand ein sehr geringer Gamsjahrling auf einem kleinen Felszapfen, näher. Unter einer dickstämmigen Tanne, an deren Wurzelausläufen konnte ich mit dem Rucksack eine Schussauflage herrichten, lag die Jägerin. Nachdem ich den zu erlegenden Jahrling genauestens beschrieben hatte, ging die Jägerin doch etwas nervöser und stark atmend ins Ziel. Mit dem Einschlag der Kugel hob es den Jahrling regelrecht von seiner hohen Warte, und er kugelte, sich öfter überschlagend, den Lawinenstrich herunter. Pfeifend, Steine ablassend und mehrmals verhoffend, flüchteten die Berg-, Felskar- und Latschenfeldbewohner durch den Altholzsaum der Plaick zu. Im nächsten Moment war die Jägerin auf den Läufen, fiel mir freudestrahlend um den Hals und klatschte mir einen Kuss auf die Wange. Mit kleinen Schritten, der sehr steile Aufstieg ließ es auch nicht anders zu, stiegen wir zum unter den Brombeerstauden liegenden Gamsjahrling auf. Ich durfte bei der Überreichung des Erlegerbruches wieder mal in sehr glückliche Jägeraugen schauen. Die Jägerin bat mich dann noch, ihr das Aufbrechen abzunehmen, denn bis dato habe sie noch nie eine Bauchdecke aufgeschärft und das Gescheide nebst Aufbruch aus dieser geholt. Während des Aufbrechens blinzelte ich zur Hock. Dort saß unser Superjäger, das Glas an den Augen und ließ uns keinen Augenblick aus den Okularlinsen. Mit dem Jahrling im Rucksack, den Bergstock am steilen Abstieg als dritten Fuß eingesetzt, rutschten und kraxelten wir langsam zum wartenden Ehemann. Ich musste nur so staunen, wie schnell meine Jägerin, im Gegensatz zu ihrem Ehemann, die Handhabung des Bergstocks erlernt hatte. Mit einem etwas säuerlichen Gesicht gratulierte er seiner „besseren Hälfte“ und erlaubte seiner Frau, mir einen Kuss, den ersten hatten wir wohlweislich verschwiegen, auf die Wange zu geben. Dieses Mal war die andere Gesichtshälfte dran und am Auto beäugte mich „da Preiß“ mehrmals von der Seite. „Warum muasst du eifersüchtiger Gockl a so jungs Weiberleit heiraten? Des hättst da do denka kenna, dass de mit dir net zfriedn ist“, so waren meine Gedanken.

Einige Tage später waren meine Frau und ich Gäste des Oberwaidmanns und Superjägers, so wurde er mittlerweile von mir bezeichnet. Dies war aber dann auch die letzte Zusammenkunft mit ihm. Nach kurzer Zeit zog das Ehepaar, des Föhns wegen, wieder in norddeutsche Gefilde.

Bei einer Weihnachtsfeier in einer bekannten Nobelgaststätte in München, wir, der Schlierseer Viergsang, durften die Feierlichkeit musikalisch umrahmen, stand auf einmal eine sehr nette und charmante Frau vor mir. Lange musste ich nachdenken, bis ich wusste, wohin ich den mit Schmuck überhäuften und glitzernden „Rauschgoldengel" einzuordnen hatte. Es war meine Jägerin vom Plaickkessel, an ihrer Seite saß ein netter jüngerer Mann und sie hatte sich von ihrem wesentlich älteren Mann getrennt. Die Natur hatte also doch gesiegt.

Der alte Gamsbock von der Plaick.

Das Wahrzeichen von Schliersee und besonders vom Spitzingsee ist die Brecherspitz. Dieser markante Berg sticht einem schon, wenn man auf der Autobahn in Richtung Süden fährt, ins Auge. Was das Matterhorn für die Schweizer, wohl einer der schönsten Berge, die es gibt, ist für das Bayerische Oberland die Brecherspitz. Mit seiner markanten Form und felsigen Spitze, mit Latschenfeldern und auch Almmatten, mit dunklen Wäldern und weiten Dickungen kann man diesen Berg als eine Heimat für das Bergwild bezeichnen. Mitten in seinem felsigen Massiv war vor vielen Jahrhunderten, ausgelöst durch einen Bergsturz, ein gewaltiges Kar entstanden – die Plaick. Die Plaick ist, oder war, „a Gamshoamatl", eine Heimstatt für das Krickelwild, bevor hier ideologischen Forderungen folgend, von einer Forstminderheit dem stolzen Bergwild fast der Garaus gemacht wurde. Es ist nicht nachvollziehbar, dass man gerade

Der Schliersee Viergesang singt auf der Alm. (Bild: Karl B. Kögl)

die Brecherspitz bzw. die Plaick zum Schutzwald erklärt hat. Sämtliches Gamswild wurde hier durch gnadenlose Jagd verfolgt, gehetzt und niedergestreckt. Einigen dieser Wildkiller ging es aber nur um Befriedigung ihrer ungezügelten, ja barbarischen Jagd- oder Tötungslust. Auf dieser spärlichen, von großen Sandreisen durchzogenen und dünnen Erdschicht ist noch nie Wald gewachsen und jetzt soll auf einmal, am besten über Nacht, hier Bergwald wachsen. Topfpflanzen, im Flachland gezogen, werden in dem mageren Sandboden eingebracht. Im steilen Plaickkessel gehen des Winters immer Lawinen ab, nehmen die Flachlandfichten, zusammengerollt wie eine Leberwurst, mit, und natürlich ist das Bergwild schuld an dieser Misere. Ja, man hat schon wieder einen Grund gefunden, hier mit der Büchse reinzufunken.

Zu meiner Zeit hoch oben am Spitzingsee standen die Gams und auch manchmal das Rotwild im weiten Kessel der Plaick. Es war ein besonders günstiger Wintereinstand für die „Krickelviecher". Manch guten Gamsbock oder alte Gamsgeiß, von meinen Jagdgästen erlegt, trug ich auf dem Rücken zu Tal. Die Plaick war ein Garant, immer gut für einen starken Gams.

Ein vorgeschobener Riegel der Brecherspitz ist die Krettenburg. Dieser Name trifft für diesen wilden Felsriegel fürwahr zu. Oberhalb der Unteren und Oberen Firstalm, im Sommer weidet hier eine stattliche Zahl von Almrindern, streckt die Krettenburg ihr von Schrunden und Feldriegeln, von Gräben und Latschenstreifen durchzogenes Haupt in den Himmel. Während in der Plaick am liebsten die Gamsgeißen mit ihrem Nachwuchs einstanden, zogen vereinzelte, aber immer alte Böcke auf der Krettenburg ihre Fährte. Am Rande der Krettenburg hatte ich eine versteckte Kanzel in eine zwieselige Altfichte gezimmert. Von hier aus hatte ich einen weiten und wunderschönen Blick zur Brecherspitz, zum Rotwandmassiv, zum Lempersberg und zum Taubenstein. Vom Talkessel blinzelte der giftgrüne Spitzingsee herauf und von den Firstalmen her hörte man den Glockenklang des Weideviehs. Mit einem Gast konnte ich von dieser Kanzel aus einen sehr alten und unsteten Zwölfer erlegen. Im gesamten Umkreis kannte kein Waid- und Forstmann diesen Hirsch, der mir auf den Ruf hin wie ein Dieb zugestanden war.

Sämtliche Schneidezähne waren dem alten Kämpfer, die zahlreichen Schmisse und Forkler bewiesen dies eindeutig, schon ausgefallen und nur noch eine Grandl, weiß wie Perlmutt, hing fast lose im Oberkiefer. Die Erlegung war nicht sehr spektakulär, dafür aber umso mehr, die rauen und geperlten Stangen. Gerade als wir beim Hirsch standen, zog unter uns, und dann neben uns, ein starker Gamsbock zur Krettenburg. In aller Ruhe konnte ich den stolzen Kruckenträger anschauen, er hatte das Reife- bzw. Zielalter noch nicht erreicht und sollte noch einige Jahre die Sommerfrische und den ruhigen Wintereinstand auf der Krettenburg erleben dürfen. Die leider etwas eng gestellte Krucke war enorm hoch und dick. Gerade als er im Latschennest einschlüpfen wollte, bekam er uns in den Wind. Mit weit geblähten Nüstern, wie eine Traberstute, pfiff er uns seine Empörung entgegen. „Geh nur zua, du Hanswurst", war meine Bemerkung, ehe der stampfende Krettenburgbewohner eingezogen war. Noch mehrmals kamen grantige Pfiffe zu uns runter, ehe hinter dem Bock die Latschen zusammenschlugen. Diesen Bock, mit seiner markanten Krucke, zeichnete ich in mein Gedächtnis ein. Da ich sehr gute Nachbarn hatte, hier fiel nicht ein Stück Wild, ob Hirsch, Gams oder Rehbock, vor dem Reifealter. So konnte ich also getrost das Altwerden des Bergwildes erwarten. Die Hirschbrunft war im weiten Talkessel der Valepp ausgeklungen, als ich mit einem Gast zur Plaick raufpirschte. In dem großen und steilen Latschenfeld, das sich fast bis zur Forststraße runterzieht, hatte ich den alten Jagdsteig wieder ausgeschnitten, nur beim Eingang zum Pirschsteig ließ ich die sperrigen Latschen stehen, denn sonst wären auch hier wieder Touristen und Bergsteiger, Unruhe bringend, nachgezogen. Mit dem Bergstock klopfte und schüttelte ich den Neuschnee vom sperrigen Geäst. Unter einer weitastigen Altfichte hatte ich im Sommer eine feine Hock, verblendet mit den Ästen der Fichte, gebaut. Im Plaickkessel steinelte es, ein sicheres Zeichen, dass Gams eingestanden waren. Mitten im weiten und steilen Rund des Kessels stand ein einzelner Gamsbock. Zuerst glaubte ich, dass der Gams, es war der Bewohner von der Krettenburg, alleine war. Doch auf einmal wurde hinter jedem Grasbusch ein Gamshaupt sichtbar. Der Bock hatte das Scharwild aufgesucht, auch beim Gams konnte nun die hohe Zeit eingeläutet werden. Der Hochzeitstanz beim Krickelwild konnte beginnen. Mit aufgezogenem Windfang näherte sich der Bock, steifläufig wie ein alter Husar, einer Gamsschönheit. Die Geiß wurde hoch, setzte sich kurz auf die Hinterhand und nässte. Blitzschnell fuhr der Gamsbock mit dem Haupt nach vorne und untersuchte flähmend, ob die Geiß bereits paarungsbereit war und zu einem Tänzchen einladen würde. Neben der Geiß, sie hatte vollständig und sauber verhaart, stand dann ihr Kitz, das sich ängstlich, ob des saugroben Bocklackels, an seine Mutter presste, es hatte Angst. Noch war wenig Schnee über unsere Berge gekommen, nur auf einigen Felsabsätzen war Puderzucker gleich, etwas Schnee vorhanden. Eine Gamsbrunft ohne Schnee, ohne stäubendes Austeufeln, ohne weite und raumgreifende Fluchten war für uns Bergjäger nicht vorstellbar. Mehrmals markierte der Bock, an Latschen und Fichtenästen seinen Anspruch auf das Scharwild. Mit rollenden Lichtern und ausgestellten Barthaaren rieb er seine pechige Krucke auch an Grashalmen und einer Königsdistel. Auf einmal riss es den Bock zusammen, aus dem Bergwald war Konkurrenz ausgezogen. Mit angezogenem Windfang und urkomischen Drehungen standen sich die zwei Böcke, jeder wollte für sich natürlich die Gamsdamen in Anspruch nehmen, gegenüber. Im nächsten Augenblick fuhren sich die zwei Streithansl in die Parade. Das ganze Prozedere dauerte nur ein paar Sekunden, dann fuhr der Krettenburgbock die steile Sandreise der Pleick hinab, verfolgt von seinem Widersacher. Die Böcke verschwanden im steilklüftigen Bergwald. Noch mehrmals hörte man es steineln und dann umfing uns und das Scharwild wieder das Schweigen im Walde. Wir packten unsere Brotzeiten aus, Tee mit Rum, den meine Frau so trefflich herstellte, und ließen uns es munden. Auch die Geißen, sie hatten kurz geäst, begaben sich zur Siesta. Auf jedem Grasband saß einer der Bergbewohner. Auf einmal gab es uns einen Riss. Direkt hinter uns erschien das verwaschene Gesicht eines Gamsbockes. Misstrauisch äugte der Bock zu uns her. Er war genau auf unserer Fährte nachgezogen. Mit eher schwerfälligen Bewegungen, kurzen und abgehackten Fluchten und unter ständigem Pfeifen zog der Bock unter uns durch zum Kessel. Ich konnte meinen Gast nur leicht stupfen, jedes Wort wäre vom scheuen Karbewohner gehört worden. Meine BGS Hündin, die Hetzteufelin Asta, musste ich etwas energischer an der Halsung festhalten. Beim Gams konnte ich, besonders bei dieser Hündin, für nichts garantieren Wir hatten einen sehr alten Bock vor uns, der dann mit behändem Steigen, auf jedem Felsabsatz zurück- und heräugend, ins Kar und dann nach oben wechselte. Mehrmals schüttelte sich der Bock, er hatte keinen besonderen Wachler. Immer wieder stellte ich fast, dass sehr alte Böcke nur noch kurze Haare hatten. Mein Gast, ein feiner Waidmann aus dem Fränkischen, hatte im nächsten Augenblick seinen wunderschönen Bergstutzen an der Wange und auf mein Pfeifen hin verhoffte der Bock und kugelte, sich mehrmals überschlagend, in einer Steinrinne zum Kesselboden runter. Lange mussten wir warten, bis sich jedes Gams bequemte und eingezogen war. Nur noch mehrmaliges Pfeifen war aus dem schütteren Bergwald zu hören. Auf den Bergstöcken aufgestützt, stiegen und rutschten wir die Steinrinne runter und dann konnte mein Gast zu seinem Gams treten. Fünfzehn Jahresringe zierten die edle Krucke, die unwahrscheinlich dick verpecht war. Mein Gott, was hatte der stille Waidmann für eine Freude. Als ich mit dem Rupfen des kurzen Bartes beschäftigt war, riss uns ein schriller Gamspfiff aus unserem leise geführten Gespräch. Der Krettenburgbock war zurückgezogen und stampfte, dabei seine Empörung laut herauspressend, mit den Vorderläufen. „Wart noch Bürscherl, in fünf Jahren werde ich dich dann heimtragen." Mit dem Gamsbock auf dem Wildträger, den ich mir dann über den Rucksack warf, ging es in steilen Serpentinen dem Talboden zu. Immer wieder griff die Hündin in die Haare des Bockes und ich musste nun schon etwas energischer werden, sonst hätte ich die Balance verloren. Endlich hatten wir die Forststraße und das Gefährt erreicht. Mit dem Gamsbock auf dem Liefergestell, Gast und Gams waren mit einem Latschenbruch geschmückt, fuhren wir der Wildkammer zu. Wieder hatte ich einem Waidkameraden Freude bereitet und es kam Geld in die Staatskasse. Die Wurzhütte und ihre Wirtsleute hatten schon auf uns gewartet. Kaum hatten wir die niedrige, altehrwürdige Gaststube betreten, da kam die alte Steiner Mutti schon mit der

Schnapsflasche. Dies war eine Tradition, die von Generation zu Generation weitergegeben wurde, genau im Sinne des früheren Jagdherrn am Spitzingsee, Anton Freiherr von Perfall, der am Spitzingsee hinter seinem von ihm selbst ausgesuchten, felsigen Denkmal zur letzten Ruhe gebettet ist. In dieser Gamsbrunft sah ich noch einmal den Herrn von der Krettenburg, als er einen jüngeren Bock austeufelte.

Der Winter hatte mit aller Macht eingesetzt und ich war ständig unterwegs, um mein geliebtes Wild durch den Winter zu bringen. Auch dieser Winter ging zu Ende und ich verloste und suchte die Hahnen auf der Brecherspitz und der Bodenschneid. Nach einem traumhaft schönen „Falzmorgen" stieg ich, von der Plaick kommend, zur Oberen Firstalm runter. Auch beim Aufstieg zu den Balzplätzen nahm ich jedes Mal einen Salzstein mit. Im Rucksack hatte ich einen gewichtigen Stein, mit Lumpen umwickelt, damit er nicht zu sehr drückte, hinaufgetragen und dann am Steig gelagert. Nun holte ich den roten Natursalzstein, verstaute den gewichtigen Brocken im Rucksack und stieg zur Krettenburg rauf. Gerade als ich um ein Felseneck stieg, rumpelte neben mir der Gamsbock mit der engen Kruckenstellung aus seinem Lager. Gerade konnte ich die eiserne Hetzerin Asta noch an der Halsung greifen, sonst wäre ein „Privatjagdl" die Folge gewesen. Unter der überhängenden kleinen Felsnase deponierte ich den Stein. Nur noch ein schmaler Streifen war vom letztjährigen Salzstein übrig geblieben. Beim Anderl Leitner, dem Wirt und Waidmann auf der Unteren Firstalm, erwartete mich ein besonderes „Hahnafalzfrühstück". Es war ein traumhaft schöner Morgen, wir saßen auf der Terrasse der Unteren Firstalm, als mich auf einmal ein dunkler Wildkörper aus dem Wirrwarr der Krettenburg blendete. Mit dem Spektiv konnte ich dann den „Herrn auf Krettenburg" ansprechen. Trotz des vergangenen strengen Winters war der Bock gut beieinander, er hatte die kalte und entbehrungsreiche Jahreszeit gut überstanden. Auf einem Grasband, wie ein Seilakrobat, stolzierte der Bock zur Felsenkrone der Krettenburg rauf.

An einem recht regnerischen und nasskalten Frühsommermorgen war ich zur Firstalm raufgefahren und hatte mich an der alten Wasserreserve angesetzt. Um mich herum hörte man nur den Glockenschlag und das tiefe Schnaufen und Atmen der Rinder. Die Asta war unter meine weite Jagdkotze gekrochen und blinzelte nicht gerade zu Begeisterungsstürmen fähig in die milchige Wetterbrühe. Auf einmal glaubte ich es „steineln“ zu hören. Durch die steilen Sand- und Grasreisen der Bodenschneid zog ein Rotwildrudel. Zwei Schmaltiere folgten noch zwei Alttieren mit ihren Kälbern. Eines der Schmaltiere war sehr gering und noch nicht vollständig verhaart. Unter meiner Lodenkotze holte ich den unverwüstlichen Mannlicher hervor. Mit schiefem Kopf äugte die Asta zum Wild in der Sandreise. Vorsorglich hatte ich die Hündin an den ledernen Führerriemen genommen und sehr energisch abgelegt. Aus dem Rucksack und der Kotze machte ich mir eine feine Auflage, bettete die „Bix“ in die zurechtgedrückte Mulde und hatte im nächsten Augenblick das geringe Schmaltier in den Linsen des Zeiss-Diavari. Es war ein weiter Schuss und der musste sauber zusammengeschaut werden. Auf das nasale Mahnen hin äugten die „Wildlinge“ zu mir runter. Von oben kommend führte ich das Absehen in den Wildkörper. Mit bellendem Krach schickte ich das sechs Gramm schwere RWS-Geschoss der bewährten 6,5x57 auf die weite Reise. Im Unterbewusstsein glaubte ich noch den Kugelschlag vernommen zu haben, denn im nächsten Moment kugelte und walkte, rutschte und überschlug sich das Schmaltier zu uns, Asta und mir, runter. Ich musste noch etwas warten, denn meine BGS Hündin sollte sich zuerst beruhigen. Mit bedächtigen Schritten stieg ich zum erlegten Wild auf. In einer Mulde der Bodenschneid-Sandreisen lag das verendete Schmaltier. Mit festem Griff zerrte Asta an den Hessen des Wildes. Mit dem Lieferhaken brachte ich das Wild zur Firstalm runter, wobei ich wegen des hohen Grases „waschelnass“ wurde. Gerade äugte ich nochmals, dem Blick der Hündin folgend, zur Bodenschneid rauf, da sah ich mitten in einer Sandreise den Gamsbock von der Krettenburg stehen, der zu uns runteräugte. Er war mittlerweile älter und auch stärker geworden. Misstrauisch nahm uns der Bock in seine schräg stehenden Lichter.

Noch zwei Jahre sollst du deine Fährte ziehen und deine Schalen in Fels und Almmatten setzen.

Mit kurzen und abgesetzten Fluchten setzte er zur Felsenkrone der Krettenburg hinüber, noch mehrmals seinen Protest herauspfeifend, ehe er im Latschenfeld eingezogen war. Im weiten Almfeld der Brecherspitz äste ein „Gamsscharl“, Geißen mit ihrem Nachwuchs und Jährlinge. Nachdem ich das Schmaltier aufgebrochen hatte, holte ich das damals ideale Jagdgefährt, den VW Käfer, hob und stemmte das Wild auf die Stoßstangen und kehrte dann bei der Unteren Firstalm ein. Der Anderl hatte mein Tun bemerkt und bald darauf summte der Kaffeekessel, wohligen Duft und Aroma verbreitend. Nach kurzer Zeit saßen die zwei Töchter des Anderl, die Hertha und die kleine Andrea, neben mir auf der Ofenbank. Andächtig hörten die zwei lieben „Butzerl“ dem jagerischen Diskurs von Vater und Revierjäger zu. Nach einem opulenten „Jagafrühstück“, auch ein „Schnapserl“ durfte zum Ende nicht fehlen, schaukelte ich mit meiner Last der Wildkammer zu. Heute sind die zwei feinen Mädel, früher waren sie hervorragende Skifahrerinnen, gestandene Frauen und Mütter. Die Andrea schwingt am Herd der Unteren Firstalm, einem begeistert aufgenommenen Berglokal, den Kochlöffel. Gerne komme ich nach dem Skifahren zur „Firstalm“ zu Andrea und ihrem Mann Albert, auch ein begeisterter Waidmann und sehr guter Hundeführer.

Nach drei Jahren, der Gamsbock hatte nach wie vor seinen Einstand im Latschenfeld der Krettenburg, trug ich im Frühjahr wieder einen Salzstein zur „Sulze“ neben dem Felsriegel. Mittlerweile hatte der Hetzteufel, die Asta, ihr wildes Drauflosstürmen abgelegt, sie war älter und gesetzter geworden. Ich hatte gerade die Kraxe mit dem Salzstein abgestellt, als aus dem dichten Latschenfeld, ein eisgraues Gamsgesicht mich musterte. Die enge Stellung der Schläuche verriet mir den Herrn auf der Krettenburg. Ganz vorsichtig verschwand das Gamsgesicht wieder in den Latschen. „Alter Schlaumeier“, war mein Gedanke, als ich den Salzstein unter den Felsriegel legte und über den steilen Bergwald zur Firstalm abstieg.

Der Sommer war ins Land gezogen, von den Almböden her vernahm man den Klang der Mailänder Speisglocken und das helle Gebimmel der Kälberglocken. Mit einem Jagdgast pirschte ich zur großen Sandreise auf der Bodenschneid. In der kleinen Waldinsel, die sich zur Bodenschneid raufzieht, hatte ich im Laufe des Frühsommers eine bescheidene Hock gezimmert. Dort ließen wir zwei uns nieder. Langsam zog der Morgen über den Berg und von den Almen her hörte man bereits, dass Sennerinnen und Senner ihr Tagwerk begannen. Direkt über uns strich auf einmal ein Spielhahn ab, er hatte die Nacht in der Waldinsel verbracht. In einem weiten Bogen strich der Hahn mit den krummen Federn zur Plaick und Brecherspitz rüber. Genau auf dem „Platzerl“, wo wir fast alle Jahre einen kleinen Hahn uns holen durften, strich der „Kleine“ in die Latschen. Über den Almboden schnürte ein Fuchs mit dem Fang voller Mäuse zum Firstgraben rüber. Es musste sich um eine Fähe handeln, so zerzaust kann nur ein Muttertier ausschauen. Ich lächelte so in mich rein und erfreute mich am Anblick der Fähe.

„Wenn ihr nur nicht so rabiat mit den Raufußhühnern umgehen würdet.“

Im Sommer hatten die Füchse vor mir ihre Ruhe, aber in den strengen Wintermonaten mussten viele Füchse ihren Balg in meinen eisernen „Krawattln“, den Schwanenhälsen, abliefern. Der hiesige Bestand an Waldhühnern zeigte die Früchte meiner Arbeit, wir hatten noch einen sehr guten Bestand an Tetraonen. Ich war so in Gedanken, als vor uns aus dem Graben ein Gamsbock zog. Es war der alte Bock von der Krettenburg, der in weiten Fluchten oberhalb von uns zur Krettenburg rüberhetzte. Mein Gast, ein jüngerer Jäger, hatte eine schnelle Bewegung mit dem Griff zum Jagdglas gemacht, das hatte der Altbock eräugt und bald darauf schlugen die Latschenäste hinter dem untergetauchten Spiegel des Bockes zusammen. „Der Bock ist vergrämt“, war mein einziger Kommentar, den ich abgeben konnte und ich ärgerte mich über die schlauen Sprüche des Stadtjägers. Noch einmal probierten wir es auf der Bodenschneid, aber die Sandreise vor uns blieb leer. Am Abend erlegte der „Jungjäger“ mit den enormen Erfahrungen eine dreijährige Gamsgeiß auf der Wallenburger Alm. Ich war, um ehrlich zu sein, froh, den Aufschneider losgebracht zu haben, zumal der Waidmann vier Schüsse brauchte, ehe das „Gamsgeißl“ endlich erlegt war. In meiner langen Dienstzeit habe ich mit Begeisterung Jagdgäste geführt, und ich habe dabei viele ehrliche, feine und pfundige Jagdkameraden kennen gelernt. Selten waren welche dabei, bei denen ich froh war, wenn die Jagdhaustür hinter ihnen zuging.

Der Hochsommer war ins Land gezogen, als ich alleine zur Krettenburg raufpirschte. Auf der Schattenseite der Krettenburg, hier dauerte es lang, bis der letzte Schnee von der Sonne und vom Föhn weggeleckt war, blühten noch der Almenrausch und die rostblättrige Alpenrose. Jedes Jahr brachte ich meiner Frau einen kleinen Strauß dieser wunderschönen Bergblumen mit. In den tiefdunklen Wäldern, die sich von der Krettenburg zur Freudenreichalm runter- und rüberziehen, erblühten alle Jahre der Frauenschuh und der Türkenbund und ich achtete mit Argusaugen darauf, dass von diesen wunderschönen Orchideen keine gepflückt wurden. Auch oberhalb meiner Dienstwohnung hatte sich der Frauenschuh angesiedelt und erfreute die ganze Familie Esterl mit seinen leuchtend gelben Pantoffeln.

Ganz vorsichtig, einen Schritt vor den anderen setzend, erklomm ich den Felsendom der Krettenburg. Unterhalb der langen Felsenkrone, mit Blick zur Salzlecke, schob ich mir den Ansitzfilz unter den Hintern. Immer wieder einschnaufend und Luft holend, mit zittrigen Behängen deuteten die Asta und ihre wohlgeratene Tochter, Hella II., zur Lecke. Mitten in einem Almrauschbeet stand der stolze Kruckenträger, der Herr auf Krettenburg. Lange äugte er misstrauisch zu uns runter, ehe er zur Lecke zog. Immer wieder fuhr er mit seinem blaugrauen Lecker über den roten Salzstein, ehe er wieder aufwärts zog und im Latschennest verschwand. Das eisgraue Gesicht hatte fast keine Zügel mehr und der Rahmen des Bockes war eckig und knochig geworden. Gerade als ich von der Krettenburg abstieg, um in meinem VW Käfer die Büchse zu verstauen, wackelten vor mir die Almrosenstauden. Meine Hunde hatten sich, die junge Hella machte es ihrer Mutter nach, gesetzt. Neben einem Felsbrocken konnte ich mich gerade auch noch hinsetzen, als aus den Almrosen ein altes, mürrisch dreinblickendes Rehbockhaupt zum Vorschein kam. Vor mir stieg über die Felsbrocken der oft gesuchte alte Bergbock. Ganz vorsichtig konnte ich den Mündungsschoner herunterziehen. Entsichern, von oben kommend ins Ziel gehen, einstechen war mir fast in Fleisch und Blut übergegangen. Mit einer steilen Flucht quittierte der Bock den Erhalt der Kugel, und nach wenigen Sprüngen blieb der Bock, von den umliegenden Bergen rollte der Donner des Schusses langsam aus, an einer einzeln stehenden Latsche liegen. Kurz darauf hielt ich das edle Haupt eines uralten Bockes in Händen. Sämtliche Schneidezähne waren ausgefallen und sein Kauwerkzeug total abgeschliffen. Ich hatte diesen Bock noch nie gesehen. Keiner meiner Kollegen, keiner unserer Förster und keiner der angrenzenden Jagdpächter mitsamt ihren Mitjägern kannte den Bock. Er hatte nur noch Gabeln geschoben. Die starken Stangen und die Andeutungen der Enden wiesen auf einen ehemals starken Rehbock hin. Wo war der Bock bloß hergekommen, wo hatte er die strengen Bergwinter überlebt, um so alt zu werden? Immer wieder gibt uns Mutter Natur solche Rätsel auf. Meine zwei Hunde blieben immer noch abgelegt liegen. Nun durften sie zum Wild und ordentlich zausen und schütteln. Die Asta, sonst ein Teufel in Person, wenn es um die Verteidigung von Wild ging, ließ ihre Tochter gewähren. Dann sang die Hella ihre wahnsinnige Passion in den Bergwald zur Brecherspitz rüber. Sie war eine geborene Todverbellerin. Viele Jahre drückte sie so ihre Freude und ihre wilde Passion aus.

Als ich in den großen Wald, den Ebersberger Forst mich versetzen ließ, baute ich mir eine sehr hohe Kanzel, von der aus ich die Heimatberge erblicken konnte. Wenn ich wieder mal Heimweh nach meinen geliebten Bergen, dem giftgrünen Bergsee, den Almen und weitem Tal der Valepp und besonders nach meiner Familie hatte, dann erstieg ich die hohe Warte und wenn das Wetter passte, dann sah ich die Brecherspitz.

Als junger Berufsjäger züchtete ich auch Gebirgsschweißhunde und mein Zwingername hieß, es konnte auch gar nicht anders sein – „von der Brecherspitz".

Nach der Hirschbrunft suchte ich nach dem Gamsbock in den Ausläufern der Plaick, die sich treppenartig zum steilen Bergwald runterziehen. Auch hier hatte ich im Laufe des Sommers mein Werkzeug rauf -getragen und unter eine tiefastige Fichte eine feine Hock mit Dach gebaut. An einem sehr nebeligen Spätherbstmorgen, an dem sich der Kampf der Nebelgeister unter uns am Spitzingsattel abspielte, saß ich mit einem feinen und älteren Jagdgast schon ziemlich früh hinter der Verblendung der neuen Hock. Ganz langsam übernahmen die Morgengeister die Gewalt über den Tag. Es war für mich immer wie ein Wunder, wie geisterhaft die Nachtgespenster abzogen und der neue Tag die Herrschaft übernahm. Vor uns in einer Steinrinne ästen zwei Gamsgeißen mit ihren Kitzen. Hier hatte ich im vorigen Jahr den Bock einmal gesehen, als er sich eine der Geißen zu amourösen Abenteuern holte. Lange rührte sich überhaupt nichts, nur einem Segelflieger gleich, rauschte der König der Lüfte, der Steinadler, zum Jägerkamp rüber. Aber auf einmal glaubte ich das „Bläddern" eines Gamsbockes vernommen zu haben. Auf dem spärlichen Neuschneefeld hatte ich schon mehrere Gamsfährten gesehen. Nun hörte ich es ganz deutlich, ein Bock bläddertein den Riesen der Plaick. Im nächsten Moment gab auch ich diesen ziegenähnlichen Ton mit zusammengepressten Lippen von mir. Immer näher kamen die Blädderer und wir mussten jeden Augenblick mit dem Austreten des Bockes rechnen. Die zwei Gamsgeißen ästen, dabei den Neuschnee wegscharrend, ruhig weiter. Nur einmal äugte die ältere Geiß ganz kurz zu mir runter. Auf einmal erhob sich eine der Geißen aus ihrem Lager und im nächsten Augenblick stand neben ihr der Bock – der Altbock von der Krettenburg. Mit weit herausgestrecktem Lecker und unter ständigen Bläddern zeigte er der Geiß seine Bereitschaft zum Hochzeitstanz. Ganz vorsichtig brachte mein Gast seine Ferlacher Kipplaufbüchse hinter der Verblendung hervor und im nächsten Augenblick stürzte der Altbock, von einer waidgerechten Kugel getroffen, es war die 6,5x57 R, zu uns die steile Stein- und Sandriese runter. Ich ließ den Gast zuerst zum Bock treten, ehe ich die Brüche brachte und in erfreute Jägeraugen schauen durfte. Der Bock war ziemlich abgekommen und hätte den nächsten Winter kaum überstanden, und er war 14 Jahre alt.

Nachdem ich den Bock, geschränkt im Gamsträger, mir auf den Buckel gehoben hatte, stiegen wir vier, Jagdgast, Asta, Hella und ich, zur Firstalmstraße ab.

In der alten Wurzhütte hatte man uns schon erwartet, man hatte den Büchsenschuss vom Berg her vernommen. Die neue Wirtin setzte die

Der alte Gamsbock von der Plaick. (Bild: Thomas Esterl)

Tradition, wie ihre Vorgängerinnen und Vorgänger, fort. Zu vorgerückter Stunde sang ich dann ganz alleine das „Bergjagalied“

Wann i geh auf die Pirsch
Zittern d’Reh – zitternd´Hirsch,
denn sie fürchten mei Blei,
denn i schiaß selten vorbei

Wann i geh mit mein Hund
Woaß i gwiss, dass was kummt
Is a Fuchs is a Has
Sei tuats allaweil was.

Der Mönch – oder den Seinen gibt's der Herr im Schlaf.

Nachdem der Revierjäger Otto Steirer in die Jahre gekommen war und auch aus gesundheitlichen Gründen das sehr schwere Revier Griessen bei Garmisch-Partenkirchen nicht mehr so betreuen konnte, wurde ich, der „Lehrbua“, im steilen und zerklüfteten Bergrevier eingesetzt. Das Revier Griessen galt in Kennerkreisen als das beste Gamsrevier schlechthin. Während die Qualität der Hirsche zu wünschen übrig ließ, war die Gamsqualität als äußerst begehrlich zu bezeichnen. Das große Revier streckt sich von der österreichischen Seite, fast vom wildromantischen Plansee, bis zum Markflecken Garmisch. Von der Kramerspitz zur Hohen Ziegspitz, von der Friederspitz über die Hohe Schell zur Schellschlicht, vom Sunken über den Schellkopf fast bis zur Kreuzspitze. Es ist das klassische Hochgebirgsrevier, mit verdammt steilen Gräben, Rinnen und Schrunden. Kaum ein Weg durchzog einstens diese urige und romantische Landschaft. Nur schmale Jagdsteige führten durch den Gamsberg. Vier pfundige Jagdhütten erleichterten den strengen Dienst in dieser Naturlandschaft. Jung und dynamisch wie ich war, durchtrainiert wie ein Leistungssportler, war diese Bergjagd genau auf mich zugeschnitten. Es hatte sich in Fachkreisen, ich meine hier die stillen Teilhaber, wir sagen zu den Wildschützen „Lumpen“, schnell herumgesprochen, dass hier ein junger „Jäger“ Dienst machen würde. Tag und Nacht war ich auf den Beinen, nie war ich von meinen Spezialfreunden zu orten oder zu kontrollieren. Irgendwo im Gebüsch versteckte ich meine 250er DKW und saß in irgendeinem Graben, Latschenfeld oder Felskopf.

Natürlich wurden mir auch gleich Jagdgäste zugeteilt, sowohl auf Hirsch wie auch auf Gamsbock und Gamsgeiß, auf den Großen und den Kleinen Hahn. Kaum ein Jagdgast kam nicht bruchgeschmückt vom Berg.

Oberforstrat Dr. Ott wies mich mit der Unterstützung von Oberjäger Otto Steirer in das Griessener Revier ein. Nach der ersten Reviererkundigung saßen wir beim einzigen Wirt des kleinen Dorfes, welches sich aus Zollbeamten und Grenzpolizisten, einigen Waldarbeitern und dem Jagd-

und Forstpersonal zusammensetzte, in seiner gemütlichen Stube zusammen. Der Chef, Dr. Ott, erklärte mir, was ich zu schießen hätte, er gab mir noch zusätzlich einige Gamsgeißen zum Abschuss frei und zum Schluss erklärte er mir, dass im Revier ein Mönch, aber nicht aus dem geistlichen Stand, hier seine Fährte ziehen solle, und falls ich diesen sehen würde, ihn natürlich auch erlegen dürfte. Nach einigen Tagen des Kennenlernens der Griessener Berge wurden mir dann, wie bereits erwähnt, in regelmäßigen Abständen Jagdgäste auf Hirsch und Gams zugeteilt. Das Rotwild stand hoch am Berg und ein Jagdgast erlegte bald darauf am Frieder einen älteren Achter.

An einem verregneten Frühherbstmorgen, über Nacht war ich auf der Brandneder Hütte geblieben, pirschte ich durch den schütteren Bergwald dem riesigen Latschenfeld, das sich steil aufwärts zur Hohen Schell raufzieht, und einer versteckt angelegten „Hock" zu. Aus jedem Graben meldeten die Berghirsche. Meine BGS Hündin Hella war auch unter das schützende Dach der Hock geschlüpft und so langsam nahmen die Konturen der Hochalmen und der steilen Bergflanken Farbe an. Aus dem aufsteigenden Morgen grüßte seine Majestät, die wild zerfurchte Zugspitze mit ihren kleinen Geschwistern, dem großen und kleinen Waxenstein, und hinter dem weiten Grat der Wettersteinwand streckten die Stubaier Alpen und das Karwendelgebirge neben der wildromantischen Alpspitze ihre Felsfinger in den nasskalten Bergmorgen. Meinen nassen Wettermantel, die unverwüstliche Kotze, die mir meine liebe Schwägerin Hilde geschneidert hatte, legte ich über die Brüstung der Ansitzmöglichkeit. Aus dem Latschenfeld, das sich wie eine riesige Zunge in den Almboden reinschob, zogen mehrere Stück Kahlwild. Ständig äugte das Leitstuck zurück und auf einmal schob sich ein schwerrumpfiger Hirsch zum Kahlwild. Oberhalb des Althirsches wechselten mehrere Gamsgeißen zum Alm- und Karboden. Dann fingen die Gamskitze zu spielen an. Sie spielten, was alle Kinder am liebsten machen, „Fangen". Mit aufgestellten Behängen äugte meine Hella zur Gamsjugend, ich merkte ihr an, dass sie am liebsten mitgemacht hätte. Wahrscheinlich wäre sie hell hetzend hinter dem Gamskindergarten hergetollt. Aus dem Rucksack holte ich meinen alten Busch Spektiv, den mir mein leider viel zu früh verstorbener Lehrherr,

Oberjäger Lorenz Karl, geschenkt hatte. Mehrmals musste ich die Objektiv- und auch die Okularlinse abwischen, denn mein Atem zog einen leichten Dunst über die Jagdoptik. Endlich konnte ich den Hirsch dann genau ansprechen. Vor mir stand der so oft beschriebene alte Achter. Mit mürrischem Gesichtsausdruck brummte der Althirsch zum Latschenfeld zurück, ehe er steifläufig seinem Harem folgte. Auf einmal blendete mich ein dunkler Wildkörper aus dem Latschenlabyrinth. Ich sah nur einen mächtigen Wildkörper, das Haupt war von Latschenästen verdeckt. Im nächsten Augenblick war der massige Wildkörper weitergezogen, nur noch das Nachzittern der Latschenäste verriet, wohin der Hirsch, so ein massiger Wildrumpf konnte nur ein Hirsch sein, gezogen war. Nur noch einmal sah ich ein spärliches Rot aus dem Latschenfeld hervorblitzen, dann war der Spuk vorbei. Mit seiner rasselnden Bassstimme trieb der alte Achter das Rudel durch den Almboden und über den sandigen Grat dem tief dunkelgrünen Bergwald zu. Auf einmal saß ich in einer milchig weißen Nebelbrühe. Innerhalb von einigen Minuten hatte sich der „Gamshüter" herabgesenkt, und aus diesem Nebelgebräu heraus drohten und orgelten, schrien und brummten die Hirsche. Mehrmals hatte ich schon festgestellt, dass das Wild sich bei Nebel am sichersten fühlte. Ja, es wusste genau, wie weit entfernt es sich vom zweibeinigen Todfeind aufhalten konnte.

Einige Hirsche bin ich mit der Tritonmuschel im Einsatz angegangen, doch auf schussgerechte Distanz nur einmal hingekommen und da nur, weil sich die Nebelgeister kurz gehoben und nach der tödlichen Kugel wieder gesenkt hatten. Mein Jagdgast, ein amerikanischer Offizier, schüttelte immer wieder den Kopf, er konnte es fast nicht glauben, doch noch zu Schuss gekommen zu sein.

Noch lange blieb ich heute sitzen und horchte mit offenem Mund dem akustischen Spektakel zu, ehe der Hunger mich zur Hütte trieb. Nach der Morgensuppe eilte ich ins Tal und forderte einen Jagdgast an.

Zwei Tage darauf stiegen wir wieder nach Brandneder auf, vorher machten wir in der nahen Kiesgrube zwei Probeschüsse, die exakt saßen, entleerten auf der Hütte unsere Rucksäcke, deponierten das Bier im Hüttenbrunnen und die Brotzeit, mein Gast hatte reichlich eingekauft, im kühlen Hüttenkeller. Dann angelten wir uns die Bergstöcke aus dem Hütteneck und pirschten am schmalen Steig zum Brunftplatz an der Hohen Schell. So schnell wie die Nebelelfen gekommen waren, so schnell waren sie am nächsten Tag im unendlichen Blau des Himmels wieder verschwunden. Ein traumhaft schöner Herbsttag spannte sich über die Werdenfelser Berge. Am Rande des Almbodens mussten wir noch etwas warten, ehe beim Untergang der Sonne der Wind drehte und steif zu Tale zog. Leise schoben wir uns hinter die Verblendung der Hock. Unter der Sitzbank hatte es sich meine Hella auf der Lodenkotze bequem gemacht. Mein Jagdgast, wieder ein amerikanischer hoher Offizier, saß ehrfürchtig, die grandiose Bergwelt hatte es ihm angetan, neben mir, als aus dem Latschenfeld der erste Brummler an unsere Ohren drang. Langsam senkte sich der Abend über Berg und Tal und das Konzert der Hirsche wurde immer lauter. Wie zwei Tage vorher, blendete mich ein dunkelroter Wildkörper aus dem Latschengewirr. Und wieder war das Haupt verdeckt. Was hat denn der Hirsch nur auf dem Haupt? Sind das Latschenäste oder ist das ein völlig bizarres Geweih. Beim besten Willen, ich konnte das Spektiv hin- und herschieben wie ich wollte, der Hirsch bewahrte das Geheimnis seines Kopfschmuckes. Im letzten Licht zog dann das Kahlwild zum Almboden, dichtauf gefolgt vom alten Achter. Ein roter Blitz aus der Mündung der Mauserbüchse blendete mich, aber so viel glaubte ich noch vernommen zu haben, dass ein dumpfer Kugelschlag die Ankunft des Projektils deutete. Das Kahlwild äugte zum langgezogenen Graben und hier heraus meinte ich das Schlagen von Hirschstangen vernommen zu haben. Immer wieder äugte das Leittier zum Graben, ehe hinter den untergetauchten Rotwildspiegeln die Latschenäste zusammenschlugen. Völlig lautlos pirschte ich zum Grabenrand. Unter einem Latschennest lag der verendete Achter. Er hatte sich im Latschengewirr verhangen und ich brauchte den Hirsch zum Aufbrechen, er hing sogar mit dem Geweih etwas höher, nur etwas zu drehen. Als ich dem Major den Erlegerbruch überreichte, da glaubte ich auch, leicht feuchte Augen gesehen zu haben. Bei tiefer Dunkelheit erreichten wir noch die Hütte, ehe der summende Ton des Gaslichtes die pfundige Jagdbehausung beleuchtete. Bald darauf knackte im Sesselofen der Hütte das Feuer und bei wohliger Wärme machten wir uns über die Brotzeit und das kühle Bier her. Es war einfach ein feiner Hüttenabend.

Zeitig am nächsten Morgen eilte ich ins Tal und stieg mit drei Holzknechten nach Brandneder und zum Brunftplatz der Hohen Schell. An Ort und Stelle wurde der Hirsch aus der Decke geschlagen, Haupt und Wildbret auf den Kraxen verteilt und der Wildkammer zugetragen. Es war zwar eine elende Schinderei, aber schön war's – Bergjagd einfach.

Noch einmal stieg ich zur Brandneder Hütte auf und saß unter dem Latschenfeld in meiner bescheidenen Hock. Am Abend zogen unbekümmert drei Schmalspießer zum Tanzboden der Hirsche, ehe bei starker Dämmerung das Kahlwild austrat. Auch am nächsten Morgen pirschte ich beim Schreien der Hirsche, unter einem sternenübersäten Morgenhimmel, rauf zum Schellbrunftplatz. Beim Kahlwild stand ein dünnstangiger ungerader Zwölfer und er schrie seine Hirscharien mit Begeisterung zum Latschenfeld. Kaum war der Morgen über das Wettersteingebirge gezogen, ich hatte es mir heute etwas tiefer, am Grabenrand, bequem gemacht, zog durch den Graben ein massiger Wildkörper. Trotz meines energischen Anrufens, ich markierte den Platzhirsch, zog der Hirsch weiter. Es war der Mönch. Nicht ein einziges Mal verhoffte der Hirsch. Für einen Schuss war er einfach zu weit entfernt. Das Fabelwesen, von dem immer wieder gesprochen, hinter vorgehaltener Hand diskutiert und gemunkelt wurde, der Hirsch, den jeder gerne erlegen würde, existierte tatsächlich.

Da ich noch einen Gast auf einen Hirsch führen musste, kam ich nicht mehr dazu, nach dem Phantom zu suchen.

Die Hirschbrunft neigte sich dem Ende zu, auf den hoch gelegenen Brunftplätzen kehrte langsam wieder Ruhe ein. Nur ab und zu hörte man noch einen Brummler aus den weiten Latschenfeldern oder dem wilden Graben, der sich von der Schellschlicht zum Friedergries runterzieht. An einem kalten Morgen, ich hatte die Nacht auf der Sunkenhütte verbracht, pirschte ich zum tiefen Graben der Schellschlicht. Auf einer kleinen Lichtweide, sie wurde hauptsächlich von Schafen aufgesucht, setzte ich mich bei der Hütte an. Die Hüttenwand diente mir als Rückenstütze. Mein Blick glitt hinüber zur Hohen Schell, genau zu jener Stelle, wo vor zwei Wochen der alte Achter uns zur Beute fiel.

Auf demselben Riegel erlegte der spätere Jagdreferent Dr. Lorenz Klemmer, ein Forst- und Waidmann der alten Garde, unter meiner Führung einmal einen kranken Gamsbock. Der Bock, er hatte Mitte November noch völlig das Sommerhaar, war uns beim „Gamsgeißjagern“ zugestanden. Was hatten wir zwei jungen Jagdkameraden doch für eine Freude. Es war ein Morgen, wie man ihn nur selten erlebt oder erleben darf. Das Tal lag in einer dichten Nebelsuppe und wir zwei saßen hemdsärmlig in der Sonne. Diesen prachtvollen Tag werde ich nie vergessen. Aus dem dichten Nebelgebräu schauten nur die versteinerten Gipfelgrate und Bergschrunden, Gräben und Kare raus. Aus dem Waldkopf gegenüber konnte man die fein gelegene Wurzerrisshütte mehr erahnen als erblicken.

Noch gerne erinnere ich mich an den Heiligen Abend, den ich mit meiner Hündin Hella auf der Hütte verbracht hatte. Damals wollte ich mir aus dem ca. 150 Meter hinter der Hütte gelegenen Wasserbrunnen das wichtige Nass holen. Gerade als ich mit den zwei Kübeln am Steig zum Wassertrog ging, pfiff mich aus dem tiefen Graben mit überhängenden Felspartien ein Gams an. Im Graben stand ein alter Gamsbock, mit total zerschmettertem linkem Vorderlauf. Ich ließ die Eimer stehen, eilte zur Hütte und holte meine Ferlacherin. Noch immer stand der Bock unter der Felswand. Am Bergstock angestrichen setzte ich ihm eine Kugel auf die vorderen Rippen. Wie vom Blitz getroffen, sank der Bock in sich zusammen, walkte zum Steig runter und blieb dort liegen. Der Bock hatte eine schwere Lauf- und Schulterverletzung, die Schulterpartie war total vereitert. Wahrscheinlich war es ein Steinschlag, der diese geschundene Kreatur so verletzte. Trotzdem trug ich dann den Wildkörper zur Hütte vor und hängte den Bock an der Krucke, er war 12-jährig, unter der Wettertanne auf. Nochmals stieg ich zur Wasserreserve hinter und füllte die zwei Kübel. Meine Hella und ich feierten dann, auch ein kleiner Christbaum zierte die altehrwürdige Stube, ganz alleine auf Wurzerriss Weihnachten. Um Mitternacht klangen aus dem weiten Tal von Grainau herüber die Glocken, schwankende Lichter aus den Stalllaternen zeigten den Weg der Bergbauern, Holzknechte und anderer Dorfbewohner zur Dorfkirche hin und mit Dankbarkeit blickte ich in das unendliche Weit des Sternenhimmels. Vor ca. 2000 Jahren war das Wunder von Bethlehem geschehen, ich zog den Hut und betete ein stilles Vater Unser. Leise sang ich für mich ganz alleine „den Engel des Herrn“, wohl eines der schönsten und eindrucksvollsten Lieder der Bergregion, das ich nun schon öfter mit den Sängerkameraden des Schlierseer Viergsang in der Dorfkirche am Spitzingsee zur Weihnachtsmette vortragen durfte. Ein junger Jäger am Berg war sicherlich einer der glücklichsten Menschen im weiten und steil zerklüfteten Wettersteingebirge. Ich hatte von Hubertus noch ein besonderes Christkindl geschenkt bekommen. Aus dem mitgebrachten Rotwein, den mir meine spätere Frau Ilse in den Rucksack gesteckt hatte, machte ich mir einen feinen Weihnachtsglühwein und die von feiner und zarter Frauenhand gebackenen Plätzchen schmeckten hier und heute besonders gut. Redlich teilte ich mit meiner Hella, die es sich neben mir auf dem Sofa bequem gemacht hatte, den bescheidenen Festschmaus. Wir schliefen hinüber.

Ich weiß, ich bin zu weit abgeschweift und will wieder zum „Gamsjagern“ mit Dr. Klemmer zurückkehren. Vom Allgäu bis zu den Tegernseer und Schlierseer Bergen glitten unsere Blicke. Von den tief verschneiten Wänden des Karwendel bis zu den Tiroler Bergen, mit dem besonderen Steinmassiv, dem wuchtigen Daniel, reichten unsere Blicke. Wir waren schon einige Stunden unterwegs, als wir uns auf einem schmalen Rücken auf die Lodenkotze setzten und unsere „Marenn“, so wird im fernen Südtirol die Brotzeit bezeichnet, auspackten. Den wohlduftenden Tee, mit reichlich Rum versetzt, hatten wir gerade eingeschenkt, als der Bock über den Grat zog. Dr. Lorenz Klemmer, ein vorzüglicher Schütze und die Ruhe in Person, setzte dem Bock eine saubere Kugel ganz knapp hinter die Blattschaufel. Der Bock kugelte nur einige Meter zu uns runter und war verendet. Gerade noch unseren Tee tranken wir aus, dann zog es uns zur Beute hin. Den Bock brauchten wir nicht mehr aufbrechen, er war nur noch ein Knochenhaufen und so blieb er Adler und Kolk als Brotzeit zurück. Bald darauf rauschte mit singendem Schwingenschlag einer der ersten Wotansvögel zum Gams, ehe bald darauf seine Majestät, der Adler mit ausgebreiteten Schwingen über dem Bock mantelte.

Bei diesen Gedanken musste ich etwas eingenickt sein. Es war ja auch kein Wunder, ich war drei Wochen, Tag für Tag, lange vor dem ersten Hahnenschrei bis in die späte Nacht, auf den Füßen gewesen. Die Bergschuhe waren mir fast an die „Haxen“ gewachsen. Meine Hella hatte ihren

Kopf auf meinen Schoß gelegt und ich musste hinübergedämmert sein. Auf einmal, das starke Zittern meiner Hündin hatte mich geweckt, wurde ich wach und ich blickte auf ca. 50 Meter dem Mönch, der in einem breiten Graben stand, direkt in die Lichter. Ich rührte mich keinen Millimeter. Der Hirsch mit dem kahlen Haupt blickte zuerst unverwandt zu mir her, dann begann er scheinzuäsen und ich glaubte dabei auch zu beobachten, dass er auch hier mich nicht aus den Sehern ließ. Dann langte der Hirsch mit dem Äser nach hinten und leckte sich ausgiebig die Rippenpartien. Dieser Moment reichte mir, die an die Hüttenwand gelehnte Büchse und den Bergstock herzuangeln. Am Bergstock angestrichen und auf den Knien angelegt, konnte ich dem Hirsch, es war ja auch nicht weit, eine saubere Kugel antragen. Mit einer mächtigen Flucht, die Dreckbatzen spritzten nur so durch die Luft, rumpelte der Hirsch den Graben runter. Bald darauf glaubte ich das Zusammenbrechen des Hirsches vernommen zu haben. Meine Hella und ich zitterten um die Wette, mein „Hundl" klapperte wie ein Maschinengewehr mit den Zähnen. Ich musste schon etwas energischer werden, die Hündin an den Riemen nehmen, sonst wäre sie mir davongestürmt. Nicht weit vom Anschuss weg leuchtete mir Lungenschweiß entgegen und am Grabenboden fand ich den Mönch. Die ganze Welt hätte ich umarmen können. Jetzt musste meine Hella dafür herhalten, die mit ihrer tiefen Stimme dem Tal vom Ende des Mönches erzählte. Das Liefern des Hirsches, es ging einfacher wie ich geglaubt hatte, der Hirsch rutschte auf einem steilen Grasband fast zur Talstraße runter, hatte ich dann bald hinter mich gebracht. Beim Aufbrechen des Hirsches stellte ich nur ganz kleine Brunftkugeln fest. Die Grandln des Hirsches waren von besonderer Schönheit. Auf das Liefergestell des Traktors gebettet fuhren wir der Wildkammer entgegen. Beim Abtrennen des Hauptes und beim Zurückschlagen der Decke fand ich am Haupt, dort wo normalerweise die Stirnzapfen sitzen, nur zwei ganz schmale Knochenwülste. Die Trophäe, wenn man von einer solchen überhaupt sprechen kann, spendete ich für die Lehrsammlung der Berufsjäger.

Als ich meinem Ausbilder FAM Max Osterhammer von der Erlegung, dem Drumherum und meinem Einschlafen erzählte, da kam von ihm nur die logische Bemerkung: „Den Seinen gibt's der Herr im Schlaf."

Die Einschichtige.

Seit Tagen spannte sich schon ein kräftiges Hoch über unsere Berge. Das Wild stand hoch am Berg. Immer wieder leuchteten rote und gelbliche Rücken aus den weiten und tiefen Latschenfeldern. Die Gams und das Hochwild suchten in den undurchdringlichen Latschenfeldern ihre Ruhe vor den Plagegeistern, den dickleibigen Hirschfliegen, den Bremsen und den giftig stechenden Mücken. Selbst das Rehwild, das normalerweise mehr in den Tieflagen der Berge, den Gräben und morastigen Erlenwäldern einstand, zog zum Berg. Da ich mehrere Tage keinen Gast auf Feisthirsch und Gams zu führen hatte, packte ich meinen Rucksack und stieg zum Berg. Langsam, ich hatte auch noch einen Salzstein in meinen weiten Schnerfer gepackt, kam ich der Kümpflalm und der wunderbar gelegenen Jagdhütte, dem Lieblingsplatz des Forstamtmann Fackler, näher. Im Hüttenbrunnen deponierte ich das wichtigste Nass des Bayern, das Bier, verstaute im Hüttenschrankl die Brotzeit und stieg zum Eingang des Pfanngrabens runter, nachdem ich den Salzstein unter eine Felsnase gelegt hatte. Langsam begab sich die Frühsommersonne zur Ruhe. Nur von den Almböden der Kümpflalm und von der unter dem einsamen Bergjäger liegenden Petzingeralm herauf hörte man den vertrauten Glockenklang der Almviecher. Im Geißlahner turnten die ersten „Gamsl" durch Rinnen und Gräben. Im letzten Abendlicht zog ein kopfstarkes Gamsscharl über die Kümpflschneid zu den Almböden runter. Beim Aufstieg zur nahe gelegenen Jagdhütte sah ich am weiten Horizont die ersten Kumuluswolken über Berg und Grate erscheinen. Ein leichter Föhnwind war aufgekommen, als ich aus dem Hüttenbrunnen zu meiner Brotzeit das Tegernseer Bier der Herzoglichen Brauerei holte. Meine unverwüstliche Hella hatte es sich auf der Hüttenbank bequem gemacht, und sie äugte schmachtend zu Herr und Brotzeit. Nachdem ich meine Abendration Bier und Brotzeit runtergedrückt hatte, stellte ich den Hüttenwecker und schlief beim Ticken des Weckers ein. Eines der Hüttenfenster hatte ich weit geöffnet, denn die würzige Bergluft sorgte für wohligen Schlaf. Mit seinem impertinenten Radau schmiss mich der „Sauwecker" aus der wohligen Sasse. Ich glaubte zu träumen, als ich vor die Hüttentüre zum plätschernden Hüttenbrunnen ging. Es regnete wie aus Kübeln und ich suchte wieder den Hüttenkreister auf. Ich konnte aber einfach nicht mehr einschlafen, ich war das frühe Aufstehen gewöhnt. Immer wieder drehte ich mich im fein karierten Bett. Auch meine Hella war aus ihrem Hundebetterl gestiegen und stupfte mich mit ihrer kalten Nase. Ich zündete das Gaslicht an und machte mir am Gasherd eine Tasse Fertigkaffee. Immer wieder schaute ich vor die Türe, aber der Regen trommelte in gleichmäßigem Takt auf das Hüttendach, das ich im Frühjahr frisch geteert hatte. Langsamer als sonst zog heute das Tageslicht über die Berge. Ich stieg in die Bergschuhe, schmiss mir den unverwüstlichen Mannlicher über den Rucksack und zog mir den Wetterfleck über die Büchse hinunter. Etwas griesgrämig äugte auch meine Hella in den graunassen Morgenhimmel und zum tanzenden Nebelgebräu. Aus dem Hütteneck angelte ich mir den dritten Fuß des Bergjägers, den Bergstock, und stieg über den versteckt angelegten Steig dem Talgrund zu. Am Rande des Geißlahner setzte ich mich unter eine weitausladende Bergtanne und glaste

Heut gibts was Gutes.
Der Wildmeister kocht auf der Hütte.

die gegenüberliegende Bergflanke ab. Aus dem Latschenfeld zog ein einzelner Gamsbock und ich musste die Objektivlinse des Swarovski mehrmals abwischen, da sie immer wieder anlief. Auch meine Hella war unter meine zugeknöpfte Lodenkotze geschlüpft, nur noch ihre pechschwarze Maske äugte heraus, den drehenden Wind ständig laut einatmend. Im nächsten Augenblick zog aus dem Latschenfeld das Scharwild durch die steile Rinne des Lahners und dann setzten die Gamsmütter mit ihrem heurigen und letztjährigen Nachwuchs über die Grat zum Einstand. Den Abschluss bildete ein einzelner, hoch aufhabender Schmalspießer. Der Berg mit seinen Rinnen und Schrunden lag wieder unberührt vor dem einsamen Bergjäger. Es war alles andere, bloß nicht gemütlich am Berg, und ich stieg über das Hirscheck dem Elendtal zu. Gerade als ich mit eingesetztem Bergstock über den stark Wasser führenden Pfanngraben setzte, glaubte ich aus dem unter mir rauschenden Bergbach einen Gamspfiff vernommen zu haben. Auch meine Hella, die mit einem weiten Satz über den Graben setzte, blickte mit aufgestellten Behängen, Aufmerksamkeit signalisierend, zu einem schmalen Felsband und einer Sandreise, die sich zum Hirscheck raufzieht. Im nächsten Moment hatte ich in den Linsen des 7x42 Hensold Glases eine jüngere Gamsgeiß, bei der sich unter ihrem Wanst ein Kitz eingeschoben hatte. In weitgreifenden Fluchten und unter energisch abgegebenen Pfiffen hetzte die Geiß, ich war mir sicher, dass es eine junge Geiß war, wie die scharfen Zügel zeigten, zum steil zerklüfteten Hirscheck rauf. Im nächsten Augenblick schlugen die Latschenäste hinter dem untergetauchten Bergwild zusammen. Immer wieder sah ich ältere Gamsböcke in den tieferen Lagen des Berges, aber eine Gamsgeiß so weit herunten hatte ich noch nie gesehen. Meine sonst so ruhige Hella musste ich an den Rucksackriemen nehmen, denn bei den Gamsl gingen ihr manchmal die Nerven durch und eine Privatjagd war angesagt. Stets aufs Neue schüttelte der Wind seine nasse Pracht von den tiefhängenden und weitastigen Tannen- und Fichtenwedeln auf uns zwei herab. Immer wieder zog ein Regenschauer nach dem anderen über den Berg und bei dem tiefliegenden Gewölk konnte es schon einige Tage dauern, bis es ausgeregnet hatte. Meine unverwüstliche Lodenkotze hatte sich auch richtig an- und vollgesaugt. Mir lief das Wasser den Rücken und dessen Fortsetzung herunter und staute sich in den grobstolligen Bergschuhen. Endlich erreichte ich meinen VW Käfer, wickelte meinen Mannlicher in ein Handtuch, legte die Büchse hinter dem Fahrersitz in das Futteral und brauste, Wasserfontänen erzeugend, über das Elend und das anschließende Valepptal heimischen Penaten zu.

Gerade als ich oberhalb der wunderschön gelegenen Elend-Winterstube das Elendtal verlassen wollte, blendete mich vom langen Schlag, der sich vom Totengraben zum vorderen Pfannkopf raufzieht, ein roter Rücken. Im Schlag stand ein geringer Schmalspießer, der äsend bergwärts zog. Leise drückte ich die Tür des Käfers zu, nachdem ich mir aus dem Futteral den Mannlicher geholt hatte, und repetierte eine Patrone in den Lauf. Mit der gesicherten Büchse pirschte ich über einen schmalen Rücken zu einer versteckt gelegenen Hock. Unter den Fichtenästen stand der geringe Spießer. Nachdem ich mir die Ellenbogenstütze zurechtgedrückt hatte, entsicherte ich den Mannlicher, ging von oben kommend ins Leben des Hirscherl, stach ein und schickte das rasante 6-Gramm-Geschoss der 6,5x57 auf die weite Reise. Mit dem Einschlag des im Berg so bewährten Projektils kugelte der Spießer, immer schneller werdend, zum Ziehweg des Totengraben herunter. Mit der Hella am Riemen stieg ich den Graben runter. Direkt neben der Grabensohle lag des „Hirschl". Mit hoch erhobenen „Köpferl" sang die Hella das Hirschtot zu Berg und Tal. Es war dann, nass war ich sowieso bis auf die Haut, eine elende Schinderei, den Hirsch zur Winterstube rauf zu ziehen. Die Hella musste ich immer wieder ermahnen, den Griff von den Hessen zu lassen, es reichte schon das Gewicht des Hirsches. Bis zur Winterstube konnte ich mit dem unverwüstlichen Volkswagen fahren und den Hirsch auf der Stoßstange deponiert, fuhr ich der Wildkammer entgegen. Meine Frau schlug, sie hatte schon Sorge, dass uns etwas passiert sei, ob unseres Aussehens („nass wie die Kirchenmäuse", meinte sie) die Hände über dem Kopf zusammen. Mein Gott, war nach dem heißen Bad die frische Wäsche eine wahre Wohltat. Aber selbst im Bad ging mir die einzelne Gamsgeiß nicht aus dem Kopf. Warum stand sie nicht bei ihrer Schwester? Am Mittagstisch erzählte ich die ganze Story meiner Frau und den Kindern. Und genau hier bekam die Geiß ihren Namen, die „Einschichtige". Bei uns sagt man zu einem einzelgängerischen Mannsbild: „Des is a oaschichtiger Loder." Und beim weiblichen Geschlecht: „A oaschichtiges Weiberleut."

Nach ein paar Tagen, eine lange Regenperiode wich langsam einem kräftigen Hoch, pirschte ich mit einem Jagdgast zum Hirscheck rauf. In der weit verzweigten Dickung mit eingesprengten Äsungsstreifen hatte ich schon mehrmals einen älteren Eisendzehner bestätigen können. Der Hirsch trug zwar ein imposantes und langstangiges Geweih, aber die Geweihmasse ließ erheblich zu wünschen übrig. Es war ein klassischer IB Hirsch. In eine alte Buche hatte ich im Laufe des Sommers eine hohe Kanzel gezimmert und unter der Kanzel befand sich ein kleines „Hundehütterl" mit Dach. Leise erstiegen wir die Kanzel und ließen uns hinter der Kanzelverblendung, nachdem ich die Ellenbogenauflage heruntergeklappt hatte, nieder. Am Nagel hingen Rucksack und Spektiv. Die Almböden und die Berggipfel lagen im letzten Sonnenlicht und der Wind strich, nachdem ich mit dem Bovist mich überzeugen konnte, stetig nach unten. Mehrmals glaste ich die löchrige Schlagfläche ab und auf einmal hatte ich ein einzelnes „Gamsl" in den Linsen meines Hensoldglases. Es war die „Einschichtige", zu der sich dann ihr Kitz gesellte. Nun konnte ich die Geiß genau ansprechen. Die Geiß, deren Krucke durch eine unwahrscheinliche Auslage glänzte, führte, dessen war ich mir sicher, ihr erstes Kitz. Immer wieder konnte ich dabei beobachten, wie liebevoll die Geiß ihr Kitz putzte und leckte. Aber warum stand sie nicht bei ihren Geschlechtsgenossinnen? Warum trieb sie sich im Bergwald herum? Fragen über Fragen und Erklärungen über Erklärungen schwirrten mir durch den Kopf. Ich wurde einfach nicht schlau daraus, warum diese überaus starke Geiß in Schlag und Bergwald Einstand suchte.

Vom Tuschbergrücken herüber hörte ich das erste Mal den Ruf der Ringeltaube. Noch nie waren bei uns Ringeltauben heimisch. Ich imitierte den Ruf des Tauberich und im nächsten Moment strich über uns klatschend der blaugraue Vogel mit dem weißen Ring. Direkt an der Salzlecke ließ sich der Vogel aus dem flachen Lande nieder. Die Bestände der Ringeltauben haben enorm zugenommen, trotzdem freute ich mich an dem pfeilschnellen Flugspiel der Geringelten.

Lange saßen mein Gast und ich auf unserer hohen Warte, ehe wir beim Eintreten der Dämmerung, es war fast schon Nacht, den steilen Abstieg unter die grobstolligen Bergschuhe nahmen. Erst jetzt merkte mein Gast, nachdem ich ihm den Umgang mit dem Bergstock gelernt hatte, wie wichtig dieses „Bergjagautensil" ist. Es war stockdunkel, als wir das Gefährt im Talgrund erreichten. Am nächsten Morgen, wir hatten in der Elend-Winterstube genächtigt, stiegen wir beim Schimmern der Sterne und bei Neumond nochmals nach Hirscheck auf. Langsam hielt der neue Morgen über dem Elendtal, Totengraben und dem hinter uns liegenden Tuschberg seinen Einzug. Ganz verschwommen hörten wir das Gebimmel des Almviehs von der Kümpflalm her, als wir die hohe Kanzel bestiegen. Über uns strich mit krächzendem Gesang und gaukelndem Flugspiel ein Schwarzspecht zum Höhenrücken des Hirschecks. Beim Aufstieg über den wilden Graben und die steilen Sandreisen zum Hirscheck rauf, zeigte mir meine Gebirgsschweißhündin mit ihrer dunklen Nase nach oben deutend, dass Wild im Schlag eingestanden war. Rasch nahmen die Konturen des Berges und des Waldes Farben und Formen an. In einer länglichen und steil aufsteigenden Waldschneise ästen zwei Alttiere mit ihrem Nachwuchs. Mitten unter dem Kahlwild stand die Einschichtige und äste mit nickendem Haupt, keine Bergstocklänge trennte die friedlich äsenden Wildtiere von der Schlagflora. Als dann eines der Rotwildkälber anfing zu scherzen und zu tollen, da tanzten im nächsten Augenblick auch das Kitz und die Geiß über den steilen Bergrücken. Zum Schluss spielten die Rotwildkälber, Gamsgeiß und Kitz zusammen Fangen. Mein Gast brachte das Glas nicht mehr von den Augen und er erzählte dann später meiner Frau vom Spielen und Tollen des Bergwildes. Lange blieben wir sitzen. Als aber dann der Berg im Sonnenlicht stand und der Wind anfing sich zu drehen, stiegen wir von der hohen Warte und rutschten mit eingesetztem Bergstock auf dem nassen Lahnergras dem Talgrund zu. Noch zweimal pirschten mein Gast und ich zum Hirscheck rauf, aber der Althirsch war ausgezogen. Hatten ihn vielleicht Bergwanderer oder „Schwammerlsucher" vergrämt? Leider musste mein sehr sympathischer Gast ohne Erlegerbruch die Heimreise antreten. Doch jedes

Mal konnte ich die „Einschichtige" in die Linsen von Glas und Spektiv nehmen.

Die Hirschbrunft war bereits am Ausklingen, als ich von der Kümpflalm kommend zur Jagdhütte runterpirschte. Am Geißlahner äste ein kopfstarkes „Gamsscharl" und mitten unter Geißen, Kitzen und Jährlingen äste auch die Einschichtige. Hatte sie nun doch den Weg zu ihren Schwestern gefunden? Nachdem ich die Jagdhütte gesäubert hatte, stieg ich über den Pfanngraben zu den Petzinger Almen runter. Oberhalb der Pfanngraben-Winterstube äste in einer Schneise ein Alttier mit Kalb. Ich angelte mir meinen Mannlicher unter der Lodenkotze hervor und konnte am Bergstock angestrichen, mit zwei schnellen Schüssen einen Beitrag zur Erfüllung des Abschusses leisten. Kaum war ich mit dem Aufbrechen des Wildes fertig, klonkten über mir bereits die Kolkraben. Das Gescheide legte ich auf einen halb vermoderten Fichtenstock und verblendete das Wild mit einer Zeitung, da ich erst noch den Hirschkarren von der Waitzinger Alm raufholen musste. Nach einer halben Stunde war ich mit dem leichten Hörnerschlitten, im Sommer hatten wir Gummiräder an das Gefährt montiert, wieder auf der Petzinger Alm. Es war auch höchste Zeit, denn die schlauen Wotansvögel saßen schon bedenklich nahe beim erlegten Wild. Mit wildem Flügelschlag und rauschend, dabei klonkende Töne ausstoßend, segelten diese Flugkünstler über uns hinweg zu den Randfichten des Waidgrabens, wo sie sich schaukelnd niederließen. Oh ihr schlauen Vögel Wotans, wie freue ich mich jedes Mal an eurer Begrüßung, wenn ich zum Berg gehe. Wusstet ihr doch, dass der Mann mit dem Feuerrohr, euch, wenn der Büchsenschuss im Berg verhallt war, Gescheide und auch zum Teil Aufbruch hinterließ. Immer wieder begrüßtet ihr mich, wohin ich auch meine Schritte lenkte, mit eurem kehligen und auch melodischen Gesang. Wenn ihr nur nicht den Bodenbrütern, Auer-, Birk- und Haselwild, so zusetzen würdet.

Nach ein paar Tagen, mittlerweile hatte auch der Gamsbock die Hochzeitsstiefel angezogen, pirschte ich über den langen Rücken des vorderen und hinteren Pfannkopf zum Hirscheck rauf. Gerade als ich mich zu einer Brotzeit auf einem Stock niedergelassen hatte, ich war schon lange unterwegs, glaubte ich das „Blädern" eines Gamsbockes vernommen zu haben. Im nächsten Augenblick zog durch eine schmale Rinne eine Gamsgeiß mit Kitz. Ich traute meinen Augen kaum, es war die Einschichtige. Ängstlich äugte das Kitz zurück, es hatte einfach Angst vor dem stürmischen Liebeswerben des Altbockes. Die nicht sehr hohe Krucke des Bockes war dicht und dick verpecht und ein mächtiger Pinsel sowie verwaschene Zügel deuteten auf ein höheres Alter hin. Es handelte sich um einen klassischen Altbock, der sich zu verschwiegenem Hochzeitsreigen, ohne Vielweiberei, zurückzog. Der alte Bock braucht zu seinem stillen Hochzeitsvergnügen nicht das große Scharwild, er will im Stillen und genussvoll brunften. Bald hatte die Geiß die Schmalrinne verlassen, ihr Hochzeiter äugte stur zu mir runter, ehe er durch die Blattschaufel getroffen abwärts walkte. Ich hatte einen 12-jährigen Gamsbock der Wildbahn entrissen, und er hatte einen wunderschönen, feinreifigen Bart. Die Hella stand mit den Vorderpfoten auf dem Bock und verkündete dem weiten Tal von Elend und Valepp „Gams tot“.

Die Gamsböcke in der Waldregion erlegten wir, das Personal, selber, da es meistens nur ein Zufallsergebnis war. Im klassischen Gamsberg, oberhalb der Waldregion, führte ich alle Jahre eine beträchtliche Zahl von Jagdgästen, der Erfolg war hier wesentlich leichter.

Nachdem ich den Bart gerupft, diesen mit Holzspänen umwickelt und in eine Zeitung eingeschlagen im Rucksack verstaut hatte, legte ich mir den Bock gerade zurecht, um ihn aufzubrechen, als aus der Steilrinne ein Warnpfiff ertönte. Die Geiß war zurückgezogen, um nach ihrem Liebhaber zu schauen und sie tat mir hier wirklich Leid. Wie grausam können doch Menschen sein. Ein paar Tage darauf, ich saß mit einem Jagdgast unterhalb der Kümpfljagdhütte in einem ganz versteckt angelegten Bodensitzerl, zog beim Eintreten der Dämmerung, eine Gamsgeiß an uns vorbei zur Melkstatt, einem vorgezogenen Hochplateau, und es war wieder die Einschichtige. Sie gesellte sich dann, als wäre es eine Selbstverständlichkeit, zum Großrudel der Rotwand, das von einigen Böcken umtanzt wurde. Ich sah sie in jenem Jahr nicht wieder.

Im nächsten Jahr bezog sie wieder den Einstand auf Hirscheck und sie führte wieder ein Kitz und einen strammen Jährling. Im Hochsommer stand sie nur kurze Zeit, zur „Sommerfrische“ also, wieder am

Kümpfl und in der Brunft fand ich sie wieder am Hirscheck, mit Kavalier natürlich.

Viele Jahre konnte ich die Geiß beobachten und verfolgen. Alle Jahre führte sie treu und brav ihr Kitz. Im Laufe der Jahre, die Geiß war älter und auch eckiger geworden und die Zügel ihres Gesichtes waren verwaschen und grau geworden, trug ich mich mit dem Gedanken, sie bald aus der Wild- und Almbahn zu nehmen. Aber so lange sie noch so starke Kitze führt und selber mächtig im Wildbret war, sollte sie weiterleben.

An einem Wintermorgen, die Gams hatte schon lange Schonzeit, stieg ich zum Judengraben rauf, um die Rehfütterung zu versorgen. Gerade als ich aus den Skiern stieg, rutschten aus der Einzäunung der Rehwildfütterung eine Gamsgeiß, ein Gamskitz und ein Jahrling. Es war die Einschichtige, die sich hier mitbediente. Auf dem ausgetretenen Rehwechsel zog sie unbekümmert und gar nicht schnell nach oben, stampfte mit den Vorderläufen und ihre empörten Warnpfiffe sandte sie zu mir runter. Aus der Vorratskammer der Fütterung holte ich feines Grummet und in die Tröge schüttete ich Kraftfutter und steckte Silage auf. Kaum war ich um ein schmales Felseneck verschwunden, ich hatte abgeschwungen, zog die Geiß zusammen mit einigen Rehen zur Fütterung runter. Friedlich standen die Wald- und Bergbewohner an den vollen Raufen. Noch mehrmals sah ich das kleine Gamsscharl an der Rehfütterung im Judengraben, ehe es im Frühjahr wieder zum Berg und zum Hirscheck ging.

Noch ein Jahr zog die Geiß ihre Fährten durch die zugewachsenen Schläge am Hirscheck und sie führte nochmals ein Kitz, das aber sehr schwach war. Sie war alt geworden. Mehrmals versuchte ich es, die alte Geiß zu erlegen. Ich konnte suchen und ansitzen, wo ich wollte, sie war ausgezogen. Oder hatte sie einen schnellen Alterstod gefunden? Keiner von uns konnte in diesem Jahr die Geiß mehr in die Linsen von Glas oder Spektiv nehmen.

Nach einem sehr frühen Wintereinbruch, es hatte im November bereits einen halben Meter Schnee über den Berg geworfen, zog ich mit einem Jagdgast von der Engelweghütte heimwärts. Der erlegte Gamsbock des Gastes rutschte am Lieferhaken hinter mir nach. Der Pfanngraben rauschte wild stürmisch zu Tale, denn über Nacht hatte ein schwerer

Regen und milde Luft, den Winter aus dem Tale getrieben. Kurz unter der Pfanngraben-Winterstube stand auf einem schmalen Felsband eine Gamsgeiß mit einem geringen Kitz. Es war die Einschichtige und ich konnte nicht schießen, denn die Geiß wäre unweigerlich in den Graben gestürzt und mit den wilden Wassern des Pfanngrabens verschwunden. Am nächsten Morgen führte mich ein Pirschgang zur Petzinger Alm und zur Pfanngraben-Winterstube. Ich sah die alte Gamsgeiß einfach nicht mehr. Trotz mehrerer Versuche, trotz Daueransitz und Pirsch, die Geiß war verschwunden. Selbst an der Rehfütterung im Judengraben fand sie sich nicht ein.

An einem sonnigen Märztag stieg ich mit den Skiern über den Pfanngraben zum Waidgraben auf. Die Schneeschmelze hatte eingesetzt und ich musste mehrmals den stürmischen und wilden Wassern des Waidgrabens ausweichen, dabei brach ich trotz Skiern immer wieder bis zu den Knien im brüchigen Altschnee ein. Langsam gewann ich an Höhe. Gerade als ich wieder stehen blieb, um auszuschnaufen, sah ich aus dem Bachbett des Waidgrabens Gamsläufe ragen. An einer schmalen Stelle des Grabens, ich musste weit aufsteigen, überquerte ich diesen und rutschte mit einem kleinen Schneebrett zur Grabensohle runter. Im nächsten Moment hatte ich die Läufe der Gams in der Hand und zog das verendete Tier an Land – es war die alte Gamsgeiß. Die Einschichtige hatte hier im Graben der Schneetod ereilt und die Krucke zeigte 18 Jahre. Keine 20 Meter unterhalb der Geiß fand ich auch das eingegangene Gamskitz. Wie gerne hätte ich, oder auch einer meiner Jagdgäste, diese Geiß erlegt – es war uns, oder mir, nicht vergönnt.

Lassen Sie mich noch etwas zu meinem alten Mannlich-Schönauer sagen. Viele Jahre führte ich diese Waffe im Berg und dann auch im Flachland. Da auf dem Hof meiner Väter, der Hoferbe, Gott sei Dank, die Eigenjagd selbst bejagt und betreut, und da mir dessen Großvater, der unvergessene Onkel Wast, in einer finanziellen Notsituation sehr behilflich war, wodurch ich mir dann den Mannlicher zulegen konnte, wollte ich nun Wiedergutmachung leisten und übergab die Büchse als Hochzeitsgeschenk an den Hoferben Sebastian. Es schließt sich der Kreis.

Der alte Kronenzehner.

Ein Jahr nach der Erlegung des Eisendachters wartete ich mit Spannung darauf, ob ich aus den fast unergründlichen Wäldern und Latschenfeldern des Tuschberges und des Kreuzberges die so markante Stimme, diese rasselnde und tief aufgrollende Hirschstimme wieder hören, und ob sie wieder Einzug in meinem Revier halten würde. Im Winter suchte ich auch die Fütterungen der näheren und weiteren Umgebung meiner Kollegen und der Privatreviere auf. Ich muss zugeben, die Neugierde trieb mich auf die Suche nach dem schwerrumpfigen Althirsch herum. Wo hatte der Althirsch seinen Wintereinstand und wer konnte mir sagen, wo er den Sommer über in der Feiste sich herumtrieb? In der Hofer Höll, einem markanten Feisthirscheinstand, zogen die Hirsche nicht nur meines Bruders Thomas, sondern auch unseres Hochwildhegeringleiters Kajetan Lidschreiber ihre Fährte, und es standen sogar Hirsche ein, die aus dem Kreuther Winkel und den Tegernseer Bergen hier nur ein ganz kurzes Gastspiel abgaben. Selbst aus den Bayrischzeller und den nahen Tiroler Bergen zogen Hirsche, die hier ihre Sommerfrische verbrachten, in mehr oder weniger großer Zahl im Altholz der „Höll" und den Almmatten der Haushamer Almen ihre schuhgroße Fährte. Einmal zählte ich über dreißig Hirsche, von denen nur neun Hirsche den Winter über an der Griesgraben- und Waitzingerfütterung sich von mir versorgen ließen. Selbst im verschwiegendsten Teil meines Reviers, im Hofer Graben, konnte ich des Hirsches nicht ansichtig werden. Ich konnte fragen, wen ich wollte, keinem meiner Kollegen war der Althirsch bekannt. Die Feiste der Hirsche ging dem Ende zu, ich wartete mit Spannung auf die wohl schönste Symphonie, die uns Mutter Natur in unseren Breiten bieten kann, auf die Hirschbrunft. Tagtäglich war ich nun im Revier. Ich konnte es fast nicht mehr erwarten, bis der erste Trenzer zu mir rüber schallte. An einem recht diesigen Tag, ein zäher Hochnebel hatte sich über den Berg gespannt, saß ich alleine am langen Schlag im vorderen Teil des Tuschbergrücken. Beim Aufstieg über den schmalen Steig stand an einer morastigen Stelle im Altholz bei den Kahlwildfährten die erste große Schuhnummer eines Hirsches. Um Beunruhigung in den Einständen des Rotwildes zu vermeiden, waren die ersten fünfzig Meter des Weges nicht ausgekehrt. Ja, ich ließ ihn sogar zuwachsen, denn jeder Weg zieht unweigerlich Benutzer an. Immer wieder musste ich es erleben, dass auf den Jagdsteigen Bergwanderer daher marschierten. Stundenlang saß ich oft schon mit meinen Jagdgästen oder alleine auf einer versteckten Hock und plötzlich tauchten „Hirschebrüllenhörer" oder sonstige unerwünschte Bergwanderer auf, die laut, des Öfteren sogar grölend durch die Wildeinstände trampelten. Dass ich davon nicht besonders begeistert war, kann man sich ja denken. Manchmal musste ich mit Eselsgeduld auf die „Naturgenießer" einreden. Als ich einmal zusammen mit einem weit angereisten Waidmann eine Kanzel besteigen wollte, saß ein älteres Ehepaar bereits auf dem Sitzbrett. Völlig lautlos, ich konnte meine Stimme wirklich nicht laut erheben, versuchte ich die „Kanzelbesucher" zum Verlassen der Jagdeinrichtung zu animieren. Da kam ich aber dem „Naturfreund" gerade recht. Unter einer beleidigenden Schimpfkanonade, die Titel und die „Viecher", die er mir an den Kopf warf, wurden immer größer, stieg der „Jagdkamerad", als solcher hatte er sich auch noch ausgegeben, von der Kanzel, wobei er mir noch androhte, sich am Forstamt, bei der Gemeinde und der Polizei zu beschweren. Ich musste mich schon gewaltig am Riemen reißen, dass ich nicht den gleichen Ton anschlug wie mein Gegenüber. Der Abend war gelaufen, denn aus der weiträumigen Dickung kam nicht ein einziger Trenzer des Waldfürsten zu uns rüber. Am nächsten Tag rief mich der Chef, FD Thierfelder, zu sich ins Forstamt. Mein Gast, den ich in weiser Voraussicht mitgenommen hatte, konnte meine Aussagen aber dann auch bestätigen. Der Forstmeister warf den Urlauber, auch hier wollte er beleidigend werden, aus dem Dienstzimmer.

Aber lassen sie mich wieder zum Tuschberg mit seinen vielen Gräben, Rinnsalen und großen Einständen zurückkommen. Der Hochnebel hob und senkte sich, die Nebelelfen und Nebelgeister hüllten mehrmals den langen Schlag unter ihre zähe Brühe. Die Hella hatte ich unter der Kanzel, ihretwegen hatte ich sogar ein keines „Hundehütterl" mit Dach unter die hohe Hock gezimmert, abgelegt. Vom weiten und dichten Latschenfeld des Kreuzbergs her vernahm ich den ersten und so sehnsüchtig klingenden Ruf eines Hirsches. Aus dem Talboden der Valepp herauf klang der bimmelnde Klang der Almviecher des Stoffenbauern. Noch mehrmals dröhnte die Baritonstimme des Wald- und Latschenfeldbewohners zu mir und meiner Hella rüber. Die Hella war aus ihrer Behausung geschlüpft und horchte mit schiefen „Köpferl" zum Kreuzberg hinüber.

Die Nebelbrühe hob sich wieder und der lange Schlag lag wie ein breites Brett vor mir. Unter einer kleinen Fichte heraus zog eine starke Rehgeiß mit zwei strammen Kitzen. Langsam bummelte die „Goaß" über die Schlagfläche, während ihre Kitze mit übermütigen Bocksprüngen, sich gegenseitig fangend und dabei wie Karnickel Haken schlagend, durch und über die Freifläche „sprinteten". Oberhalb vom Salzlahner, einem sehr steilen und mit Felsriegeln durchzogenen Hang, der sich ins Thalerl runterkrümmt, verschwand die Geiß mit ihrem heurigen Nachwuchs. Noch einmal blendete mich der Spiegel der Geiß aus dem anschließenden Altholz, als ich mit der Hella alleine am Tuschbergschlag ansaß. Langsam zog die Dämmerung über Berg und Tal. Auf einmal dröhnte vom gegenüberliegenden Höhenrücken des Hirschecks her die gewaltige und urige Stimme eines Hirsches. Dem sonoren und tiefen Bass nach konnte es nur der sehnlich gesuchte Zehner sein. Immer wieder grollte und grantelte der Hirsch zu mir rüber. Noch eine gute Stimme vernahm ich vom Enzengraben her, ehe ich abstieg und durch den steilen Hang zu meinem Gefährt pirschte. Immer wieder blieb ich stehen und horchte dem Tiefbass, es konnte kein anderer Hirsch sein, und seinem melodischen Werbegesang zu. Die Hirschbrunft hatte begonnen und dies war erst die Ouvertüre. Beim Gang zu meinem unverwüstlichen VW Käfer summte ich aus Beethovens Neunter immer wieder „Freude schöner Götterfunken" vor mich hin. Ja, ich freute mich auf die zwar sehr anstrengende, aber so heiß erwartete Hochzeit des Waldfürsten. An meinem Wagen blieb ich nochmals stehen und horchte mit offenem Mund der urigen und rasselnden Stimme des Berghirsches. Mir kam es dabei aber vor, als wenn der Hirsch nun etwas tiefer gezogen war. Im Scheinwerferkegel des Wagens standen, als ich oberhalb vom Griesgraben durch eine Kurve zog, mehrere Stück Kahlwild und im Hintergrund glaubte ich die gedrungene Gestalt eines Hirsches erkannt zu haben. Mit abgeblendetem Licht fuhr ich langsam dem Talboden und dem heimischen Herd zu.

Am nächsten Morgen, ich wurde kurz vor dem Radau schlagenden Wecker wach, fuhren meine Hella und ich zur alten Winterstube im Elendtal. Kaum hatte ich das Licht abgeschaltet und den Wagen abgestellt, da dröhnte vom Tuschbergrücken her der urige und gewaltige Hirschbass. Mit raumgreifenden Schritten nahmen wir den Aufstieg zur Hock im hinteren Graben des Tuschbergs unter die Bergschuhe. Vom Hirscheck herunter grollte auch ein Hirsch, die Bassstimme drohte aber vom gegenüberliegenden Graben her. Immer wieder blieben meine Hella und ich stehen und horchten der Waldsymphonie zu. Endlich, über Nacht hatte sich der Hochnebel aufgelöst, saßen wir am Grabenrand des Tuschbergs. Die hinter mir liegende Rotwand mit ihren weiten Almböden und der Wildfeldalm war in erstes Frühlicht getaucht. Auf einmal gab es mir einen gewaltigen Ruck. Direkt vor mir ertönte der mächtige Ruf des Althirsches. Grollend und trenzend, er schlug mit seinem Geweih eine einzelne Fichte zu Schande, zog der Althirsch über den Grabenboden dem Tuschberg zu – es war der Kronenzehner. Das Geweih kam mir heuer etwas kürzer vor, auch die Enden waren nicht mehr so lang. An der Salzlecke, einer „Sulze“, blendeten mich Rotwildspiegel. Dort standen zwei Alttiere mit ihren Kälbern und leckten gierig an den Wurzelausläufen der Sulze. Ein Übergehendtier, das dieses Jahr in die erste Brunft trat, zog mit dem alten Liebhaber dem steilen Einstand zu. Kaum war die Hochzeitsgesellschaft eingezogen, turnten zwei junge Gamsböcke zur Salzlecke unter der Stockachsel. Immer wieder gewährt man den Gämsen nur im kahlen Gebirg und Fels ein Heim- und Wohnrecht. Aber schon immer standen die Gamsböcke den Sommer über bis in den Herbst hinein, bevor sie ihre Hochzeitsstiefel schnüren, im Bergwald. Der Mensch glaubt hier alles reglementieren zu müssen. Das Wild weiß doch viel besser, was ihm gut tut. Schon immer waren die Böcke im Bergwald und trotzdem, oder gerade deswegen, ist der Wald aufgewachsen. Ich möchte nicht schon wieder ins Lamentieren und „Rummosern" kommen, denn gegen einseitige Darstellungen und übel riechende Wildhetzereien ist manchmal die Druckerschwärze zu schade. Nachdem auch die zwei „Krickelviecher" eingezogen waren, stiegen Hella und ich ab.

Am zeitigen Nachmittag saß ich mit einem äußerst feinen und kundigen Jagdfreund wieder auf der Hock am Tuschberg. Der Gast hatte nur heute, es war ein Sonntag, und morgen früh Zeit. Schwer schnaufend deutete mein Jagdkamerad immer wieder auf seine „Wampe", seinen „Paulaner Hügel", ehe wir uns auf der „Hock" einrichten konnten. „Mei Koni, du glaubst ja net, was der ‚Schmerbauch' gekostet hat – wia viele Weißwürst, Leberkas, Schweinsbraten und sonstige nahrhafte Dinger und natürlich edle Bräuprodukte da drinn scho verschwunden san", und er wischte sich mit dem Taschentuch den Schweiß von Stirne und Hals. Ich musste mich ob seiner lakonischen Ausdrucksweise schon zurückhalten, denn alleine der Anblick und dann noch die Aussagen des Kameraden waren mehr als belustigend. Nachdem der Waidmann sein völlig durchgeschwitztes Hemd und Unterhemd gewechselt hatte, ich tat das Gleiche, saßen wir auf der Grabenhock. Immer wieder deutete die Hella, dabei die Luft einsaugend, zum Berg. Leise unterhielten wir zwei uns über Wald, Wild und alles was kreucht und fleucht. Wir waren gerade so beim schönsten, aber leise geführten „Dischkurs", als der erste Schrei vom Hirscheck herüberdröhnte. Auf unserer Seite kam erst nach langer Zeit der erste Brummler zu uns runter. Rundherum setzte nun das große Symphonieorchester zur Hauptaufführung ein. Wir konnten mehrere Hirschhälse zählen. Endlich kam auch von der Dickung des Tuschbergs her der rasselnde Hirschbass zu uns runter. Aus meinem Rucksack zog ich die Tritonmuschel und duellierte mich mit dem unheimlichen Sänger des Bergwaldes. Immer wieder grollte ich zum steil aufsteigenden Tuschbergrücken. Hinter uns gab es auf einmal einen gewaltigen Rumpler. Einen Beihirsch hatte die Neugierde zu uns hergetrieben. Er kam in unseren Wind und flüchtete durch die verzweigten Gräben und über die Schlagfläche zum Dickungsrand. Donnernd schickte ich ihm den Kampfruf hinterher, unterbrochen vom nasalen Laut des getriebenen Alttieres. Nun ging es Schlag auf Schlag bzw. Hirschruf auf Hirschruf. Immer näher zog der Althirsch. Mit dem Ruf des Hirsches, der sein Rudel zusammentreibt, brachte ich den Hirsch, wie seine unergründlich rasselnde und rumorende Stimme anzeigte, zur Weißglut. Immer wieder gab ich mit einem abgehackten Stakkato meine Besitzansprüche auf das Rudel zum Ausdruck. Vor mir rumorte der Hirsch in ununterbrochener Folge. Starke Brunftwitterung schlug uns entgegen und wir rechneten jeden Moment mit dem Erscheinen des vor Zorn bebenden Althirsches. Neben uns schlug der Hirsch an einer Fichte, dass nur so die Fetzen flogen. Nochmals drückte ich mit Daumen und Zeigefinger die Nase zusammen und imitierte das Mahnen des Alttieres. „Jetz aba glangts", glaubte ich unter dem durch Mark und Bein gehenden Aufgrollen des Hirsches zu deuten. Mit angewinkeltem Äser und mit rollenden Lichtern zog der Hirsch ins Freie. Im nächsten Moment donnerte der steil aufwärts abgegebene Schuss aus der eleganten Kipplaufbüchse edelster Ferlacher Meisterarbeit. Der Hirsch war nur ganz kurz am Boden, im nächsten Moment flüchtete er, am Rücken sah ich nur ganz kurz eine kleine Schramme, dem Einstand zu. Der Hirsch war gekrellt. Ich hätte mich am liebsten weiß Gott wohin gebissen. Nur ganz kurz war das lebhafte Brunftkonzert unterbrochen, ehe aus den Wäldern der Valepp und aus dem Elendtal die Schreie der Hirsche wieder auflebten. Lange musste ich am Boden kriechend nach Pirschzeichen suchen, ehe mir längere und dunkle Haare die Bestätigung brachten. Ich hatte Recht. Am nächsten Morgen, über Nacht hatte es stark zu regnen begonnen, war ich mit meinem Gast wieder am Anschuss. Die Hella nahm ich an den langen Riemen und setzte sie auf die Fährte des Hirsches. Lange umkreiste diese sehr erfahrene Hündin die Wallstatt, verwies und untersuchte die kurze Rutschbahn, und dann drangen wir in die triefende Fichtendickung ein. Über den Höhenrücken des Tuschbergs ging die Fährte. So eine Schuhgröße hatte ich bei unseren Hirschen noch nie gesehen. Es war überhaupt kein Spreizen der Schalen, wie es bei einer Krankfährte sonst stets zu finden ist, festzustellen. Die Fährte führte in das Latschenlabyrinth des Kreuzberges. Nach langer Suche, wir fanden nicht einen Tropfen Schweiß oder sonstige Pirschzeichen, gaben wir auf. Mit aufgezogenem „Buckel“ und „waschelnass“ zog ich heimwärts. Ein elendiges Sauwetter lag über dem Berg.

Drei Tage regnete es in Strömen und trotzdem war ich immer wieder im Elendtal. Nur ganz missmutig drangen einzelne Hirschrufe zu mir und meiner Hella runter. Endlich hörte der Regen auf und mein Weg führte mich wieder an den reißenden Fluten des Totengraben vorbei zur Totenalm. Beim Aussteigen an der kleinen Winterstube am Rande des Totengraben glaubte ich aus den tosenden und gischtenden Wassern einen Hirschruf vernommen zu haben. Der lang anhaltende Regen hatte die Bäche und Zuläufe zur Valepp zum Übergehen gebracht. Ich musste mehrmals über rutschige und glitschige Steine ans andere Ufer turnen, wobei mir der dritte Fuß, der Bergstock, wertvolle Dienste leistete, als ich neben dem Bach her zur Totenalm aufstieg. Unter eine vom Weidevieh stark verbissene Fichte hatte ich im Sommer eine neue Hock gebaut, in die ich mich mit dem Filz unter dem Hintern einschob. Vom Almboden her dröhnte mir der gewaltige Hirschbass entgegen. Der Tag begann gerade zu grauen, als der Hirsch seine Stuck zu Holze trieb. Langsam pirschte ich über einen der zahlreichen Gräben des Tuschbergs zur großen Suhle oberhalb vom Griesgraben. Im Holz vor mir trieb der Hirsch, wie sein Trenzen und die Stakkatorufe deutlich machten. Auf einmal stieg ein Alttier über den die Sicht versperrenden Höhenrücken zu uns runter. Dichtauf folgte ihm der Hirsch, es war der alte Kronenzehner. In immer enger werdenden Bögen und Spiralen trieb er das „Stuck“, ehe es dann zur erwünschten Paarung kam. Mit weit heraushängendem Lecker und schwer schnaufend stand der Hirsch bei seiner Angebetenen. Schwer lag sein massiges Haupt auf der Kruppe des Alttieres, ehe das Liebespaar durch die Suhle zog und im Altholz verschwand. Am Rücken konnte ich eine dunkle „Rufer“, eine vernarbte Stelle, mehr einem Strich ähnlich, feststellen.

Nochmals probierte ich es mit meinem schwergewichtigen „Stadtjaga“, auch heute kam er gehörig ins Schwitzen und er schwor heilige Eide, nicht mehr so viel „zu saufen und zu fressen“. Die Brunft neigte sich dem Ende entgegen, als ich einmal des Morgens, Gott sei

Dank wieder alleine, über das Hirscheck ins Elendtal abstieg. Auf einmal war meine Hella weg. Hell klang ihr Hetzlaut zu mir rauf und führte über das Elendtal zum Totengraben runter. Dunkler Standlaut kam vom Almboden und dann vom Totengraben rauf, der auf der gegenüberliegenden Wand der Angerleite einem Echo gleich widerhallte. Was hatte die Hella hier wohl zu Stande gehetzt. Der Wind stand mir ins Gesicht, als ich mich zum Bail runter hantelte. Immer wieder versperrten mir runterhängende Fichtenäste und vorgelagerte Felszapfen die Sicht. Ständig musste ich den wilden und tosenden Wassern des Totengraben ausweichen, rüber und runter steigen, und dann endlich hatte ich freie Sicht. Direkt unter mir, in einer tiefen Gumpe stand der alte Zehner und vor ihm die Laut gebende Hündin. Der Hirsch war total abgekommen, es war ein Bild des Jammers. Nur noch müde wehrte er mit gesenktem Geweih die Hündin ab, ehe ich mit einem Schuss auf den Träger, dem Drama ein Ende setzte. Der Hirsch hatte schwere Forkelverletzungen an den Keulen und eine böse Verletzung an den Dünnungen. Aus der Bauchhöhle kam mir beim Aufbrechen ein dicker Eiterschwall entgegen. Er war einem stärkeren Gegner unterlegen. Altkranke Fährten und altkranke Witterung haben für unsere Gebirgsschweißhunde wohl einen besonderen Reiz.

Der Krampus.

Für uns Kinder war das Erscheinen des Krampus der am meisten gefürchtete Augenblick des ganzen Jahres. Zusammen mit dem heiligen Nikolaus betrat er, furchterregend aussehend, die elterliche Wohnstube. Auf dem Kopf hatte er ein total undefinierbares Gebilde (mit drei Jahren kannte ich schon ein Hirschgeweih, eine Gamskrucke oder ein Rehgwichtl), aus seinem wallenden schwarzen Bart hing eine rote Zunge und der ganze Kerl war in ein schwarzes Fell gekleidet.

Wenn er mit seiner rostigen Kette an die Haustüre schepperte und so furchteinflößende Töne von sich gab, dann war es bei uns in der Stube mucksmäuschenstill. Wie die Orgelpfeifen saßen wir um den Tisch herum, als der Vater die Stubentüre öffnete und den Einlass begehrenden heiligen Nikolaus hereinbat. Der „Kramperl" fuchtelte wild mit seiner Rute vor uns herum und Gott sei Dank konnte der St. Nikolaus den schwarzen Gesellen dann doch einigermaßen beruhigen. Und dann ging's ans Sündenaufzählen, an die diversen Verfehlungen, die im Laufe des Jahres vorgekommen waren.

Eine Geschichte ist mir dabei noch in besonderer Erinnerung. An der Wilhelminaquelle des Jodbades in Bad Wiessee stand ein für meine Begriffe zu protziges Gebäude, das rundherum mit vielen klein gefassten Fensterscheiben verglast war. Ein idealeres Zielgebiet für die Steinschleudern konnte man sich gar nicht vorstellen. Beim Ziegenhüten entdeckten mein Bruder Thomas und ich diese verlockenden Glasscheiben.

Die Geißen waren es übrigens, die uns mit ihrer Milch durch die Wirren des Krieges mit seinen zahlreichen Entbehrungen und Hungersnöten brachten und auch nach Kriegsende waren wir froh, Ziegen zu haben.

Doch zurück zu den Glasscheiben. Unsere Hosensäcke waren prall gefüllt mit runden und eckigen Steinen, und jeder von uns hatte natürlich eine Steinschleuder. Im Zielschießen mit der Schleuder brachten wir es zu vollkommener Meisterschaft und jetzt konnten wir unser „Können" ausspielen. Wir schleuderten und trafen. Wir hatten sicherlich schon ein Dutzend dieser so herrlich scheppernden Scheiben zielsicher eingeschossen, als uns ein schwerer Schaden aufgezeigt wurde, in Form des Vaters, der uns sichtlich erzürnt mit unseren Geißen nach Hause trieb und uns formvollendet den „Arsch“ versohlte, so dass wir einige Tage Probleme beim Sitzen hatten; beim Essen war also Knien angesagt. Genau diese Schandtat hielt uns der wunderschön verkleidete Heilige vor und der „Kramperl“ fuchtelte dabei wiederum mit der Rute und schepperte mit der Rostkette. „Jawohl heiliger Nikolaus, da Thomas und da Konrad haben das gemacht“, pflichtete mein jüngerer Bruder den Anschuldigungen des braven Heiligen bei. Unter dem Tisch bekam das „Waschweib“ von einem Bruder einen Tritt an das Schienbein und der Thomas zeigte ihm unter dem Tisch die geballte Faust, sogar der Vater pflichtete uns „braven Buama“ bei. „An Bruder verkauft man nicht, das tut man nicht“, war sein treffender Kommentar. Nachdem unsere sämtlichen Schandtaten aufgezählt und vom „Kramperl“ dementsprechend kettenrasselnd und rutenschwingend begleitet worden waren, zog der Nikolaus aus unserer Stube. „Gott sei Dank“, war die Bemerkung meines Bruders Sepp, dem älteren Bruder. Im Übrigen bekam der jüngere Bruder natürlich seine Abreibung.

Als ich die weiten Wälder des Ebersberger Forstes betrat, machte ich natürlich mit der dortigen Hauptwildart, den Sauen, gerne Bekanntschaft. Ich habe nie geglaubt, dass mir, dem klassischen „Bergjaga“, die Sauen einmal so viel Freude machen würden. Wenn man die Sauen so beobachtet, dann kann man sich des Eindrucks nicht erwehren, dass sie ständig irgendeine Lumperei aushecken, dass sie stets etwas im Schilde führen. An einer Kirrung in einem Altholz zog eine starke Rotte ihre Fährten. Kaum war mein Wagen ums Eck rum verschwunden, da stand bereits die Leitbache, eine starke Matrone, an der Kirrung, die neugierigen Frischlinge waren voraus gewetzt. Ein fast schwarz gefärbter Frischling war wesentlich stärker als seine Geschwister und damit der Chef der Frischlingsbande, die aus drei Bachen bestand. Bei sämtlichen Streitigkeiten war er der Sieger und so langsam wichen dem Streithansl alle übrigen Frischlinge, auch bei diversen Auseinandersetzungen mit den stärkeren Überläufern war er öfter als Sieger vom Platz gegangen, aus. Wegen seines schwarzen Anzuges und seinem rotzfrechen Auftreten bekam er von mir den Namen „da Krampus". Da ich meine Sauen hauptsächlich an den Kirrungen bejagte, konnte ich es so steuern, dass der Krampus nicht erlegt wurde, zumindest hegte ich die Hoffnung, dass er, da man ihn und seine Entwicklung wegen seines schwarzen Anzuges gut verfolgen konnte, so schnell nicht einer Kugel zum Opfer fallen würde.

Im nächsten Jahr suchte ich wieder nach „dem Krampus". An der angestammten Kirrung hatten die Bachen die Überläuferkeiler vertrieben, sie mussten nun zusehen, dass sie alleine zurechtkamen. Der Zufall kam mir bei meiner Suche zu Hilfe. An einem nebligen Augustmorgen, ich pirschte vom Ansitz kommend durch ein Altholz zu meinem Wagen, standen auf der Forststraße drei Überläuferkeiler, zwei braungraue und einer, er war wesentlich stärker, im auffallend dunkleren Sommeranzug – „da Krampus". Jetzt wusste ich auch, welche Kirrung von ihm und seinen Brüdern aufgesucht wurde. Diese Kirrung befand sich ganz in der Nähe der größten Rotwildfütterung, rundherum waren herrliche Einstände und Mast tragende Eichenüberhälter und in diesen weiträumigen Einständen standen immer wieder starke Keiler ein.

Noch am selben Abend, die Neugierde trieb mich, saß ich auf einer sehr hohen Kanzel, die ich vor einigen Jahren neu erbaut hatte. Der Nebel hatte sich gelichtet, hie und da schaute schon etwas blauer Himmel durch die dünner gewordene Nebeldecke, und ab und zu blinzelte sogar die Sonne durch, die schräg über den Altfichten und einzelnen Eichen und Buchenüberhältern stand. Aus der nahen Dickung zog eine Rehgeiß mit einem strammen Kitz. Das Kitz umtanzte mit Bocksprüngen seine Mutter, die dem übermütigen Treiben, immer wieder warf sie dabei auf, sichtlich zufrieden zuschaute. Im nächsten Augenblick stand ein hoch, aber enggestellter Schmalspießer im Altholz und bummelte auf dem gut einsehbaren Wechsel der nahen Wildwiese zu. Auch der Spießer äugte dem tollenden Kitz hinterher, brockte auf der weiten Schneise, auf der ich seit einigen Jahren eine Kirrung unterhielt und war dann bald meinen Blicken entschwunden. Richtiger Frieden lag über dem großen Wald und nur der krächzende Ruf des Tannenhähers, der seit einigen Jahren auch Standvogel geworden war, klang zu mir her. Ich blickte nach unten zu meiner BGS Hündin, der Drixi, die mit hoch aufgestellten Behängen und zittrigem Nasenschwamm zur sich hinter mir befindenden Fichtennaturverjüngung deutete. Auf einmal schob sich aus dem Naturanflug ein schwarzer Wildkörper, es war der „Krampus". Ich hatte richtig vermutet, denn im nächsten Augenblick stürmten und wetzten drei Überläufer zur Kirrung. Die Drixi, sie war mein wesensfestester Hund, klappte in sich zusammen wie ein Taschenmesser, nur das Zittern ihres Körpers verriet die hohe Jagdpassion. Immer wieder versuchte der Krampus seine zwei Brüder von der Kirrung zu vertreiben, er war richtig futterneidig. Wenn er den einen Überläufer verjagt hatte, so stand der nächste an der weit verstreuten Maiskirrung. Auf einmal packten die drei Überläufer zusammen und im nächsten Augenblick stand ein starker und vor allem alter Keiler an der Kirrung, es war das klassische Hauptschwein. Nachdem auch der Keiler sich gründlich den Saumagen vollgeschlagen hatte, zog er sehr bedächtig der Wildwiese zu. Gerade als ich absteigen wollte, standen drei Stück Rotwild in der Schneise. Aus der Kanzelecke angelte ich mir meine unverwüstliche Ferlacherin, zog den rechten Hahn auf und bald darauf lag das geringe Schmaltier, von der 6,5x57 R getroffen, im Altholz. Nur noch leichtes Schlegeln zeigte mir, dass die im Hochgebirge so bewährte Kugel auch hier ganze Arbeit geleistet hatte. Mit dem Lieferhaken, den ich auch oben im Rotwandgebiet eingesetzt hatte, schleppte ich das Schmaltier zur Forststraße, hob das Wild auf das Liefergestell und fuhr der Wildkammer zu.

Nach ein paar Tagen, ich hatte einen Gast auf einen Keiler herbestellt, pirschten wir, wieder hatte ein Landregen den Wald überzogen, zur Kirrung im Altholz. Gerade als wir um die Einstandsecke bogen, erblickte ich an der Kirrung die drei Überläufer. Ganz vorsichtig pirschten wir zur Kanzel, ich legte die Drixi unter der Jagdeinrichtung ab und wir enterten die hohe Leiter rauf. Immer wieder äugten die drei Überläufer zu uns her. In meiner Dienstzeit hatte ich festgestellt, dass Sauen im Gebrech, wenn sie am Mais beißen, leicht anzupirschen sind. In aller Ruhe erreichten wir das Sitzbrett und ließen uns hinter der Verblendung nieder. Der Wind war günstig, so dass wir geduldig der Dinge harren bzw. auf das Erscheinen des Keilers warten konnten. In leisem Tonfall konnte ich dem Gast erklären, dass der schwarze Überläufer zu schonen sei. Immer wieder äugten die Überläufer zur Fichtennaturverjüngung, es tat sich lange Zeit aber nichts. Da, auf einmal schäkerte eine Amsel, die drei Überläufer stürmten durch das Altholz zur Wildwiese. Unter einer Schirmfichte schob sich das massige Haupt des Keilers ins Freie. Immer wieder prüfte der alte Keiler mit hoch erhobenem Wurf die Luft, und es kam meinem Jagdgast und mir wie eine Ewigkeit vor, bis der Keiler zur Kirrung zog. Lange konnte mein Gast nicht schießen, der Keiler stand spitz zu uns gewandt. Endlich drehte sich der Keiler und donnernd fuhr das Teilmantelgeschoss der 8x57 IRS aus dem Lauf des Drillings. Mit schnellen Fluchten, ich konnte genau beobachten, wie das Projektil kurz hinter der Blattschaufel einschlug, stürmte der Keiler über die Freifläche zur Fichtennaturverjüngung. An den wackelnden Ästen und Gipfeln konnte ich die Fluchtrichtung verfolgen. Nach kurzer Zeit, die Drixi war aufgestanden und hatte sich geschüttelt, untersuchten wir den Anschuss. Nach ca. 30 Metern leuchtete uns hellroter Schweiß, es war ein Lungenschuss, entgegen. Ich gab der sehr bedächtigen Hündin den langen Riemen. Vorsorglich hatte ich mir den .357 Revolver unter die Jagdjoppe gesteckt. Schon einmal war ich bei einer Nachsuche gewaltig unter die Räder gekommen, das reichte mir. Nach ca. 250 Metern, ich wollte der ruhig arbeitenden Hündin fast nicht glauben, lag mitten auf einer Äsungsschneise der Keiler. Vor seinem weit geöffneten Gebrech hatte sich eine große Schweißlache gebildet. Mit ihrer tiefen Stimme rief die Drixi den Gast, wobei sie mit den Vorderpfoten auf dem schweren Wildkörper stand. Es dauerte auch nicht lange, ehe ich die Brüche für den Keiler überreichen durfte. Das Totverbellen sowie das „Sau tot“ aus meinem kleinen Taschenhorn waren ein würdiger Rahmen für die Erlegung dieses Hauptschweins. Wieder hatte ich einem pfundigen Waidmann, aus seinen Augen leuchtete Dankbarkeit, zu einem besonderen Jagderlebnis verholfen. Wir mussten uns dann gewaltig in die Riemen legen, bis wir den Keiler auf der Forststraße und dann endlich auf dem Liefergestell hatten, denn 111 Kilo sind ja gerade kein Pappenstiel. Als ich gerade an einer Wegkreuzung abbog,

Ein glücklicher Jagdgast nach erfolgreicher Nachsuche. – Ein guter Keiler.

standen im Scheinwerferlicht die drei Überläufer und hier konnte man den Unterschied in der Größe feststellen. Der Krampus war wesentlich länger und auch höher.

In der Rauschzeit des nächsten Jahres, der Krampus zog mittlerweile alleine seine Fährte, saß ich auf einer neu eingesäten Wildwiese. Um mich herum war nur Dickung und Einstand. Mit schwerem Flügelschlag strich ein Fischreiher über das weite Mischwald-Gipfelmeer. Der prall gefüllte Kropf deutete auf einen reichen Fischzug hin und mit dem Zeiss-Glas konnte ich das wie ein „S“ geformte Flugbild des Reihers verfolgen. Gerade als ich das 8x56 absetzte, standen am Dickungsrand einige Frischlinge und Überläufer. Kurz bevor ich die Kanzel bestieg, schlug mir moschusartiger Geruch entgegen. Auch an einigen Ästen konnte ich bereits Gebrechschaum feststellen. Die Sauen hatten die Hochzeitsstiefel angezogen. Endlich zog die kopfstarke Rotte zur Kirrung. Den Schluss bildete ein starker Keiler. Hier im Ebersberger Forst darf der Keiler noch alt und reif werden. Immer wieder prüfte der Keiler bei seinen „Damen“ den Genitalbereich, ob er schon ein Tänzchen wagen durfte. Grollend deutete der Altkeiler zur Mischwalddickung und einige Male fuhr er auch mit aufgestellten Rückenborsten in die Jungwaldkulisse.

Auf einmal stand ein schwarzer Keiler am Dickungsrand, es war der „Krampus“. Laut mit den Zähnen klappernd und unter drohendem Grollen umtanzten sich die zwei Freier. Im nächsten Augenblick hatte der Altkeiler den Jungspund unter dem Wanst gegriffen und dann schleuderte er den Lausbuben zu Boden. Laut klagend flüchtete der Jungkeiler durch die Wildwiese und dann schlugen die Äste hinter dem Verfolgten zusammen. Der Krampus hatte seine erste Abreibung bekommen und in dieser Rausche sah ich ihn nicht mehr. Selbst an seiner angestammten Kirrung war er lange Zeit nicht zu erblicken. An den Weihnachtsfeiertagen, ich beschickte die Fütterungen und die Kirrungen, saß ich nach getaner Arbeit an einer Wegschneise mit Blick auf Kirrung und Wildwiese. Auf einmal stand an der Wegböschung der Krampus. An seiner rechten Seite hatte er einen gewaltigen und langen Schmiss, der bis zum Ziemer sich raufzog. Langsam zog er über die Straße zur Kirrung. Gierig nahm er dort Mais und altes Brot auf. In aller Ruhe konnte ich den Keiler beobachten.

Nach ein paar Tagen, wir waren mit der Führung von Jagdgästen auf den Muffelwidder und der Einteilung von Gästen auf Frischlinge und Überläufer vollauf beschäftigt, die Kirrungen und Fütterungen mussten öfter im Eiltempo beschickt werden, saß ich mit einem Gast an der Wildwiese an. An der Salzlecke standen, obwohl ich den Winter über das Salz herausnahm, mehrere Muffelschafe und zwei mittelalte Widder. Mein Gast hatte einen 2B Widder zum Abschuss frei bekommen und hier stand genau der richtige. Enge Schneckenbögen und ein leichtes Einwachsen der Schnecken konnte ich genau ansprechen. Mit dem Einschlag der 308 Win. stürmte der beschossene Widder, ohne zu zeichnen, über die Äsungsfläche, dann blieb er auf einmal stehen und äugte zurück, um im nächsten Augenblick zusammenzubrechen. Der Jagdgast, ein feiner Jäger aus dem Allgäu, war keiner Worte mehr fähig, als ich ihm auf dem alten und abgewetzten Jagdhut den Bruch überreichen konnte. Gerade als wir von der Kanzel stiegen, ich blickte noch mal zum erlegten Widder, stand am Dickungsrand der Krampus. Mit hoch erhobenem Wurf zog er zum

Widder und ich schrie den Keiler an. Wahrscheinlich wollte er sich hier die wichtigen Proteine holen, ja, ich musste sogar etwas energischer werden. Oft war es so, dass ein beschossenes Stück Wild, das erst am nächsten Tag nachgesucht werden konnte, dann meistens schon im Saumagen verschwunden war.

Noch einige Jahre konnte ich die Entwicklung des Keilers verfolgen. An der großen Wildwiese war er, er war mittlerweile schon in die Jahre gekommen, nun der Matador bei den Bachen. Ich hatte mich entschlossen, nun einen Gast auf ihn zu führen. Da wir in der Rauschzeit nie einen Keiler streckten (es ist eine Zumutung, so einen stinkigen Keiler zu verkaufen), sollte der „Krampus" im nächsten Frühsommer fallen.

An einem recht stürmischen Februartag, es schneite und stürmte den ganzen Tag, war ich gerade zum Mittagessen heimgekommen, als es an der Haustüre klopfte. Der Fahrer eines Holztransporters, er war aus dem Tirolerischen, erzählte mit leichenblassem Gesichtsausdruck, dass ihm kurz nach dem „Jagahäusl" „a Mordstrumm" von einer Wildsau in den LKW gerannt sei. Ich holte den Nachsuchenrepetierer aus dem Wagen und bald darauf war ich an der Unfallstelle. Nach ca. 150 Metern Riemenarbeit lag direkt neben einer abgestorbenen Buche der Keiler und es war der „Krampus". Leider konnte ich von dem so gehüteten und oft erblickten Keiler kein Andenken bekommen, denn die Waffen waren vom Unfall her total zerbrochen und nur noch ein Trümmerhäufchen, das ich nicht zusammensetzen konnte. Schade!

Der alte Hahn vom Tuschberg.

Ein sehr milder, für unsere Breitengrade zu milder Winter, hatte ein frühzeitiges Ende gefunden. Das Rotwild war zwar jeden Abend an den vier Fütterungen, aber es kam kein so richtiger Schwung in das Futterstadlwild. Bis in den späten Abend saß ich an den Fütterungen, in Erwartung der Hirsche. Die Zeit des Hornung war angebrochen und immer mehr Hirsche erschienen barköpfig ohne ihre stolze Wehr am Futterstadl. Mehrmals glaubte ich auch, dass sie sich ob ihrer Kahlköpfigkeit sogar schämten. Jetzt hatten die jüngeren Hirsche die Möglichkeit, den Althirschen das oft sehr barsche Benehmen ob ihrer „Überlegenheit" heimzuzahlen.

Im Umkreis der Fütterungen fand ich sehr selten eine Stange und immer weiter wurden meine suchenden Kreise. Selbst mein Bruder, ein Stangensucher der besonderen Güte, zog des Öfteren mit leerem Rucksack vom Berg heim.

Die meisten Hirsche hatten ihre Passstangen bereits abgeworfen und die älteren Hirsche, die im Kapellenanger nach der so begehrten Grünäsung suchten, hatten die neue Wehr bereits bis zum Mittelende geschoben. Anfang April unternahm ich an einem zeitigen Morgen einen Stangensuchentag zum hinteren Tuschbergrücken. Oberhalb der Elend-Winterstube ließ ich meinen VW Käfer stehen und in langen Serpentinen stiegen meine Hella und ich zum Berg. Vom Talboden der Valepp herauf hörte ich das Rauschen und Gurgeln der Schmelzwasser führenden Roten Valepp. Gegenüber der Totenalm, in den steilen Runsen der Gamswand standen mehrere Gamsgeißen mit ihren Kitzen und Jährlingen und brockten von dem ersten zarten Grün, das aus den Felsspalten und Runsen zu wachsen begann. Vorsorglich hatte ich mir noch einen großen Salzstein in den Rucksack gesteckt. Die scharfen Kanten des Lecksteins drückten ganz schön in den Rücken. Meinen unverwüstlichen Filzfleck, Begleiter vieler Pirsch- und Ansitztage hatte ich aber dann im Rucksack so platziert, dass der Rücken vor den scharfkantigen Druckstellen einigermaßen geschützt war. Meine Schonzeitbüchse, den Hornetstutzen, hatte ich mir über den

Buckel geworfen – man weiß ja nie, in welche Situation man kommen kann. Auch „a Flaschl“ Bier und a saubere Brotzeit schlummerten ihrer Verwendung entgegen, denn ich hatte mir vorgenommen, erst am späten Abend den Heimweg anzutreten, nachdem ich die Geweih aufbauenden Hirsche und die hoch beschlagenen Alttiere versorgt hatte.

Endlich hatte ich den steilen und langgezogenen Höhenrücken erreicht und zwängte den Salzleckstein unter die auf niedrigen Stelzen liegende ausgeschnittene Steinplatte. Gerade als ich mir den Schweiß mit dem Sacktuch von der Stirne wischte, zerrte meine Hella eine sehr gute Abwurfstange daher. Sie musste sich bei der endenreichen Stange aber gehörig plagen, denn immer wieder verhakte sich die Vierzehnerstange entweder an einer Wurzel oder an einem der zahlreichen runterhängenden Fichtenäste. „So is brav mei Hundl – such schön verloren“, waren meine aufmunternden und besonders lobenden Worte. Ich beschnupperte wie die Hella die starke Stange, ich ertastete jede einzelne Perle und wägte ab. Kurz gesagt: ich hatte einfach eine narrische Freude an der rau geperlten Hirschwehr. Ich band mir die Stange auf den Rucksack und dann begannen wir in großen Kreisen die Passstange zu suchen. Ich hatte den gut ausgetretenen Wechsel erreicht und bald darauf stand ich im Wintereinstand, der in diesem Jahr, bedingt durch den wenigen Schnee, wesentlich höher lag. Unterhalb einer „Durr“, so die Bezeichnung für eine abgestorbene Altfichte, die ein Blitz direkt in der Mitte gespalten hat, sah ich von weitem schon eine Hirschstange liegen. Im nächsten Augenblick stand auch hier meine Hella schwanzwedelnd und die Stange umdrehend und bewindend über der stolzen Wehr. Es war aber nicht die Passstange des zuvor gefundenen Vierzehner. Hier hielt ich die Stange eines alten Zwölfers in Händen. Meine Hella sprang an mir hoch, auch sie konnte nicht genug vom Beriechen und Bewinden der grob geperlten Stange haben.

Gerade dieser Hirsch hatte mich und den Gast, den ich auf ihn führte, gehörig genarrt. Immer wieder probierten wir es, sowohl am Brunftplatz auf der Thalerl-Südseite als auch am Hirscheck. „Donnerwetter“, hat sich der Hirsch gut entwickelt, er hatte mit dem 13. Kopf sogar noch zugelegt.

Immer weiter wurden die Kreise, die ich zog, ehe die Hella neben einer langschäftigen, einzeln stehenden Lärche die zweite Stange des Zwölfers herausholte. Auch hier führte sie einen regelrechten Veitstanz auf; sie hechelte und umsprang mit tiefen und zufriedenen Tönen Stange und Herr.

Gerade als ich mich im Wurzeltellerauslauf der stolzen Bergbewohnerin niederließ, fiel mir das neben einer schmalen Schneezunge weit verspritzte Balzpech des Großen Hahnes ins Auge.

Immer wieder nahm die Hella die Stange in ihren Fang, dabei stellte ich aber wieder mal fest, dass meine Schweißhunde das Apportieren der Stangen gerade nicht besonders gerne machen, denn das unförmige Ding war nicht leicht in Balance zu bringen.

Wir waren schon eine gehörige Zeit auf den Beinen, der Hunger meldete sich und wir machten ausgiebig Brotzeit. Weit reichte unser Blick zu Rotwand und Sonnwendjoch, Schinder und ins noch im gleißenden Sonnenlicht strahlende Karwendel- und Wettersteingebirge. Meine Frau hatte uns „a saubere Brotzeit" eingepackt, die wir zwei dann genussvoll teilten und „schnabulierten". Nach dieser ausgiebigen Brotzeit, das Bier war eine wahre Wohltat, legten wir zwei uns „für a halbs Stünderl" noch aufs Ohr, die wärmende Sonne, der gut gefüllte „Pansen" und der zufrieden gestellte Erfolg mit den Abwurfstangen machten rechtschaffen müde. Auf meinem Wetterfleck war es ein feines Ausruhen und eine wohltuende Entspannung, zumal mein bester Jagdkamerad, die Hella, sich auch in der Sonne räkelnd entspannte, dabei legte sie ihren schwarzen „Rüssel" auch noch auf meine Schulter. Immer wieder kraulte ich die samtenen Behänge, wobei sie ein genussvolles Brummeln von sich gab. „Bist a feins Hunderl", waren meine Gedanken, ehe ich beim melodischen Gesang einer Singdrossel, die auch bei der Spielhahnbalz kurz nach dem schnarchenden Ton des Schneehahns zu hören ist, hinüberschlummerte.

Auf einmal stupfte mich meine Hella. Sie fuhr mir mit ihrem kalten Rüssel über das Gesicht und ich schaute auf kurze Entfernung einer Auerhenne in die erstaunten Seher. Im nächsten Augenblick, ich war noch nicht wirklich wach, war richtig „Schlaf dammisch", hob sich der braunschwarz gesprenkelte Waldbewohner in die Luft und steuerte in einem weiten Bogen dem unter uns liegenden Altholzboden der Elendalm zu.

Nun war ich doch schlagartig wach geworden und es war Zeit, meine Stangensucherei fortzuführen. In langen Windungen stieg ich abwärts, einmal versank ich bis zur Hüfte im aufgeweichten Altschnee des hinteren Elendgraben und es dauerte einige Zeit, ehe ich mich aus dem Graben herausstemmen konnte, dabei war mir der unverwüstliche Bergstock eine große Hilfe. Unter mir hörte ich den gurgelnden Laut des Schmelzwasser führenden Grabens. Eine Stange war mir sauber ins Genick gefahren und so hatte mir der Zwölfer, den ich im letzten Jahr mit einem Gast „erjagern“ wollte, noch eine „Saubere“ verpasst.

Über die weiten Schläge des Tuschbergrückens zogen wir zwei noch unsere Kreise und auf einmal verwies Hella neben der alten Salzlecke die zweite Vierzehnerstange. Auch hier wieder der obligatorische Veitstanz, mit Brummeln und Herumtollen, an mir Hochspringen und die Stange packen. Meine Frau bezeichnete diese Freudenausdrücke bei ihren geliebten und bestens versorgten Hunden als das große „Ratzmatzmatz“. Und immer wenn vom Fraule und von mir diese Herausforderung kam, dann gab es den großen „Ratzmatzmatz“. Es war halt die Esterlsche Hundesprache. Sämtliche Schweißhunde von mir, auch der kleine Rauhaardackel der Schwiegereltern, die feine Hexi, verstanden diese Spielherausforderung und dann blieb einfach nichts mehr auf seinem Platz. Auch unsere Kinder und die geliebten BGS durften das machen, wenn auch dabei der Schafwollteppich der Jagdstube verrutscht und dabei auch manches Schmuckstück festgehalten werden musste.

Als ich mir die Stange mühsam am Rucksack befestigt hatte und mit meiner pfundigen Beladung fertig war, befand ich mich knapp oberhalb der Elend-Winterstube, einer mit so viel Liebe und Idealismus erbauten Übernachtungsmöglichkeit, und es ist mir heute noch nicht vermittelbar, dass diese stabile und in ihrer Bausubstanz so gesunde Winterstube abgerissen wurde.

Wie viele Holzknechte zogen hier am Anfang der Woche mit ihrem „Wochensack“ in diese Hütte ein. Immer wieder war ich erstaunt, wie spärlich diese braven und fleißigen Menschen die ganze Woche über im Schlag und auf der Hütte lebten und hausten. Es war für diese bescheidenen „Mannder“ eine große Abwechslung, wenn „da Jaga“ ihnen einen Aufbruch brachte. Auch ich freute mich, wenn ich ihren kargen Speiseplan mit einem Aufbruch verbessern konnte. Gerade diese Winterstube ist mir in besonderer Erinnerung geblieben. Kurz unterhalb der Hütte sprudelte eine Quelle aus großer Tiefe. Und das Wasser dieser Quelle, die auch im strengsten Winter nie eingefroren ist, war so herrlich und erfrischend, dass ich jedes Mal, wenn ich vorbei kam, dort „schöpfte“.

Mein Vater hatte uns Buben beigebracht, dass man vor einem Feldkreuz und einer Quelle unbedingt den Hut zu ziehen habe, und dies habe ich bis heute so gehalten.

Unterhalb des Giebels der Hütte war in römischen Zahlen 1871 eingeschnitzt. Wenn im Berg der Winter Einzug hielt, es warf manchmal in einer Nacht einen halben Meter Schnee her, dann schaufelten die Holzknechte zur Holzbringung mit ihren „Hornern“, so wird bei uns der schwere Schlitten bezeichnet, tagelang eine feine Bahn vom Berg. Wie gefährlich diese Arbeit war, zeigen viele Votivtafeln am steilen Berg in den engen Kurven und besonders in unseren Kapellen und Kirchen. Weit über den Kopf raus standen die schweren Holzprügel (Baumstämme), wenn sie oft in riskanter Fahrt zu Tal gebracht wurden. Wenn ich vor meinem geistigen Auge die verwegenen Gestalten der Holzknechte (des Markhauser Gustl, des Darchinger Anderl, des Bammer Willi oder des Haumeisters Sepp Huber, um nur einige zu nennen) vorbeiziehen sehe, dann ziehe ich heute noch den Hut vor diesen „Manndern“.

Diese Winterstube, die später einer gnadenlosen und sich in keiner Weise der Tradition verpflichtet fühlenden Forstpartie zum Opfer fiel – ja, man hatte einige Jahre vorher noch ein neues Blechdach aufgezogen – wurde dann, bevor sie irgendwohin verschwunden wäre, vom Darchinger Anderl käuflich erworben und als Wohnhaus aufgestellt. Noch heute schaut diese Hütte gut aus. Welch ein besonderer Duft ging von ihr aus, wann immer ich sie betreten durfte. In der „Kuchl“ stand ein großer gemauerter Herd, auf dem die Holzknechte ihr bescheidenes Mus kochten, viel Schmalz und Mehl, nur einmal die Woche gab es Fleisch. Manchmal, wenn der Föhn sein Regiment antrat, dann konnte man es, wenn der Ofen angeheizt wurde, fast nicht aushalten. Der Ofen hatte noch einen unterirdischen Kamin, einen sogenannten Fuchs, und es dauerte des Öfteren sehr lange, bis der Rauch über den Kamin dann abzog. Ja, aus jeder Fuge und jedem Herdring kam beißender Rauch und Qualm.

Ich war oberhalb der Winterstube stehen geblieben, da sah ich eine Bewegung im Altholzboden. Mit meinem leichten 7x42 Hensoldt Glas hatte ich im nächsten Augenblick das gesprenkelte Halbrad eines Großen Hahnes in den Objektivlinsen. Immer wieder tauchte der aufgestellte Stoß des stolzen Minnesängers im Altholz auf, ehe er sich in die Luft warf und in einem rauschenden und pfeifenden Halbbogen zum Tuschbergrücken und zu seinem Schlaf- und Balzbaum raufzog. So viel glaubte ich noch gesehen zu haben, dass der Hahn einen dottergelben Brocker hatte, es also ein älterer Hahn sein musste. Sicherlich wird er schon einige Schnabelmausern mitgemacht haben.

Vorsorglich verstaute ich die Stangen im VW Käfer und dann versorgte ich noch meine vier großen Rotwildfütterungen. An der Schwarzenkopffütterung warteten bereits die hochbeschlagenen Alttiere auf Grummet, Silage und etwas Kraftfutter. An den Dünnungen meiner Alttiere konnte ich bereits das neue Leben, das sie in sich trugen, sich bewegen sehen. Gerade jetzt war eine reichliche Futtervorlage besonders wichtig, galt es doch das kommende Leben zu unterstützen und zugleich auch dem Wald zu helfen, denn jetzt bestand die größte Gefahr des Schälens und Verbeißens. Sehr vertraut zogen mir die Stuck, Schmaltiere und Hirsche entgegen. Es war bereits stark dämmrig, als ich das „Jagahäusl“ erreichte. Meine Frau hatte sich bereits Sorgen gemacht, da ich heute schon seit dem frühen Morgen unterwegs war.

Am übernächsten Morgen, ich hatte den Wecker auf 2 Uhr gestellt, schnürte ich meine Bergschuhe und fuhr durch das lange Tal der Valepp über den Griesgraben ins Elendtal. Bei stockdunkler Nacht stiegen meine Hella und ich dem Tuschberg zu. Mit der alten „Hahnfalzlaterne“, die ich von meinem Lehrherrn geschenkt bekommen hatte, leuchtete ich mir den Steig aus.

Gerade diese Hahnfalzlaterne, in einer Feder des Bodens wird eine Kerze eingeklemmt, macht so ein warmes Licht und erinnert mich immer wieder an Oberjäger Lorenz Karl, der im steilen Zugspitzmassiv seinen harten Dienst machte. Ganz zart spannte sich ein mit Sternen übersäter Nachthimmel über den schlafenden Berg. Nur ein einzelner Bergjäger zog seine Bahnen durch den taunassen Tuschbergrücken. Kurz bevor ich die letzte Serpentine erreicht hatte, rumpelte laut schreckend ein Reh, der Stimme nach war es eine Rehgeiß, vor mir aus ihrem Nachtlager. Mit klappernden Zähnen horchte meine Hella, ich hatte sie bereits an den ledernen Riemen genommen, dem nächtlichen Spektakel hinterher. Ich blies die weit heruntergebrannte Kerze aus, legte die „Hohfalzlaterne" wie eine Brieftasche zusammen, holte aus dem Rucksack ein frisches Hemd und Unterhemd und zog mich um. Der lange und steile Aufstieg hatte mich gehörig ins Dampfen gebracht und die frische Wäsche war fürwahr eine Wohltat. Langsam schob ich mich der alten Lärche zu. Nur der Waldkauz und die Waldohreule ließen ihren gespenstisch klingenden Balzruf hören. In der Nähe der Altlärche stützte ich mich auf meinen Bergstock.

Auf einmal glaubte ich ein feines Worgen vernommen zu haben. Da, plötzlich kam der erste Balzlaut, der Hahn zählte zu mir runter. Immer öfter und schneller zählte der Hahn, ehe Knappen, Triller, Hauptschlag und Schleifen deutlich zu hören waren. Ich wartete noch eine Zeit lang, ehe ich mit meiner Hella am Riemen dem nächtlichen Sänger entgegensprang. Immer hitziger wurde sein Gesang, der da klingt wie ein Gelall aus der Urzeit. Auf einem weit in den Bergwald rausstehenden Ast stolzierte der nächtliche Sänger mit gesträubtem Kehlbart hin und her. Ein richtiges Schütteln ging durch den Wildkörper, wenn der Hahn in vollster Verzückung zu schleifen begann.

Ein ganz zarter Lichtkreis spannte sich über Rotwand und Kümpfl, nur das Sonnwendjoch lag noch in tiefer Dunkelheit. Ich hatte einen alten Hahn bestätigen können. Langsam, auch hier sprangen meine Hella und ich, zogen wir uns zurück. Immer wieder stehenbleibend und horchend, pirschten wir zwei „Jagdkameraden" den langgezogenen Tuschbergrücken entlang. Vom großen Schlag auf dem Tuschberg

Hahnenmorgen.

her, vernahmen wir zwei „Hahnenverloser" noch zweimal die Balzarien anderer Hahnen. Die scharfe Bejagung von Fuchs, Marder und Dachs zeigte hier ihre Früchte.

Ich machte Meldung am Forstamt und bat um die Zuteilung eines Gastes. Noch zweimal hatte der Winter einen gehörigen Batzen Nassschnee über den Berg geworfen, aber der Föhn hatte in kurzer Zeit den Schnee wieder weggeleckt.

An einem recht milden Maimorgen zog ich mit einem Gast zum Tuschberg. Ich hatte dem feinen Waidmann, er hatte noch nie die Balz erlebt, das Lied des Hahnes vorgemacht und nun sollte er die Feuertaufe bestehen. Der ältere Herr, er nächtigte in der Alten Wurzhütte wie einstens Anton von Perfall, war noch recht gut auf den Läufen, so dass wir den weiten und beschwerlichen Weg unter die Bergschuhe nahmen. Auch mit dem Bergstock verstand er umzugehen. Immer wieder blieben wir stehen und gönnten uns eine Verschnaufpause. Wir hatten den Tuschbergrücken erreicht, wechselten die verschwitzten Unterhemden und zogen auch frische Hemden an. Auch die „Hahnfalzlaterne" hatte

Blick ins Hahnenrevier.

ich gelöscht und nun pirschten wir, die Hella hatte ich an den Riemen genommen, dem „Falzbaum“ zu.

Immer wieder blieben wir stehen und horchten gespannt nach der Balzarie. Da, erstes „Worgen“ verkündete, der Hahn ist wach. Nachdem mein Gast nur mit einer Schonzeitbüchse angereist war, drückte ich ihm meine Ferlacher Bockbüchsflinte mit außen liegenden Hähnen in die Hände. Ich hatte den Schrotlauf mit 3½er geladen. Nachdem der Hahn sich eingespielt hatte, sprang ich mit meinem Gast an der Hand den Hahn an. Immer wieder setzte der Hahn mit seinem bescheidenen und dennoch so überwältigend klingenden Lied aus.

Die ersten Vogelstimmen wurden hörbar und es war nicht ganz so leicht, aus dem jubilierendem Gesang der Singdrossel und des Buchfinken, dem jauchzenden Gesang von Schwarz- und Buntspecht und noch anderer, den Morgen begrüßenden Waldvögeln heraus, das feine Knappen, Trillern, Hauptschlag und Schleifen zu vernehmen. Endlich konnte ich den Hahn, er stand heute etwas höher auf dem Lärchenast, ausmachen. Ich hatte meine Hella abgelegt, und nun ging es ganz schön flott dem morgendlichen Sänger entgegen. Neben einer niedrigen Fichte blieben wir stehen und ich gab dem Gast zu verstehen, dass es an der Zeit wäre, zu schießen. Ich hatte ihm auch noch den linken Hahn der Ferlacherin aufgezogen und wartete auf den erlösenden Schuss.

Immer wieder zielte der ältere Herr zum Urhahn, doch es fiel kein Schuss. Jetzt musste ich schon etwas energischer werden, denn vermutete ich doch, dass der alte Hahn bald abreiten und zur Bodenbalz übergehen würde. Noch einmal zielte der Gast und im nächsten Augenblick ritt der Hahn, genau wie ich es mir gedacht hatte, ab. In einem weiten Bogen strich er durch das Elendtal zum gegenüberliegenden Pfannkopf. Etwas ratlos schaute mich der Waidmann an. Er bat mich auch, ihm nicht böse zu sein, denn er war so vollkommen fasziniert vom Geschauten und Gehörten, dass er einfach nicht schießen konnte.

Ich hatte hier vollstes Verständnis, denn auch mir ist es so ergangen, als ich das erste Mal dieses grandiose Schauspiel erleben durfte. Gehört doch für mich nach dem Urschrei des Hirsches, das Balzlied des Hahnes zu den eindrucksvollsten Erlebnissen in der Natur. Langsam stiegen wir über die Böden des Tuschbergs. Von den Kümpflalmen her hörten wir sehr verschwommen das Krugeln und Kullern der Kleinen Hahnen. Oberhalb der alten Kiesgrube bei der Griesgrabenfütterung standen die Kolbenhirsche. Als sie meine Stimme hörten, zogen sie unbekümmert über den schmalen Almausläufer dem Salzlahner zu. Auch hier konnte sich mein Gast fast nicht beruhigen, als er sah, wie ich mit meinem Wild sprach und wie wir uns verstehen. Er hatte auch vollstes Verständnis, als ich ihm erklärte, wie schwer es uns Berufsjägern manchmal fällt, einen Hirsch, den man vom Kalb bis zum reifen und alten Hirsch hergehegt hatte, zum Abschuss frei zu geben und darauf auch noch zu führen. Er verstand auch, dass ich mich umdrehe, wenn die tödliche Kugel den Büchsenlauf verlässt und der Althirsch die letzte große Reise antritt.

Am nächsten Morgen stiegen wir wieder dem „Falzplatz" zu. Auch heute war es wieder das gleiche Prozedere wie gestern. Kurz vor dem Falzplatz legte ich die Hella auf der Lodenkotze ab. Heute ging es wesentlich schneller, ich hatte das Gefühl, dass der Hahn viel leidenschaftlicher und feuriger sein Gelall der Urzeit in den Morgenhimmel sandte.

Bald standen wir neben der schützenden und Deckung bietenden Fichte. Der Hahn stand auch tiefer wie gestern. Gerade als er zu seinem letzten Schleifen ansetzte, warf ihn der raue Schuss aus meiner Ferlacherin vom „Falzbaum". Federn gaukelten noch hinterher, als ich den Hahn aus den Wurzelausläufern der Lärche holte. Ich ließ den Gast eine Viertelstunde alleine bei der so großartigen Beute. Als ich dem Jagdkameraden einen Tannenbruch überreichte, da musste dieser erfolgreiche Geschäftsmann doch etwas schlucken.

Vom Boden neben der Lärche holte ich noch etwas Moos und verstopfte dem Urhahn den Schlund. Erklärte mir doch ein Präparator, dass aus dem Brocker austretender Schweiß den Kehlbart schädigen würde. Auf einem Tannenast band ich mir den Hahn an den Rucksack und dann stiegen wir vom Berg. Wir hatten einen sehr alten Hahn der Wildbahn und der Natur entnommen.

Lange sind die Erlebnisse, die ich sowohl am Berg als auch im Flachland haben durfte, vorbei. Doch gestern konnte ich die Erlebniswelt wieder auffrischen. Durfte doch ein lieber Freund von mir in einem Tiroler

Revier, das von einem feinen Waidmann gepachtet und von einem umsichtigen Jagdaufseher bestens gepflegt wird und wo ich auch als Pensionist noch etwas „jagern“ darf, einen Großen Hahn erlegen. Bei jedem Hahnengang konnten wir mehrere Hahnen bestätigen und so durften wir dann bescheidene Ernte halten. Es ist nicht vermittelbar, dass alte Hahnen bei uns nicht mehr erlegt werden dürfen. Die Tiroler Jäger lassen sich nicht von einer Minderheit gängeln. Viele Jahre verbrachte ich am Berg. Viele Jahre versorgte ich auch bei tiefem Schnee und unter unmenschlichen Bedingungen meine Fütterungen. Viele Jahre richtete ich meine Fuchseisen mit den speziell präparierten Ködern auf und habe dabei viele Feinde der Raufußhühner gefangen. Dort, wo das Raubwild kurz gehalten wird, vermehren sich auch die Raufußhühner. Der Erfolg hatte mir Recht gegeben. Bei diesen manchmal unvorstellbaren Schindereien habe ich von diesen „Gschaftlhubern“ und Wichtigmachern nie einen gesehen. Schlaue Sprüche kann man vom warmen Kachelofen oder der geheizten Wohnstube aus leicht machen. Die Praxis sieht aber ganz anders aus.

Der scherzende Sägebock, oder wie ein 80-jähriger schuhplattelt.

Immer wieder waren es für mich die faszinierendsten und glücklichsten Augenblicke, sorglose Tierkinder beim Spielen zu beobachten. Wie unbeschwert Jungwild doch sein kann, wie fröhlich es sich benehmen kann!

In einem wild zerklüfteten Bergwald, in dem Mutter Natur noch schalten und walten konnte, wie sie es für richtig empfand, hatte ich beim Heimweg von der Hahnenbalz einen Fuchsbau entdeckt. Ganz in der Nähe hatte ich für die Bejagung des Bergbockes einen einfachen Blattstand errichtet. Von der gut versteckten „Hock" aus hatte ich auch Einblick zum Felsbau. Vor dem Bau lagen die Überreste eines alten Gamsbockes, an der stark verpechten Krucke konnte ich dabei 16 Jahresringe abzählen. Die Gamskrucke war zu meiner Überraschung auch noch fast unversehrt, und auch die Läufe von einem frisch gerissenen Rehkitz konnte ich sehen. Krächzend ruderte ein „Nusskratscherpaar" (Eichelhäher) vom weit ausgetretenen Spiel- und Kampfplatz der roten Sippe weg. Notdürftig verblendete ich die Hock, die ich sonst nur zur Blattjagd verwendete, mit Fichtenästen, holte aus dem Rucksack den Salzstein, den ich nun schon einige Stunden auf dem Buckel geschleppt hatte, und legte diesen unter die Steinplatte der Stocksulze. Damit der Salzstein nicht zu schnell vom Regen aufgeweicht wurde, hatte ich Holzpflöcke in einen langsam vermodernden Altholzstock geschlagen, und darauf stemmte ich eine dicke Steinplatte. Der Boden um die „Sulze" war schon stark von Schalenwildfährten umgedreht, ein sicheres Zeichen dafür, wie wichtig dem Wild bei seinem Haarwechsel Salz war. Neben einem Ahornstämmchen hatte ein Rehbock an einer Haselnussstaude seine neue Wehr geputzt, und auch einige Plätzstellen verrieten mir die Anwesenheit des Bergbockes. Ich kannte den Schlaumeier bereits, denn vom späten Herbst an bis ins Frühjahr stand er an der Hausrehfütterung, die von meiner Frau bestens versorgt wurde. Meine Frau brauchte nur ihre Rehe zu rufen, schon marschierten mit leckendem „Züngerl" zwei Geißen, drei Kitze, zwei Schmalrehe und drei Böcke zum kleinen „Futterstaderl".

Einer der Böcke, er trug bestimmt schon sein sechstes langendiges und hohes Gewichtel, war der typische Bergbock, hoch und weit, mit guter Vereckung, nur die Masse ließ etwas zu wünschen übrig. Ich wusste, dass dieser Altbock hier in den Brotttrögen seinen Einstand hatte.

Nachdem das Aufräumen und Kalken der Futterplätze, das Auswaschen und Neueinstreichen der zahlreichen Silobehälter geschehen war sowie die Salzsteine am Berg ausgetragen waren (ich trug jedes Jahr ca. 15 Zentner Salz oft weit zum Berg), konnte ich mir nun auch einmal eine erste Pirsch, zwecks Bestätigung des Rehbockes, erlauben. Mit bedächtigen Bergjägerschritten stieg ich zur Hock in den Brotttrögen auf. Natürlich hatte ich auch den Felsenbau im Kopf und ich beschäftigte mich mit der Frage, ob die roten Freibeuter noch in der Kinderstube anwesend waren. Schwitzend erreichte ich meine Hock, lehnte den Bergstock an die Verblendung und ließ mich auf dem Sitzbrett nieder, nachdem ich meiner Hella ein feines Betterl auf der Lodenkotze zurechtgedrückt hatte. Von den Gräben der Stümpfling-Skiabfahrt her hörte ich den dumpfen Ruf einer Ringeltaube, und über uns beiden ruderte mit lockendem Klonken ein Kolkrabenpaar mit seinen flüggen Jungen den Schlafbäumen am gegenüberliegenden Schwarzenkopf zu. Aus meiner Jagdjoppe holte ich mir mein Hirschbücherl, in dem ich alle geschauten Hirsche bzw. ihre Geweihe zeichnerisch verewigt hatte. Werden sie alle wieder an ihren angestammten Kolben- und Feisthirscheinständen erscheinen? Was wird der Grobian und der Prinzregent, der Susan und der Michl, der Wotan und der Raufer und wie ich sie alle getauft hatte, heuer für eine stolze Wehr schieben? Werden sie und die vielen fremden Hirsche auf ihren Brunftplätzen wieder Einzug halten?

Ich war so in Gedanken, dass ich gar nicht merkte, dass sich die Hella aufgerichtet hatte und mit zittrigem Nasenschwamm zum Felsenbau äugte. Erschrocken fuhr ich zusammen, als mit rauschendem Flügelschlag ein Auerhahn auf einer Alttanne sich einschwang. Die nachzitternden Äste verrieten den scheuen Waldbewohner. Recht zerrupft sah er aus. Er, der noch vor kurzer Zeit seinen perlenden Gesang in den anbrechenden Frühlingsmorgen sang. Sicherlich wird der Hahn seinen eckigen Stoßfedern nach schon einige Schnabelmausern hinter sich haben. Dass man uns, den Hütern und Schützern der Raufußhühner, die Jagd auf den Großen und den Kleinen Hahn genommen hat, ist immer noch nicht vermittelbar. Wie bereits erwähnt, hat die Politik hier extremen Spinnern, die ich bei der schweren Arbeit am Berg noch nie gesehen und die ich bei der Versorgung des Wildes im Hochwinter noch nie erlebt habe, Recht gegeben. Vom Schreibtisch aus kann man leicht gescheit daherreden. In meiner langen Dienstzeit als Berufsjäger habe ich stets darauf geachtet das Raubwild kurz zu halten und das zahlreiche Vorkommen der Raufußhühner war eine Bestätigung meiner oft sehr schweren Arbeit.

In dem tirolerischen Revier, in dem ich noch eine feine Jagdmöglichkeit habe, dürfen die Raufußhühner in bescheidener Zahl erlegt werden. Auch in diesem Jahr durfte ein Freund von mir einen alten Hahn erlegen. Der Jagdpächter, der zuständige Jagdaufseher und ich konnten einige Große Hahnen bestätigen. Es ist für mich kein „Langst“ (Frühjahr), wenn ich nicht aus dem Bergwald das Balzlied des Urhahnes, dessen Lied da klingt wie ein Gelall aus der Urzeit, zu hören bekomme und mit ins Tal nehmen darf. Das Balzlied des Hahnes in der rauborkigen, windzerzausten und mit langen Flechtenarmen bestückten Altfichte zu hören, den Hahn anzuspringen und mit schüttelndem Kragen zu erleben, das kann nur der verstehen, dem der Herrgott offene Augen, offene Ohren und ein offenes Herz geschenkt hat. Mitte April diesen Jahres sind wir aufgestiegen, meine Hella und ich, zum „Falzplatz“. Wir waren ganz schön ins Schwitzen bzw. ins Hecheln gekommen, als wir die Nähe des Turnierplatzes der Hahnen erreicht hatten. Nachdem das nassgeschwitzte Hemd und Unterhemd gewechselt waren, pirschten die beiden einsamen Bergjäger, die wir ja waren, zum „Falzplatz“. Ein traumhafter Sternenhimmel spannte sich über die Felszacken des Zahmen und des Wilden Kaiser, diesem mächtigen Felsgestein der Tiroler Berge. Langsam schlichen wir dem Balzplatz näher. Auf einmal meinte ich erstes verhaltenes Worgen vernommen zu haben. Ich nahm die Hella an den ledernen Riemen. Kurz darauf konnte ich ganz klar die erste Strophe des Balzliedes vernehmen. Der Hahn begann zu zählen. Immer schneller wurden seine einzelnen Balztakte und dann hatte sich der Hahn eingespielt. Knappen, Triller, Hauptschlag und Schleifen perlten auf uns zwei herab. Hinter meinem Rücken begann der nächste Hahn zu balzen. Lautlos ließen wir zwei uns auf der untergelegten Lodenkotze nieder. Die zerrissenen Konturen des Kaisergebirges nahmen langsam Gestalt an. Über dem Felsmassiv lag, gleich einem Heiligenschein, ein feiner Kranz. Unter uns blinkten die ersten Lichter aus den Ställen des Bergdorfs Landl herauf. Die Bergbauern begannen bereits ihr Tagwerk, die Kühe mussten gemolken werden, das Vieh verlangte sein Futter. Über mir, neben mir und hinter mir sangen die Hahnen ihre bescheidenen und dennoch so gewaltig sich anhörenden Liebesarien in den erwachenden Tag hinein. Lange dauerte es, bis die Hahnen zu Boden gingen und die schwankenden und gesprenkelten Balzräder sich von uns entfernten. Mit einem nasalen Gurgeln strich eine Auerhenne über den Turnierplatz. Sicherlich wird sie den Befruchter und Zeuger der nächsten Generation aufgesucht haben. Langsam stand ich auf. Wie ein roter Feuerball stieg die Morgensonne zwischen den wuchtigen Felsmassiven des Kaisergebirges empor. Just in diesem Augenblick schwang sich ein Hahn auf einer mächtigen Altfichte ein und bald darauf perlte und knappte es zu uns herunter. Genau im roten Ball der Morgensonne sang der Hahn. Ich war so ergriffen von dem Geschauten, ich musste mich nochmals setzen. Aber zu jeder Freude kommt bestimmt ein Dämpfer dazu. Über dem feinzarten Morgenhimmel lagen zwölf Kondensstreifen, die von den großen Stahlvögeln hinterlassen wurden. Um ehrlich zu sein, ich war schockiert. Es kann mir einer erzählen, was er will, die Hinterlassenschaften des übertriebenen Wohlstands werden uns eines Tages einholen. Der Ausstoß von Kerosin kommt unweigerlich zu uns herunter. Sind wir nicht auf dem besten Weg diese Mutter Erde kaputt zu machen? Haben wir den christlichen Auftrag „Macht Euch die Erde untertan“ nicht völlig missverstanden? Ich durfte nicht mehr hinschauen, denn sonst wäre mir speiübel geworden. Dort der Hahn im roten Feuerball, die wild zerklüfteten Felsen, Schrunden und Kare des Kaisergebirges und darüber, als Maß aller Dinge, der Mensch mit seinem unstillbaren Hunger nach Fortschritt und Wohlstand. Ich hätte heulen können.

Aber ich will wieder zum Eingang meiner Erzählungen, zum Felsenbau und den Jungfüchsen zurückkehren.

Der Blick meiner Hella ging nicht nach oben zum Großen Hahn, sondern zum nahen Felsenbau. Vor der Felsenburg saßen drei Jungfüchse, reckten und streckten sich, gähnten herzhaft, um dann im nächsten Augenblick spielend übereinander herzufallen. Das war ein Rennen und Fangen, ein Schnappen und Balgen, ein Keckern und Ziehen. Immer wieder probierten die lustigen Frechdachse ihre spitzigen Zähne bei einem ihrer Geschwister aus. Aber auch immer näher kamen sie bei ihrem unbedarften Spiel meiner Hock und meiner zitternden BGS Hündin. Mit aufgestellten Behängen und zitternd wie Espenlaub beäugte die Hella die spielenden Fuchskinder. Nur noch wenige Meter trennten Hund und Jungfüchse. Ich hatte die sonst so ruhige Hündin an der breiten Halsung fest genommen. Auf einmal gingen der Hündin aber dann doch die Nerven durch und sie wollte sich, Gott sei Dank hatte ich fest zugegriffen, mit wildem und lautem Geknurre auf die „Füchsl" stürzen. Es war aber nur ein kurzer Augenblick, ehe diese ihre felsige Behausung wieder erreicht hatten und eingefahren waren. Immer wieder strich ich der Hella über ihren edlen Kopf und versuchte die Nachsuchenspezialistin zu beruhigen. Mein nächster Blick ging dann nach oben zum Großen Hahn. Dieser stand mit schiefem Kopf auf seinem Schlafplatz und äugte nach unten. Auf einmal, ich traute meinen Augen kaum, es waren keine fünf Minuten vergangen, stand der erste Jungfuchs wieder vor dem Bau und äugte unverwandt nach unten zu uns her. Im nächsten Moment stand der nächste Jungfuchs vor dem Bau, setzte sich auf die Keulen und kratzte sich erst einmal ausgiebig. Nach weiteren Minuten war auch der dritte Jungfuchs ausgefahren und bald darauf begann, als sei überhaupt nichts geschehen, die lustige Rauferei wieder von vorn. Nun wollte ich es nicht noch mal darauf ankommen lassen und nahm die Hündin an den kurzen Riemen. Als die Jungfüchse wieder sehr gefährlich nahe kamen, redete ich sie an. Wie auf ein Kommando saßen die drei Lauskerle mit gespitzten Stehohren auf den Keulen und äugten unverwandt zu mir herüber. Immer wieder redete ich zur Fuchsbande. Mit ängstlicher Miene, eingezogenem kurzen Schwanz und zurückgelegten Stehohren verdrollte sich einer der Lauser. Auch der nächste junge Freibeuter trollte zur Felsenburg und schlief ein. Einer der Jungfüchse blieb aber neugierig und aufmerksam sitzen. Noch mehrmals kratzte er sich, nicht nur hinter den schwarzen Ohren, sondern auch ausgiebig an Bauch und Flanken. Ohne uns noch irgendeines Blickes zu würdigen – er strafte uns regelrecht durch Missachtung –, schnürte er vor seine Kinderstube, rollte sich dort zusammen und schlief den Schlaf des Gerechten.

Langsam zog die Dämmerung über Berg und Tal und ich stieg aus meiner Hock. Richtiger Frieden lag über dem weiten Kessel der Valepp, auch das vertraute Glockenspiel des Weideviehs war noch nicht auf den weiten Matten der Almen zu hören. Noch einmal schaute ich zum überhängenden Felsenbau, der Jungfuchs lag immer noch zusammengerollt vor Burg Malepartus. Mit meiner Hella am Riemen stieg ich über den morastigen, rutschigen und steilen Almhang, Spitzingsee und dem heimischen Herd zu. Ich hätte es nicht übers Herz gebracht, hier mit lautem Knall dem jungen Leben ein Ende zu machen. So war es mir vergönnt, etwas hinter und in die sorgenfreie Kinderstube der Familie Reineke zu blicken. Ganz selten habe ich den Sommer über den Fuchs bejagt, während im Winter die Sippe Reineke, sowohl mit Falle als auch Büchse, von mir scharf bejagt wurde.

Auf der Wildfeldalm sah ich alle Jahre die neue Jugend des Rotwildes und auch der Gams heranwachsen. Ich hatte es mir zur Maxime gemacht, dass es in dem großen Revier am Spitzingsee auch Plätze geben musste, an denen das Wild seine Ruhe hatte. Es gibt gerade beim Hochwild nichts Schlimmeres, als dem Wild vom ersten Tag der Schusszeit an ständig mit der Büchse nachzustellen. Wir zwingen ja das Wild in die von Menschenhand und nach wirtschaftlichen Gesichtspunkten geschaffenen Einstände. Wir tragen eine gehörige Mitschuld, wenn sich das Wild nicht mehr aus seinen Einständen traut. Bekanntlich braucht gerade der Wiederkäuer alle drei bis vier Stunden eine Pansenfüllung. Von was soll das Wild denn leben, wenn draußen die Kugel wartet. Ihm ist eine feine zarte Almäsung auch lieber, als eine harzige und verpechte Fichtenrinde. Gerade auf dem weiten Feld auf Wildfeld, der Name sagt es ja schon, konnte ich immer wieder das Rotwild und die Gams bis in den hellen Tag rein beobachten. In den morastigen Gräben zog das Rotwild auch bei Tag zur Äsung aus. Mehrmals konnte ich das Wild beobachten, und zwar keine

50 Meter neben unseren fleißigen Holzknechten und beim kreischenden Pfeifen der Motorsäge.

An einem recht kühlen Augustmorgen, die ganze Nacht prasselte der Regen auf das Dach der Engelweghütte, pirschte ich mit meiner Asta am Riemen zur versteckten Hock unter der Almhütte. Missmutig äugten die Mankei aus ihrer Erdburg, als ich mich auf dem Sitzbrett niederließ. Auch die Asta, dieser eiserne Hetzteufel, zeigte fürwahr keine besondere Begeisterung, als ich mir den Bergstock schnappte und nach Wildfeld raufpirschte. Unterhalb vom Kirchstein, wir im Volksmund sagen zu dem kleinen Felszapfen „das Kragenknöpferl", turnten mehrere Gamsgeißen mit ihren heurigen Kitzen und einige Jährlinge über den schroffen Felsenabsatz. Auch den „Gamsl" war das nasskalte Wetter nicht besonders angenehm, denn sie suchten auch unterhalb des Kirchsteins bald den schützenden Latscheneinstand auf. Auf dem Dach der Almhütte trippelten die Bergdohlen, ihren heiseren Ruf verkündend, zur hölzernen Dachrinne runter. Gerade die Dohlen, diese Flugkünstler, haben es mir immer wieder angetan. Mal stehen sie mit gespreizten Schwingen in der Luft und im nächsten Augenblick schießen sie pfeilschnell über Felsgrate und durch Wände. Wenn ich mich mit meinen Jagdgästen nach erfolgreicher Pirsch auf einem Almanger niederließ und aus dem Rucksack die Brotzeit holte, dann standen oftmals die „Dachä" (Dohlen) bettelnd über uns. Wenn ich ein Stück Brot in die Luft warf, dann war es eine Selbstverständlichkeit, dass es von diesen Flugkünstlern in der Luft gegriffen wurde.

Sowohl die Asta als auch ich hatten bei diesem Sauwetter keine besondere Begeisterung und ich trug mich schon mit dem Gedanken zusammenzupacken und auf der Hütte ein ausgiebiges Frühstück zu machen. Nochmals blickte ich zum Almboden und im nächsten Augenblick standen keine zehn Meter neben der Hüttentür mehrere Alttiere mit ihrem heurigen Nachwuchs. Auf einmal fing ein Schmaltier an zu spielen. Hint in d'Höh und dann vorne in d'Höh und dann mit allen vier Läufen in der Luft ging es im federndem Troll, mit offenem Äser, gleich einem Traber, über den weit verzweigten Almboden. Im nächsten Augenblick gesellte sich ein hochaufhabender Schmalspießer zur übermütigen Schwester und dann fingen die Kälber an zu spielen und zum Schluss tanzte das gesamte Rudel über Almboden und morastige Gräben. Selbst die Stuck älteren Kalibers beteiligten sich an diesem Almtanz. Es war so lustig anzuschauen, wie herrlich unbeschwert sich Wild, das nicht einem ständigen Jagddruck ausgesetzt ist, voll Lebensfreude bewegt. Immer wieder kam von einem der Rudelmitglieder die Aufforderung zum Tanz. Ja, das Leittier stupfte den Schmalspießer, was da heißen sollte: „Komm, lass uns noch ein Tänzchen wagen." Hier aber war nicht der Spießer der „Schuhplattler", sondern die alte Schachtel von einem Alttier. Im nächsten Augenblick tanzte und trollte, flüchtete und stampfte das Wild mit weit geöffnetem Äser wieder über den riesigen Tanzboden. Am liebsten hätte sich meine Asta der Tanzgesellschaft angeschlossen, denn sie stand mit den Vorderpfoten, schwanzwedelnd, auf der Verblendung. Ein einzelnes Alttier vergnügte sich alleine unter einer der weitastigen Bergfichten und ihre gymnastischen Verrenkungen zwangen mich dazu, dass ich mir mit der Hand den Mund zuhielt, denn sonst hätte ich vor Lachen herausgebrüllt. Nachdem sich das Wild wieder beruhigt hatte, sie standen mit keuchendem Atem am Dickungsrand, zogen die „Wildlinge" langsam ein. Immer weiter weg hörte ich noch das Brechen von Ästen unter ihren Schalen, dann war der ganze Spuk vorbei. Ich war ob dem Geschauten und Erlebten so glücklich.

Nach einer ausgiebigen Frühpirsch, ich hatte einmal keinen Jagdgast am Rucksack hängen, pirschte ich über das Hirscheck dem Elendtal zu. Vor mir wuselten die junge Hella, eine Tochter der Asta, und die Zuchthündin Asta über den schmalen Steig. Mutter und Tochter verstanden sich prächtig. Selbst auf der Hütte schlüpften beide in einen Korb, obwohl ich für jedes „Hundl" ein eigenes Bettl raufgetragen hatte. Meine Asta war mittlerweile in die Jahre gekommen und hatte in ihrer wilden Hetzerei etwas nachgelassen. Gerade als ich vom Hauptsteig, der zum Elendsattel führt, abzweigte, blendeten mich einige gelbrote Wischer. Ich war mitten in ein kleines Gamsrudel gekommen. Das Scharwild äste sehr vertraut vom spärlichen Almgras. Der Wind stand mir zwar nicht ins Gesicht, aber die „Gamsl" hatten von uns dreien auch keine Nase der gefürchteten Witterung bekommen. Hinter einem Wurzelteller ließen wir uns nieder. Ich musste nur so staunen, wie folgsam die kleine Hella bereits war. Auch sie saß, wie ihre Mutter, mit aufgestellten Behängen auf einem meiner Bergschuhe. Unverwandt blickten meine zwei BGS Hündinnen zum Scharwild. Es waren vier Gamsgeißen, drei Kitze und drei Jahrlinge. Einer der Jährlinge stand auf dem Stock der Salzlecke und fuhr mit flinkem Lecker über den roten Salzstein. Zwei Jährlinge probierten ihre kurzen Krucken bereits aus. Im nächsten Augenblick, ich hatte mir den unverwüstlichen Filzfleck aus dem Rucksack geangelt, die zwei Hündinnen beanspruchten die Lodenkotze, fing ein Kitz an zu spielen. Im Nu war der gesamte Kindergarten, Kitze und Jährlinge, Pirouetten drehend auf der kleinen Almfläche mit anschließendem Schlag unterwegs. Im nächsten Augenblick hatte das Tanzfieber auch die vier Geißen erfasst und dann ging es springend und sich überschlagend durch Alm und Schlagfläche. Mindestens fünf Minuten dauerte der Gamsvolkstanz und was ich hier an Verrenkungen und Flugeinlagen sah, kann nur einer beschreiben, der mit den „Krickelviechern" zu tun hat. Immer wieder fing eines der Familienmitglieder mit der Gamstanzerei an. Auch hier musste ich mir den Mund zuhalten, denn sonst hätte ich lauthals herausgelacht.

Nachdem nun alle „Gamsl“ sich ausgiebig an der Salzlecke verlustiert hatten, wechselte das Scharwild zum Pfanngraben runter. Gerade als ich aufstehen wollte, deutete meine kleine Hella nochmals zur Schlagfläche. Mitten im Schlag stand ein geringes Schmaltier und äugte dem Rabatz, den das Scharwild verursacht hatte, hinterher. Ganz langsam zog ich meinen Ferlacher Ischlerstutzen, den ich an den Wurzelteller gelehnt hatte, zu mir her. Leise zog ich den außen liegenden Hahn mit dem rechten Daumen auf und im nächsten Augenblick brach das Schmaltier, von der im Hochgebirge so bewährten 6,5x57R durch die Kammer geschossen, zusammen. Das kleine 6-Gramm-Geschoss hatte wieder, wie üblich, ganze Arbeit geleistet. Nachdem sich die zwei BGS Hündinnen einigermaßen beruhigt hatten, die erfahrene Asta wollte natürlich als erste zum Stück, stieg ich über den Weidezaun zum Schmaltier auf. Natürlich war ich gespannt, was die kleine Hella beim Anblick vom „großen Bockerl“ wohl machen würde. Gleich ihrer Mutter leckte sie zuerst am Ausschuss und dann sang sie wie ihre Mutter mit hoch erhobenem „Köpferl“ ihre wilde Jagdpassion dem Berg und dem Tale zu. Ich musste nur so staunen, wie selbstverständlich, ohne die geringste Angst, sie hier ihre Passion zeigte. Was mich aber am meisten freute, war, dass es auch an der Beute zwischen Mutter und Tochter zu keiner feindseligen Auseinandersetzung kam, obwohl die Asta am Stück enorm scharf war. Das Liefern des Schmaltiers war aber dann noch eine große Schinderei. Aus dem Rucksack holte ich den ledernen Gamsträger, verschränkte die Vorderläufe mit den Hinterläufen, zog die Lederriemen durch die vier Hessen und umwickelte den Wildkörper mit den stabilen Riemen, bevor ich in die Trageriemen stieg. Gleich einem Rucksack platzierte ich das Schmaltier, das Haupt hatte ich noch mit einem Strick auf die fest verzurrten Läufe gebunden, über den Jagdrucksack, hängte mir den Ischlerstutzen über den Hals, schnappte mir den Bergstock und stieg ab. Das ist Bergjagd.

Anfang Juni diesen Jahres, ich hatte einen alten Bergrehbock an einem hohen und steilen Schlag entdeckt, saß ich in einem feinen Bodensitzerl. Meine Hella windete ständig nach oben. Richtig gierig zog sie die Luft ein, dabei zitterte sie mit den aufgestellten Behängen. Irgendetwas musste im Schlag in der Ruhe sitzen. Auf einmal stand ein hoch aufhabender

Schmalspießer an der Salzlecke. Im nächsten Moment zog der nächste Schmalspießer zur Stocksulze. Beide Junghirsche hatten elendlange Spieße geschoben. Natürlich sahen die Bastspieße noch sehr dick aus. Ich habe in meiner langen Dienstzeit als Berufsjäger solche gut veranlagten Spießer ziehen lassen und ich bin dabei gut gefahren. Mit ihrem roten Lecker fuhren die zwei Spießer an den Wurzelausläufern der Sulze auf und ab. Beide Hirsche hatten total verfärbt und waren sehr gut im Wildbret. Mit dem Spektiv musterte ich die zwei Jungspunde und lehnte mich dann hochzufrieden zurück. Auf einmal stand neben den Hirschen eine starke Gamsgeiß. Auch sie zog zur Salzlecke und die zwei Hirsche machten, wie es sich für Kavaliere gehört, dem Neuankömmling Platz. Im nächsten Moment stand wieder eine Gamsgeiß am Rande des Schlages und auch sie wurde geduldet. Warum waren denn die zwei Geißen alleine? Hirschl und Gamsl standen friedlich beieinander und gaben sich dem Salzgenuss hin. Gerade als ich mein Spektiv wieder zusammengeschoben hatte, turnten über dem schmalen Felsriegel drei Gamskitze daher und im nächsten Augenblick nochmals eine Gamsgeiß. Hier hatte ich drei Gamsgeißen jeden Alters beieinander. Auch hier zeigten sich die Schmal-

spießer als sehr kulante Bergbewohner. Jedem Kitz ließen sie den Vortritt, sie duldeten es sogar, dass die Kitze auf den Stock der Salzlecke sprangen und sich so den Vortritt erzwangen. Ein Bild des Friedens sah ich in meinem Spektiv. Auf einmal sprang ein Kitz das andere Kitz von der Seite an und im nächsten Augenblick wurlten und flüchteten drei Gamskinder durch den Schlag. Auf einer großen Steinplatte hatte sich ein Kitz positioniert, und ein anderes Kitz versuchte diesen Logenplatz zu erobern. Immer wieder versuchte eines der Kitze das andere von seiner besonders schönen und steinigen Warte zu drängen. Auf einmal fing die erste jüngere Gamsgeiß auch zum Spielen und Rumtollen an. Die Verrenkungen und die so lustig sich anzuschauenden Tanzeinlagen animierten die nächste Gamsgeiß zum Mitmachen. Und ich traute meinen Augen kaum, auch die alte Geiß, sie wird ihren verwaschenen Zügeln und ihrem knochigem Gestell nach mindestens schon zwölf bis vierzehn Winter erlebt haben, wurde dann zum Spaßvogel. Mit angewinkeltem Äser und einem Buckel, der einem alten Dorfkater alle Ehre machen würde, sprang und schlitterte die alte Schachtel durch den Schlag. Im nächsten Augenblick flüchtete sie den schmalen Felsriegel wieder rauf und katapultierte sich wieder vom Felsband, den staunenden Zuschauern, Gams und Hirsch, entgegen. Mit allen vier Läufen landete sie in der steilen Schlagflora, warf sich auf den Rücken und turnte nochmals mit einer besonders schön anzuschauenden Pirouette an den staunenden Zuschauern vorbei. Wie ein scherzender Sägebock kam mir die Geiß vor. Ich kann mir vorstellen, dass ein 80-jähriger beim Schuhplatteln die gleiche Figur abgibt. Ich hatte, damit ich nicht hell herauslachte, mir mein Taschentuch in den Mund geschoben, denn mich hat es fast zerrissen vor Lachen. Ja, mir liefen die Tränen über das Gesicht. Hätte ich, wie von Forstgewaltigen vorgeschrieben, eine halbe Stunde vorher bei einem der Schmalspießer den Finger gekrümmt, wäre ich niemals in den Genuss des soeben Erlebten, noch dazu auf dieser Naturbühne, gekommen.

Sei tuats was.

Jeder Landstrich in Bayerischen Landen hat seine eigenen Sprüche. Ein Ausdruck von besonderer Prägung oder eine „extrige Aussage", um seiner Verwunderung eine besondere Note zu verleihen, heißt: „Sei tuats was."

Es gibt auf der Jagd manchmal Dinge, die fast nicht erklärbar sind. Ja, ich traue mich zu behaupten, dass hier manchmal übernatürliche Kräfte ihre Hand mit im Spiel hatten.

Vom Forstamt war mir ein besonderer Jagdgast, ein Abgeordneter des Deutschen Bundestages, auf einen starken Hirsch zugewiesen worden. Der Abgeordnete reiste mit der Bahn an, erklärte mir aber bei der telefonischen Terminabsprache, dass er keine Waffe mitführen werde, und bat mich, ihm meine „Bix" zur Verfügung zu stellen. Ein sehr feiner und netter Waidmann entstieg in Neuhaus am Schliersee dem Waggon und schleppte einen riesigen Seesack hinter sich her. Nach kurzem Beschnuppern, zwei Hunden nicht unähnlich, stellte sich ein kameradschaftlicher Ton ein und bei der Fahrt mit meinem schweren Geländewagen zum Spitzingsee rauf, stellte ich ferner fest, dass ich hier einen echten Jagdkameraden führen durfte. „Des is a gführiges Manndl", war das Erste, was ich meiner Frau erzählte. Nicht in einem der vornehmen Hotels wollte der Waidmann absteigen, nein, die altehrwürdige „Wurzhütte", wo einstens Anton Freiherr von Perfall mit seinem jagdlichen Faktotum, dem „Jaga Jackl", zur Hahnenfalz und zur Hirsch- und Gamsbrunft hauste, wurde als Quartier auserkoren. Kurz darauf fuhren wir ins Valepper Tal, um am „Schiaßhüttl" bei der Waitzinger Alm den obligatorischen Probeschuss zu setzen. Zweimal saß die Kugel dort, wo sie hingehörte; mit dem kleinen Schusspflaster konnten die Einschläge, die sich berührten, zugeklebt werden. Wir gingen in den Berg und auch hier stellte ich schnell fest, dass mein neuer Jagdkamerad ein sehr guter Bergsteiger war, der auch mit dem Bergstock gut umzugehen wusste. Wie er mir dann später erzählte, war er nicht nur in den Alpen und den Hochalpen, sondern auch im fernen Himalaja schon im schweren Fels und Eis unterwegs gewesen.

Am oberen Hocheck hatte ich am Morgen in einem steilen Lahner einen sehr alten Kronenzehner ausmachen können. Am Fuße des Lawinenstrichs hatte ich im Laufe des Sommers eine feine Hock unter einen abgebrochenen, ausgehöhlten und krummen Ahorn gezimmert. Mit diesem Naturdenkmal verband mich eine besondere Erinnerung. Einige Tage nachdem ich diesen Sitz gebaut hatte, saß ich am Abend in der neuen Hock. Durch den steil aufsteigenden Lahner führten drei gut einsehbare Wechsel. Direkt oberhalb von mir, auf meinem Ahorn, sang eine Singdrossel ihr weithin hörbares Liebeswerben, einer resonanzstarken Altstimme ähnlich, in die langsam eintretende Abenddämmerung. Vom Talkessel herauf und von der Oberen Wallenburger Alm runter kam der dumpfe Klang der schweren „Gungerer" und der helle Klang der Mailänder Speisglöckerl zu mir her. Richtiger Abendfrieden lag über dem weiten Talkessel der Bergheimat. Auf dem unteren Wechsel führte eine Dächsin ihre Kinder in behutsamer Weise zum Almboden. An einem kleinen Absatz glaubte ich festzustellen, wie fürsorglich sie ihren zwei Kindern über den schmalen Felsabsatz helfen wollte. „Bist a richtige Mama", waren meine Gedanken. Die Dächsin führte ihre Kinder sicher zum Almboden, wo unter den eingetrockneten „Kuadatsche" (Kuhfladen) allerlei Würmer, Schnecken und sonst noch Fressbares zu finden war. In meinem Rücken hörte ich den späten Abendruf eines Buntspechtes und über den Stolzenberg gaukelten und klonkten die Kolkraben ihren Schlafbäumen entgegen. Direkt neben mir erschien am Steig ein Dachs. Vom Lawinenstrich, der sich von der Unteren Wallenburger Alm zur oberen Almhütte raufzieht, kam der warnende Pfeifton der „Mankei", so werden bei uns die Murmeltiere genannt, und im nächsten Augenblick zog mit singendem Gleitton seiner breiten Schwingen der Steinadler majestätisch zum oberen Almboden. Die Murmeltiere wurden von uns Berufsjägern ausgesetzt, um dem Steinadler zu helfen, damit dieser die Raufußhühner nicht zu sehr zehntete. Meine neben mir sitzende BGS Hündin Asta zitterte am ganzen Körper und leichtes Miefen verriet die oft nicht zu zügelnde Jagdpassion dieses Hetzteufels. Beruhigend strich ich dem Hundl über den edlen Kopf mit seiner fein gezeichneten Maske und kraulte die dunklen Behänge. Der Dachs musste etwas gemerkt haben, denn er verschwand blitzartig hinter dem Ahorn.

Nochmals vernahm ich den melodischen Gesang des Buntspechts und auf einmal erschien oberhalb von mir in einem Astloch der Windfang des Dachses. Immer wieder schniefte und windete der Dachs, den Wind laut einsaugend, zum steif und stetig bergabziehenden Wind. Ich traute meinen Augen kaum. Wie kam der Dachs den Ahorn rauf? Noch einmal erschien die gestreifte Maske des Sohlengängers aus dem Astloch und kurz darauf watschelte der Dachs, keine fünf Meter neben mir, am Pirschsteig zum Hocheckwasserfall rüber. Nichts hielt mich mehr auf meiner Hock. Ich musste wissen, wie der Dachs den Ahorn raufkam. Die Neugierde trieb mich zum Altbaum. Der Ahorn war völlig ausgehöhlt und stand ziemlich krumm unter einem turmhohen Felsriegel. In der Höhle hatte sich der Dachs, es war ein Rüde, sein Notquartier aufgeschlagen. Unter dem Felsriegel hatte sich die Dächsin ihre Geburts- und Kinderstube eingerichtet, den Dachsrüden aus der Winterwohnung hinausgeschmissen und nun musste der arme Kerl im ausgehöhlten Ahorn dahinvegetieren. Richtige Kratzspuren und leichte Absätze in der Höhle des Baumes erleichterten den schnellen Aufstieg. Der Baum wurde nur noch von einer starken Rinde und einer schmalen Innenhaut zusammengehalten.

Leise schoben wir zwei Hirschjäger uns ins Bodensitzerl ein. Vom Schwarzenkopf her ertönte der erste Hirschschrei, dann kam die nächste Antwort von den tiefen Gräben des Stolzenberg rüber und bald darauf war das Valepper Tal erfüllt vom Hochzeitsgesang der Hirsche. Es war ein pfundiger Hirschbrunftabend. Oberhalb von uns steinelte es, auch hier war das Rotwild am Ausziehen. Zwei Alttiere mit ihrem heurigen Nachwuchs blendeten mich aus dem Erlengewirr. Langsam zog die Abenddämmerung über den Berg und das Schreien, Trenzen und Brummen der Hirsche näherte sich den Tanzböden. Beim ersten Blinken der Sterne schlichen wir, den Hatzteufel Asta nahm ich vorsichtshalber an den Riemen, durch die weitverzweigten Gräben der Wallenburger und der Maxlreiner Alm zum Geländewagen. In der alten Wurzhütte hatte man schon auf uns gewartet, ja die Bewohner des Dorfes litten und freuten sich mit uns, wussten sie doch, dass nach erfolgreicher Erlegung „a saubere Umtrunk und a Musi und a Gsangl“ folgen würden. Heute konnten wir nicht allzu lang „hocka“ bleiben, denn am nächsten Morgen hieß es früh ausrücken.

Im Morgengrauen des neuen Tages, rundherum war die schönste Symphonie, die uns Mutter Natur bietet, in vollstem Gange, schlichen wir über den Almboden. Es war ein Geächze und Schreien, ein Trenzen und Treiben, aus den Valepper Waldbergen, den Hochalmen und Gräben. Ein leichter Nebeldunst lag über dem weiten Talkessel der Valepp und im ersten Morgenlicht streckte der Schinder, eines der Wahrzeichen des Tales, sein versteinertes Haupt aus den unergründlichen Latschenfeldern in den Morgenhimmel. Vor uns im Hüttenanger, direkt neben der Unteren Wallenburger Alm, ästen und scherzten zwei Junghirsche, ein geringer Sechser und ein bestens veranlagter Kronenzehner, ihre dünnstangige Wehr ausprobierend. In geduckter Haltung umgingen wir die zwei Lausbuben und dann endlich saßen wir in unserer gut verblendeten Hock. Von der Oberen Wallenburger Alm her kamen, etwas verschwommen, mehrere Hirschhälse zu uns runter. Nachdem wir die verschwitzten Hemden gewechselt hatten, es war eine wahre Wohltat, saßen wir erwartungsvoll im „Sitzerl". Mein Gast, der so bescheiden und ehrfürchtig neben mir saß, konnte nicht genug bekommen vom Geschauten und Gehörten. Hier saß ein echter Waidmann neben mir. Immer lauter wurde das Brunftkonzert, das sich besonders nun oberhalb von uns abspielte. Auf einmal, es war mittlerweile heller Tag geworden, rollten und rumpelten Steine den steilen Lawinenstrich zu uns runter, um dann am Fuße des Lahner in einem Geröllfeld liegen zu bleiben. Im nächsten Moment zog aus dem schützenden Bergwald das Brunftrudel seinem Tageseinstand zu. Es waren mehrere Alttiere mit ihren Kälbern, aber ohne Hirsch. Durch den spärlichen Latschengürtel zog ein einzelnes „Stuck" und hinten nach der alte Zehner. Ohne viele Worte stiegen wir aus unserer Hock und pirschten am Steig, den der Sommerdachs bei seinen Raub- und Fraßzügen benutzte, zum nächsten schmalen Lahner. Mit dem Bergstock hob ich die reingewachsenen Fichten und Ahornäste. Ich hatte bewusst die ersten 20 Meter des Steiges nicht ausgeschnitten und ausgekehrt, denn sonst würden die Bergwanderer auch hier lärmend durch die Tageseinstände stiefeln. Mit dem Rücken an eine rauborkige Fichte gelehnt, setzte sich mein Gast zwischen meine Füße. Oberhalb von uns brummte und trieb der Hirsch. Geistesgegenwärtig hatte ich mit meinem Taschentuch die zwei Bergstöcke oben zusammengebunden. Kaum war ich mit meiner ungewöhnlichen Schussstütze fertig, zog der Hirsch durch den Lahner. Mit dem Kampfruf aus meiner Tritonmuschel brachte ich den Hirsch zum Verhoffen und Heräugen. „Schießen", konnte ich nur noch leise zischen, doch es fiel kein Schuss. Mein Gast hatte mich nicht verstanden. Nun fragte mein Gast, ob er schießen könne und schaute mich fragend an. Dabei löste sich versehentlich der Schuss. Ich war so mit meinem Gast beschäftigt, dass ich auf ein Zeichnen des Hirsches gar nicht achten konnte. Im nächsten Moment kullerte und walkte der Althirsch zu uns runter und war kurze Zeit später verendet. Zwei junge Gamsböcke turnten pfeifend durch den Lawinenstrich. Immer wieder stampften sie mit den Vorderläufen, ihre Verärgerung und Empörung signalisierend. Wir zwei schauten uns nur groß an – so was gab es doch nicht. Der Hirsch hatte einen Schuss, wie man ihn nicht besser anbringen konnte, ohne dass mein Gast auch nur gezielt hatte. Mein Gott, hatten wir, besonders mein Gast, eine Freude, als ich ihm nach kurzer Zeit den Erlegerbruch auf meinem abgewetzten „Jagahut" überreichte. Ich hatte es mir zur Gewohnheit gemacht, dass ich jeden Gast, ob bei Hirsch, Gams, Sau, Muffel oder Reh, für eine kurze Zeit alleine bei seiner Beute ließ. Mein unermüdlicher Freund und treuer Helfer, der Wirt von der Oberen Maxlrainer Alm, Walter Tscheba, half mir dann beim Liefern des schwerrumpfigen Althirschen, der auf dem Hirschkarren, auf Tannenäste und Latschen gebettet, dem Talgrund und der Wildkammer zuschaukelte. Erst jetzt konnte eine Hirschfeier steigen und es war eine, die sich gewaschen hatte. Im Dorf wartete man ja schon auf die freudige Mitteilung. Immer wieder fragten wir uns, wie es so was geben konnte. „Jaja, sei tuats was."

Auf der Melkstatt, einem vorgeschobenen Hochplateau, hatte ich eine sehr alte Gamsgeiß ausmachen können. Obwohl ich einige Gamsgeißen zum Abschuss frei hatte, war es für mich immer eine Selbstverständlichkeit, dass ich zuerst meine zugeteilten Jagdgäste führte, ehe ich mich selbst bedienen durfte. Ein Jagdkamerad aus dem nahen Leizachtal hatte bei uns eine Gamsgeiß frei bekommen und so verständigte ich ihn umgehend. Der Jagdgast, ein feiner Waidmann, er verdiente sein Brot als Gymnasiallehrer am nahen Gymnasium in Miesbach, erschien zum ausgemachten

Zeitpunkt am Jägerhäusl. Bald darauf stiefelten wir zwei dem Berg zu. Mit leisen Schritten, jedem Ast und Stein, und davon gibt es viele am Berg, ausweichend, erreichten wir die Hock an der Melkstatt, einem langgezogenen Almbodenstrich. Hier wurden früher von den Sennerinnen die Kühe gemolken und die Milch auf Kraxen zur Almhütte getragen. Aus dem weiten Latschenfeld des Kümpfl, einem unergründlichem Wildeinstand, zog am Abend das Bergwild, Rot-, Reh- und Gamswild, zur nächtlichen Äsung den zahlreichen Almböden zu. Unterhalb von unserer Hock, einem wildromantischen Bergwald, ein richtiger Dschungel, in dem im Frühjahr der Enzian seine blauen Kelche in den Frühling streckt und im zeitigen Frühsommer die rostblättrige Alpenrose erblüht, zogen bereits die ersten „Gamsl" zu uns herauf. Die Hock hatte ich so platziert, dass der Bergwind beim Drehen nach dem Sonnenuntergang hinter uns in einen Graben, der sich zu den Petzinger Almen runterzieht, verschwindet. Bei diesem kleinen Gamsscharl, es waren zwei Kitzgeißen und zwei Jahrlinge war nichts Passendes dabei. Am Steig, der zu den Kümpflalmen führt, schnürte eine zerzauste Fuchsfähe auch zu den Almböden rüber. Sicherlich wird sie im „Langst" hier ihre räuberische Welpenschar aufgezogen haben. Wenn es Herbst gewesen wäre, dann hätte ich nicht lange gefackelt, denn der Fuchs macht bei den Raufußhühnern auch kein langes Federlesen. Seit ich dieses Revier zur Betreuung übertragen bekam, habe ich wie meine Vorgänger, der Zistl Georg und der Fegg Sepp, um den Waldhühnern zu helfen, Fuchs und Marder den Winter über mit Falle und Büchse eisern nachgestellt. Die klopfenden Balzarien aus den Altholzblöcken und das weithin hörbare und so melodisch klingende Grugeln der Auer- und Spielhahnen haben mir Recht gegeben. Nachdem die Gamsschar über den nächsten Höhenrücken verschwunden war, stiegen wir aus unserer Hock und pirschten zum Sesselgraben. Den Bergstock hatten wir umgedreht, das Gamsklingeln mit der Eisenspitze hätte uns unweigerlich verraten. Ich hatte an meinen Bergstöcken als Abschluss entweder eine Gummikappe oder eine Eisenspitze und das hat sich bestens bewährt. Gerade als wir in den weiten und tiefen Graben einstiegen, zog gegenüber von uns über die Absätze, die vom Weidevieh im Laufe von vielen Jahren getreten worden waren und zu Recht als Kuhtreppen bezeichnet werden, eine einzelne Gamsgeiß. Es war eine sehr alte und grobknochige Kar- und Bergwaldbewohnerin, wie auch die verwaschenen Zügel und das eisgraue Haupt zeigten. Nur zweimal hatte ich diese alte „Schachtel“ bisher in die Linsen von Spektiv und Jagdglas nehmen können. Hinter einem Steinriegel ließen wir uns lautlos nieder. Über den blanken Stein legte ich Rucksack und den Wetterfleck und bedeutete meinem Jagdkameraden, dass er die Geiß erlegen könnte. Lautlos entsicherte der Studienrat und auch völlig lautlos rastete der „Dupfer“, so bezeichnen wir den Stecher, ein. Ganz ruhig ging mein Jagdgast ins Ziel. Es war aber nur ein hart metallisch klingender Ton zu hören. Verständnislos schaute mich mein Gast an und just in dem Moment krachte der Schuss, das Echo immer wieder im Talkessel und den Bergflanken ausrollend, und gegenüber kugelte die Gamsgeiß durch die Steilrinne des Sesselgrabens dem Grabenboden zu, wo sie im seichten Wasser liegen blieb. Wir zwei konnten nichts mehr sagen, schüttelten nur noch ungläubig den Kopf. Die Gamsgeiß hatte einen abgezirkelten Schuss, ganz knapp hinter der linken Blattschaufel, besser konnte man den Schuss nicht anbringen. Auch der Ausschuss saß, das Wildbret schonend, an der richtigen Stelle. Erst nach längerer Zeit, wir hatten die Geiß aufgebrochen und zum Ausschweißen unter eine der alten und sturmzerzausten Wetterfichten gehängt, brach aus uns die Freude, aber auch die Verwunderung heraus. Ja gibt’s denn so was auch, oder: „Sei tuats was!“

Ein Jagdgast war mir auf den Großen Hahn zugewiesen worden. Schon mehrmals hatte ich den heimlichen Sänger am Höhenrücken des Tuschbergs bestätigen können. Ich verständigte telefonisch den Gast und am zeitigen Abend erschien ein feiner Oberst der US Armee am Jagahäusl. In der altehrwürdigen Wurzhütte bezog mein Gast das Kavalierzimmer. Die Wirtin der Wurzhütte hatte für meine Gäste das Zimmer, in dem zu früheren Zeiten fürstliche Hoheiten und besondere Jagdgäste nächtigten, hergerichtet und Kavalierzimmer getauft. Hier also brachte ich meinen Jagdgast unter. Vorher hatte ich dem Oberst noch die Balzarie des Hahnes vorgemacht und das Anspringen beigebracht. Sicherlich werden die unten im Lokal sitzenden Stamm-, Haus- und sonstigen Gäste der Auffassung gewesen sein, dass über ihnen zwei Irre ihr Unwesen trieben, denn der alte Holzfußboden gab bei jedem Sprung meines Gastes quietschend und laut vernehmlich knarrend nach. Nachdem ich der Meinung war, dass der Oberst das Balzlied und das Anspringen des Hahnes kapiert hatte, machten wir noch eine ausgiebige Brotzeit und tranken a paar Bierl, und ich stieg zum „Jagahäusl“ rauf. Bei stockdunkler Nacht fuhren wir mit dem unverwüstlichen VW Käfer durch das Valepper Tal zum Elend rauf. Oberhalb der Elend-Winterstube, in der unsere fleißigen Holzknechte hausten, ließen wir den Wagen stehen, zündeten die „Hahnfalzlaterne“ an, schulterten die Büchsen, ich hatte meine Ferlacher Bockbüchsflinte, mit außen liegenden Hähnen dabei, und stiegen in den Berg und dem Falzplatz zu. Leicht harfte der Wind unter dem Tuschbergrücken mit dem alten Wettertannen und knorrigen Bergbuchen, als wir in die Nähe des Balzplatzes kamen. Nun löschte ich die Kerze der Hahnenlaterne und wir wechselten die verschwitzten Unterhemden und das nasse „Pfoad“, so sagen wir zum Hemd. Die Hella, die schon viele Hahnen mit mir angesprungen hatte, nahm ich an den ledernen Riemen. Vom Talboden rauf kam das Rauschen der Schmelzwasser führenden Valepp und des Todengraben, als wir zwei uns langsam zum Tanzboden der Hahnen vorschoben. Auf diesem Platz falzte meistens nur ein Hahn und es war in der Regel ein alter Hahn. Lange blieb ich unter einer wild zerzausten Buche stehen, bis ich endlich die ersten zaghaften Balztöne des nächtlichen Sängers vernahm. Es dauerte eine Weile, bis sich der Hahn eingespielt hatte. Knappen –Triller –

Hauptschlag – Schleifen. Dann sprang ich mit meinem Ami am Bratzerl den Hahn an. Ich musste nur so staunen, wie schnell mein Oberst das Anspringen gelernt hatte. Sprung auf Sprung kamen wir dem Gelall aus der Urzeit näher. Auf einem Buchenast stand der stolze Sänger mit herabhängenden Schwingen und aufgestelltem Stoß. Die letzten Meter, um in Schrotschussentfernung zu kommen, brachten wir mit jeweils einem Sprung hinter uns. Einem Scherenschnitt gleich zeichneten sich die Konturen von Sonnwendjoch und Kreuzberg ab, der neue Tag hielt Einzug im Berg. Nachdem es genügend hell geworden war, mehrmals strichen Schnepfen quorrend über die Schlag und Altholzfläche, gab ich die Erlaubnis zum Schuss. Donnernd rollte der raue Schuss durch den Bergwald. Den Hahn hob es nur leicht auf, er stürzte einige Meter nach unten, kam auf die Schwingen und segelte über den Bergrücken dem Talboden zu. Gaukelnd schwebten einige Federn zu Boden. Wir zwei schauten uns nur ungläubig und auch fassungslos an. Einmal glaubte ich ein Anstoßen des Hahnes an einem Baum noch vernommen zu haben, dann umfing uns das Schweigen im Walde bzw. die ersten zaghaften Töne von den heimgekehrten Singvögeln. Alles Lamentieren half nun nichts, wir begannen den Hahn zu suchen. In weiten und langen Serpentinen suchten wir systematisch den Bergwald ab. Die Hella hatte ich vom Riemen gelassen, denn schon zweimal hatte sie krank geschossene Hahnen mit Erfolg nachgesucht. Wir waren schon einige Stunden unterwegs und es meldete sich der Hunger. Nur noch einen Altholzboden wollte ich absuchen und dann heimfahren, frühstücken und danach weitersuchen. Neben der Kanzel, die oberhalb der Griesgrabenfütterung steht, lag die schon verzweifelt gesuchte Stange meines besten Hirsches, des Prinzregenten. Wenigstens etwas, war mein Gedanke, als meine Hella auf einmal abschob. Kurz darauf kam sie zurück und sprang an mir hoch. Diese Hündin, die eine ausgezeichnete Verweiserin war, führte mich zur über uns gelegenen Forststraße, schlüpfte in einen Wasserdurchlass rein und zog den Hahn aus dem Betonrohr. Momentan brachte ich kein Wort über meine Lippen, aber dann kam ein befreiender „Juchizer" aus tiefster Brust. Kurz darauf stand mein Oberst neben mir und ich konnte den Tannenbruch überreichen. Der Hahn musste in einem weiten Bogen über den Tuschbergrücken gesegelt sein, ehe ihn die Kräfte verließen und er nur noch als letzte Rettung das Durchlassrohr erreichte und dort verendete. Meinem Oberst standen die Tränen in den Augen, als ich ihm den Bruch überreichte. Nachdem ich immer wieder vor mich hinmurmelte: „Ja sei tuats was – ja gibs denn so was auch – „ja sei tuats was", brachte auch mein Ami, in seinem tief kehligen Englisch das Gleiche heraus. Auch er schüttelte wie ich dabei seinen Kopf. Die alte Wurzhütte erbebte dann am Abend, vorher hatten wir den verlorenen Schlaf nachgeholt, bei der Hahnenfeier. Sicherlich steht der Hahn, von Meister Wimmer in Pfarrkirchen bestens präpariert, auf dem Bauernschrank, den sich der Oberst extra hatte machen lassen, in Ohio.

Ja sei tuats was.

Aus dem Pustertal war mir von der Bayerischen Staatsregierung ein Südtiroler Wirt auf einen starken Hirsch zugewiesen worden. Nach langem Ansitzen und Pirschen konnten wir an einem Morgen den gesuchten Althirsch, er hatte schon merklich zurückgesetzt, im Waidgraben erlegen. Während der kurzen Jagdtage mit dem Tiroler Wirt entstand zwischen uns eine sehr innige Freundschaft. Sowohl am Berg als auch im Flachland jagern wir zwei mittlerweile schon über dreißig Jahre. Der Seppl, ein exzellenter Kugelschütze, war auch mit dem Abschuss von Kahlwild zufrieden. An einem sehr sonnigen Wintermittag, das Wild stand auch oberhalb des Spitzingsee Hotels, entdeckten wir beim Kahlwildrudel ein uraltes Geltstuck. Es döste in einer schmalen Schneise so vor sich hin. Da ich das alte Stuck schon einige Jahre kannte, gab ich die uralte Dame zum Abschuss frei. Die Mittagsglocke der nahen Dorfkirche hatte gerade den zwölften Schlag verkündet, da legte der Seppl auf dem von Schneepflug aufgehäuften Schneewall meine 308 Win. zurecht. Direkt neben dem Hotel brachte sich der Jagdkamerad in Schussposition. Der Schuss musste gut zusammengeschaut werden, denn es fehlte nicht viel von der ominösen Zweihundertmetermarke. Kaum war der Büchsenschuss verhallt, der das Altstuck in der Fährte zusammenbrechen ließ, da waren wir zwei im Nu von Hotel- und Tagungsgästen umringt. Ja was ist denn hier los, mitten im Dorf zu schießen – seid ihr denn verrückt geworden und noch etwas unfreundlichere Bemerkungen prasselten auf uns nieder. Das Alttier war im Tiefschnee zusammengebrochen und nicht erblickbar. „Meine Damen und Herrn“, erklärte ich der Hotelgesellschaft, „wir haben hier in Dorfnähe große Probleme mit der Tollwut, und gerade haben wir einen dieser gefährlichen Krankheitsträger, einen tollwutverdächtigen Fuchs, der ihnen besonders gefährlich werden kann, erlegt.“ Aus den abwehrenden, zum Teil bösartigen Bemerkungen wurden in kürzester Zeit Belobigungen und ein ständiges Schulterklopfen. Wie waren im Nu die Helden und wurden von der Hotelgesellschaft zu Speis und Trank eingeladen. Zu vorgerückter Stunde verständigte ich meine zwei Buben, die auf Umwegen das Alttier lieferten und versorgten. Leicht schwankend verließen wir die Hotelhalle, wir hatten anständig aufgeladen. Das Wildbret lieferte ich dann am nächsten Tag dem Spitzingsee Hotel und aus dem zähen Fleisch entstand eine wohlschmeckende Pastete. Die Pastete wurde von den Tagungsgästen mit größtem Genuss verzehrt.

Jaja – sei tuats was.

Nach den orkanartigen Stürmen Vivien und Wibke kam über den Ebersberger Forst eine wahnsinnige Borkenkäferplage. Über 180.000 Kubikmeter Holz wurde von den Stürmen geworfen und war zum Teil, da es auf halber Höhe abgedreht und sehr zersplittert war, nicht mehr oder nur noch als Brennholz verwertbar. Tag und Nacht liefen die schwedischen Erntemaschinen und es entstanden riesige Freiflächen. Innerhalb einer kurzen Zeit explodierte das Laubholz auf den verjüngungsfreudigen Holzböden. Um die riesigen Löcher im Wald schneller zu schließen, wurden sogar Waldarbeiter und Förster aus der Hochgebirgsregion ins Flachland abgeordnet. Wir mussten verdammt aufpassen, dass auf den großen Freiflächen, da ein unwahrscheinlich gutes Äsungsangebot zu wachsen begann, das Rehwild nicht explodierte. Wir Berufsjäger waren ständig dabei, auf den Freiflächen neue Jagdeinrichtungen zu zimmern. Auf einer dieser Freiflächen zog ein starker und alter Rehbock seine Fährte. Obwohl ich auch immer wieder einen Begehungsscheinjäger einwies, war der alte Schlaumeier nicht zu kriegen. Wir konnten probieren, was wir wollten, der Altbock war schlauer wie wir. Einer der Jäger hatte den Bock dann auch noch gefehlt und wir hörten aus der nahen Dickung nur ab und zu sein grantiges und aufgrollendes Schrecken. Auch ich selbst probierte es einige Male, der alte „Lump“ war uns überlegen.

Bevor ich mit meinen Jagdgästen loszog, machten wir zuerst immer einen Probeschuss. Dazu hatte ich in einer Kiesgrube, die ganz in der Nähe des Einstandes des Altbockes war, einen feinen Schießstand errichtet. Auch ich schoss hier meine Gewehre ein. Da ich mir für meinen Mannlicher von meinem Bruder eine neue Serie der 6,5x 57 hatte laden lassen, wollte ich, obwohl es die gleichen Ladedaten waren, einen Probeschuss machen. Mit Freund und Jagdkamerad Ernst Wagner, der rechten Hand von Nationaltorwarttrainer Sepp Maier, fuhren wir zur Kiesgrube. Nachdem die Scheibe in der Halterung eingelegt war, versteckte sich der Ernst, der als Zieler fungierte, hinter einem hohen Kieshaufen. Ich setzte mich auf das Brett der überdachten Schießhütte und lud meinen Mannlicher. Nachdem ich die Schießauflage, zwei kleine Sandsäcke, zurechtgerückt hatte, lud ich durch. Ganz ruhig ging ich von oben kommend ins Ziel. Nochmals setzte ich ab, um Luft zu holen, da blendete mich vom Rande der Kiesgrube ein roter Fleck. In der 10fachen Vergrößerung des Zeissglases stand der Altbock und äugte misstrauisch zum Ernst. Jetzt oder nie, waren meine Gedanken. Im nächsten Moment hatte ich den Altbock im Fadenkreuz des Viererabkommens und im nächsten Augenblick sackte der alte Herr in sich zusammen. Der Ernst hatte dies alles nicht mitbekommen und rief mir laut zu, dass kein Schuss auf der Scheibe sei: „Mensch Konradl, i konn suacha wia i will, du hast gfehlt.“ „Na Ernstl, i hob net gfehlt, des woaß i gwiß.“ Ich stieg aus meiner Schusshütte, kletterte die steile Böschung hinauf und stand bald darauf vor dem mit einem guten Schuss (er saß da, wo ich hingezielt hatte) verendeten Bock. Immer wieder suchte der Freund nach dem gestanzten Loch auf der Ringscheibe, derweil ich bereits die edle Krone des Bockes in Händen hielt. „Ja was suachst denn da unten, da sitzt der Schuss“, und ich hob die Sechserkrone des Bockes in die Höhe. Mit schnellen Schritten erstieg der Ernst die steile Kiesgrubenböschung. Zuerst schüttelte der Ernst und dann auch ich den Kopf, ehe wir in freudiges und brüllendes Gelächter ausbrachen.

Ja gibs denn so was a? – Ja sei tuats was.

Gamswild in der Notzeit.

Mühsam bahnte ich mir den weiten Weg zu den Rotwildfütterungen ins weite Tal der Valepp. Unter steilen und zum Teil überhängenden Wänden führte der tief verschneite Weg, es war manchmal gar nicht ungefährlich, zu den Futterplätzen. Einmal hatte mich sogar an der berüchtigten Gamswand eine schmale Lawine erwischt, aus der ich mich rudernd, wie ein Schwimmer, befreien konnte. Es war manchmal eine elende Schinderei, aber das Wild wartete auf mich und ich setzte mich niemals in meiner vierzigjährigen Dienstzeit an den Mittags- oder Abendtisch, ehe mein Wild nicht versorgt war. In den steilen Wänden und auf den einsichtigen Almen befanden sich immer wieder zerklüftete Felsspalten und so genannte Gufeln, das sind kleine Felshöhlen, aus denen heraus immer wieder Gamshäupter zu sehen sind. In diesen klassischen Wintereinständen steht das Gamswild, wenn es draußen stürmt und schneit. Es bewegt sich dann so wenig wie nur möglich.

Oberhalb der berüchtigten Gamswand und der steil zerklüfteten Totenalm, konnte ich bei meinen Gängen in das weite Valepptal immer wieder diese kleinen Winter- oder Notrudel ansprechen. Keine 40 Meter neben dem zur Fütterung watenden einsamen Berufsjäger saß das Gamswild, die Böcke meistens alleine, oder es hatten sich auch mehrere Jungböcke zusammengetan und äugten ohne Angst und Misstrauen dem Heger hinterher. So lange es was zum Erlegen gab, hing mir meistens ein Jagdgast, oder ein Angehöriger unserer Verwaltung, am Rucksack. Bei so einem Sauwetter war ich aber meistens alleine im Bergrevier. Zwei doppelte Hände dürren Lahnergrases reichten für die bescheidenen Äsungsansprüche der Gams aus. Der Wildkörper hatte auf Sparflamme geschaltet, d.h. mit den Energiereserven wurde so sparsam wie nur möglich umgegangen.

Endlich, nach tagelangem Stürmen, Blasen und Schneien lichtete sich der eisgraue Himmel, langsam kam die Sonne unter dem dünner werdenden Schneefall heraus, und bald darauf war eine traumhafte Winterlandschaft unter dem wohltuenden Sonneneinfall zu sehen.

Mühsam bahnte sich ein kleines Gamsscharl den Weg zu den abgewehten Graten und Almböden. Um an das dürre Lahnergras zu kommen, schlägt das Gamsscharwild mit den Vorderläufen energisch den Schnee weg. Immer wieder verschwindet ein Gamshaupt in der frei geschlagenen Schneemulde, um die spärliche Äsung aufzunehmen. Langsam wird der zusammengezogene Pansen gefüllt, und im wärmenden Sonnenlicht geht ein Gamsl nach dem anderen in die Ruhe. Das weite Raufziehen zur steilen Alm und zu den abgewehten Graten hat natürlich auch viel Energie gekostet, und bei so einem Winter gilt es mit den Fettreserven und der Energie hauszuhalten.

Nachdem der Hochwinter mit seinem eisernen Regiment das Sagen hat, zieht es auch sogenannte Tourengeher, mit fellbestückten Skiern, ins Hochgebirge. Ein stahlblauer Bergmorgen zieht sich über das tief verschneite Hochgebirge. Mit Schneetellern, die Ski sind auf den Rucksack gebunden, steigen Wintersportler ins Gamsrevier auf. Nach einer ausgiebigen Brotzeit im grellen Sonnenlicht geht es in schnellen und weiten Schwüngen dem Talboden zu, und es geht mitten hinein ins ums Überleben kämpfende Gamsnotrudel. Noch viel schlimmer sind aber die Paraglider und Drachenflieger. Für die Gams und besonders für die auch ums Überleben kämpfenden Raufußhühner handelt es sich hier um große Greifvögel. Mit kräftezehrenden Fluchten hetzt – ja, man kann sagen schwimmt – im Tiefschnee das verängstigte Wildtier nach unten in die von Menschenhand geschaffenen Kulturen. An diesem Abend kann das Wild nicht mehr zum Wintereinstand raufziehen, es muss eine barbarisch kalte Nacht in dieser unwirtlichen Gegend verbringen. Während der Tourengeher sich am Abend, er hat einen wunderschönen Tag am Berg verbracht, am warmen Kachelofen den Rücken aufwärmt, vor sich eine saubere Brotzeit, eine Halbe Bier, oder einen Schoppen Rotwein, ist das Gamsnotrudel einer brutal kalten Nacht im hohen Schnee, wo es manchmal tagelang kein Vor- und Zurückkommen gibt, ausgeliefert. Eng an die Mutter angeschmiegt, wärmt sich das Gamskitz an seiner Mutter, der Geiß. Was tut das Wild aber in seiner unsäglichen Not, Hunger tut ja weh – es verbeißt die aus dem Schnee herausschauenden Terminaltriebe.

Einige Mal lud ich mir einen kleinen Pressballen Heu auf den Rücken, stieg über die Schneid mit den Skiern zum ängstlichen Wild runter oder rauf und legte unter einer älteren Randfichte das Heu aus. Auch für mich war es eine enorme Schinderei und in meiner langen Dienstzeit war mir nicht einer dieser Weltverbesserer und gescheit daherredenden so genannten Naturschützer bei meiner Arbeit, die oft den letzten Einsatz forderte, behilflich. Vom Schreibtisch aus ist gut reden. Wie hoch erfreut war ich, wenn ich das Gamswild am groben Raufutter tagelang stehen sah, wenn ich mit dieser bescheidenen Unterstützung über die ärgste Not helfen konnte.

Kaum hatte sich der Schnee gesetzt, zog die Leitgeiß zum schützenden Wintereinstand und zur spärlichen Almäsung rauf. So lange im Berg dem Gamswild seine Ruhe gelassen wird, so lange das Gamswild ungestört zu seinen Wintereinständen mit spärlicher Äsung in Ruhe und ohne Hast und Angst ziehen kann, braucht dieses winterharte Wild nicht oder zumindest kaum gefüttert werden. Der Moloch Geld hat aber auch im Hochgebirge seine griffigen Pratzen ausgestreckt. Wenn im Herbst das Weidevieh zu Tale getrieben war, dann herrschte früher absolute Ruhe am Berg. Heute ist kaum der letzte Glockenklang des Weideviehs am Berg verklungen, da ziehen so genannte Hüttenbewohner, meistens aus der nahen Hauptstadt, ins Gamsrevier. Dort, wo einstens nach dem Almabtrieb die Gams sich auf den Almhängen Winterreserven anäste, steht heute ein geländegängiger PKW und aus der Almhütte hört man das Plärren des Kofferradios. Die Berge werden im Herbst von Bergwanderern überzogen, selbst in die entlegendsten Winkel dringen die Erholungssuchenden vor. Als ich anlässlich eines Pirschganges über einen versteckt angelegten Jagdsteig durch den Bergwald pirschte, kam mir mit heraushängendem Lecker und mit weitgreifenden Fluchten ein Gamsrudel entgegen. Ich traute meinen Augen kaum, hinterher hetzte stumm ein hochläufiger Hund. Ich wollte schon die Büchse herunter reißen, als aus dem Bergwald Rufe zu hören waren. Vor mir erschienen junge so genannte Naturfreunde und riefen nach ihrem Hund, der sich nach einer halben Stunde, total abgehetzt wieder einfand. Ich stellte die Hundebesitzerin, am Anorak trug sie das Zeichen einer Naturschutzvereinigung. Dass ich hier gerade nicht den freundlichsten Ton anschlug, lässt sich ja denken. Die Antworten, die ich bekam, waren dermaßen unverschämt, dass es mir die Zornesröte ins Gesicht trieb und ich mich gewaltig zusammenreißen musste. Am liebsten hätte ich die uneinsichtigen „Städter“, als solche wiesen sie sich dann aus, vom Berg gejagt. Was aber das Schlimmste dabei war, die uneinsichtigen Wanderer sahen überhaupt keinen Anlass, ihren „Köter“ an die Leine zu nehmen. Kurze Zeit später stürzte der Hund, das Tier kann ja nichts dafür, im heiligen Land Tirol von einer steilen Felswand in die ewigen Jagdgründe. Es gäbe noch viele Dinge ähnlicher Art zu berichten. „Mein Hund jagt nicht“, ist eine der gängigen Antworten. Ich frage mich nur, wo soll sich der Gamswildkörper die so dringenden Fettreserven anäsen, wenn er ständiger Beunruhigung ausgeliefert ist. Der Mensch in seinem Freiheitsdrang glaubt, dass es für ihn keine Schranken und keine Hindernisse mehr gibt. Es ist doch paradox; in unseren Medien machen wir Reklame für Wild aus anderen Kontinenten, „Serengeti darf nicht sterben“, und das heimische Wild ist uns in unserem Wohlstandsstreben, in unserem Streben nach noch mehr und noch höher eher hinderlich. Die unaufgeklärte Bevölkerung, und hier könnten viele Politiker ihren Geist verspritzen, ist sich meistens gar nicht bewusst, was sie dem Bruder oder der Schwester Tier antut. In den Massenmedien wird ja ständig von einer Minderheit auf die geschundene Kreatur eingeschlagen, nach dem Motto: „Wir haben viel zu viel Wild“, obwohl die Wildbestände enorm reduziert wurden. Ich kann mich noch gut erinnern, ich war ein junger Berufsjäger, als man im Bergwald, Buchen mit Tormona einstrich, damit sie eingingen, oder sie wurden geringelt, um Fichtenreinbeständen Platz zu machen. Viele Jahrzehnte standen diese Baumleichen in unseren Bergwäldern. Es ist doch eine Binsenweisheit, wenn ich die Mutter umbringe, dann kann ich keine Kinder erwarten. Einige dieser Forstleute, es ist Gott sei Dank nur eine Minderheit, deuten mit giftgrünem Finger auf die Verbissschäden des Wildes, obwohl sie bei solchen Vernichtungsaktionen im Bergwald mit dabei waren.

Aber lassen Sie mich wieder zum Gamswild in der Notzeit zurückkommen. Normalerweise ist das Gamswild auf die Hilfe des Menschen nicht angewiesen. Ja, ich bin sogar ein Gegner, wenn es gilt, die Gams zu füttern. Dieser Wildkörper hat sich auf die harte Winterzeit vorbereitet und darauf eingestellt. Regelrechte Gamsfütterungen, es gibt mittlerweile einige, halte ich für überflüssig. Außerdem besteht bei einer zu starken Massierung an den Futterplätzen die Gefahr von ansteckenden Wildkrankheiten. Wenn ich für dieses stolze Bergwild etwas tun will, wenn ich dem „Krickelwild" über die harte Jahreszeit helfen will, dann kann man am Berg so genannte Heuschober aufrichten. Um eine in den Boden gerammte Stange kann man Heu aus den Hochlagen aufrichten. Um die Gams anzulocken, legten Kollegen von mir in das Heu kleine Salzsteine, obwohl die Gams den Winter über keinen oder kaum Salzbedarf haben. Die Heuschober werden von den Gams gerne angenommen und sie verhindern Verbiss am Schutzwald. Manchmal konnte ich an meinen Rotwildfütterungen vereinzelte Gams bei der spärlichen Nachlese beobachten. Dies waren aber absolute Ausnahmen.

Es kann und darf aber auch nicht sein, dass nun sogar Winterwanderungen mit Fackelschein als der neuste „Kick" angeboten werden. Nun ist das Wild auch noch bei Nacht starken Beunruhigungen ausgeliefert. Die Folge ist, das Tier leidet unter Stress. Stress erzeugt unweigerlich Angst und die Folgen sind Verbiss. Man deutet auf die verbissene Pflanze und die „Gamssauviecher" und schreit wieder nach erhöhtem Abschuss. Auf das schwächste Glied der Kette wird erbarmungslos eingedroschen.

Es kann und darf aber ebenso wenig sein, dass man, wie geschehen, in einem klassischen Wintereinstand eine üble Hetzjagd auf Gams macht. Auf der Strecke lagen dann 63 Gams, davon alleine fast 30 Gamsgeißen und wesentlich weniger Kitze. Die mutterlosen Kitze sind unweigerlich zum Eingehen verurteilt. Es fehlt die mütterliche Führung, das unerfahrene Kitz steht verängstigt in einem Graben, und es dauert oft einige Wochen, bis das weiße Leichentuch des Schnees über die geschundene Kreatur gelegt wird, bis es dem Adler zum Opfer fällt oder die Wotansvögel, die Kolkraben über der elendig eingegangenen

Kreatur kreisen. Ein Jagdkamerad berichtete mir, dass er nach diesem Gemetzel, von ordentlicher Jagd kann man hier weiß Gott nicht reden, einige Geißen sah, in deren Konvoi mehrere Kitze waren. Wenn sich ein Muttertier nicht dieser verlassenen Kitze annimmt, dann gibt es für die armen Kreaturen keine Rettung.

Es kann und darf aber auch nicht sein, dass unerfahrene Jäger, die noch nie oder so gut wie nie mit Gams zu tun hatten, bei diesen „Bewegungsjagden" eingesetzt werden. Wie lange saß ich manchmal beim Abschuss von Gamsgeißen vor dem Scharwild, bis ich endlich eine abschusswürdige Gamsgeiß aus dem Scharwild herausspekuliert hatte? Da frage ich mich als Berufsjäger, warum diese unerfahrenen „Waidmänner" bei einem „Gamswildriegler" mit eingeladen werden. Ist es vielleicht ein gesellschaftliches Ereignis? Mir würde grausen, wenn ich die Hinterläufe auseinander ziehe und mir ein pralles Gesäuge entgegenstrotzen würde.

Wenn nicht endlich dem enormen Druck der Freizeitindustrie Einhalt geboten wird, wenn wir nicht endlich lernen, dass auch das Tier ein Lebensrecht hat, dann wird es eines Tages heißen: Es war einmal... Dann können unsere Kinder und Enkelkinder, Gams in Zoos und Tiergärten noch anschauen, der Berg aber wird tot und leer sein.

Nachsuchen – mein Leben mit den Bayerischen Gebirgsschweißhunden.

Ein Schulkamerad von mir, er machte sogar vor mir die Jägerprüfung und jagerte am Berg, legte sich einen BGS Welpen zu. Als ich das Hundl zum ersten Mal sah, war ich, ob der stoischen Ruhe und Ausgeglichenheit des BGS Rüden begeistert. Immer wieder konnte ich den „Birschl", so wurde er gerufen, beobachten. Ich war erstaunt über die enorme Nasenleistung, den Willen zum Finden und seine Anhänglichkeit.

Als junger Jäger und dann etwas später als Berufsjäger kam für mich für eine saubere „Jagerei" kein anderer Hund in Frage als der Bayerische Gebirgsschweißhund. Die wohl anstrengendsten, aber auch beglückendsten Erlebnisse auf der Jagd durfte ich mit dieser charakterfesten Rasse erleben. Wie oft waren diese Hunde der letzte Anker, wenn der Schuss nicht da saß, wo er zu sitzen hätte. Ich führte meist nur Hündinnen, denn bei einem Rüden, der zwar vielleicht etwas härter und dominanter war, störte mich, dass er meistens zur Nachsuche nicht mehr zu gebrauchen war, wenn er eine läufige Hündin im Kopf hatte. Um einer Rasse

Edles Geblüt – BGS-Hündin. (Bild: Gerd Meyden)

gerecht zu werden, muss man sich in das Tier reindenken. Natürlich machte ich auch einige Fehler, als ich die erste Hündin abführen durfte, aber aus Fehlern lernt man ja bekanntlich.

Aus dem Zwinger „vom Halblechtal" des Revieroberjägers Sepp Lang konnte ich mir eine Hündin aussuchen. Diese Hündin wurde dann die Stammmutter meines Zwingers „von der Brecherspitz". Diese erste Hündin entstammte der Regenerationszucht, das heißt, sie hatte etwas mehr Brackenblut in ihren Adern.

Nachdem die Hetzfreudigkeit bei den BGS Hunden stark nachgelassen hatte, entschlossen sich verantwortungsbewusste Hundezüchter, an dieser Stelle darf ich den wohl besten Führer und Kenner der Gebirgsschweißhunde Wildmeister Sepp Weber und den damaligen Zuchtwart, meinen Lehrherrn Oberjäger Lorenz Karl nennen, zur Regenerationszucht. Man führte der BGS Hündin „Halla Lechleitner" den Tiroler Brackenrüden „Faun vom Sennhof" zu. Diese Paarung brachte, was die Hetzfreudigkeit anbelangt, genau das, was man sich wünschte. Faun vom Sennhof war ein hirschroter Tiroler Brackenrüde. Seine Geschwister waren zwar alle von rötlicher Farbe, aber man hatte übersehen, dass bei den Tiroler Bracken zwei Farbschläge vorkommen, die rötliche Linie und auch Bracken mit schwarzem Farbeinschlag, d.h. mit einer schwarzen Decke. Als ich mit meiner BGS Hündin „Cilli vom Halblechtal" züchtete, war ich bass erstaunt, als in der Wurfkiste ein schwarzer Welpe, einer Brandlbracke ähnlich, lag. Böse Zungen behaupteten, der Esterl Koni sei so schwarz, dass sogar bei den Roten Hunden ein Schwarzer mit dabei sein müsse.

Meine Gebirgsschweißhündin „Cilli vom Halblechtal", die zweite Siegerin der Internationalen Schweißhundeverbandsprüfung in Moorbach im Trierer Hochwald, hatte also nach der dritten Generation die Farbe Schwarz wieder weitervererbt. Die Welpen dieser ausgezeichneten Hündin wurden mir fast aus der Hand gerissen.

Diese Hündin wurde bei vielen Nachsuchen eingesetzt und es war manchmal schon äußerst anstrengend, wie oft wir zu Nachsuchen gerufen wurden. In sämtlichen Nachbarrevieren waren wir beide im jagdlichen Einsatz. Mit Beginn meiner Lehrzeit zum Berufsjäger machte auch meine Hella ihre Ausbildung zum firmen Nachsuchenspezialisten. Von meinem Lehrherrn hatte ich Fährtenschuhe bekommen, und ich arbeitete mich in das Fach Nachsuche mit Idealismus und eiserner Härte hinein. Jede Woche mindestens einmal, meistens zweimal, legte ich der Hündin eine Fährte. Immer spärlicher verwendete ich Schweiß und zum Schluss arbeitete die Hündin ihre Fährte fast ohne einen Tropfen Schweiß zielsicher aus, nur noch am Anfang und bei den Haken etwas Farbe.

Nachdem mein Lehrherr, Oberjäger Lorenz Karl, einem Herzinfarkt zum Opfer fiel, bekam ich immer öfter Gelegenheit, auf der Naturfährte zu zeigen, was ich meiner Hella gelehrt hatte. Diese Hündin zeichneten ein eiserner Fährtenwille und Fährtentreue aus.

Am Forstamt hatte der Chef, Forstdirektor Dr. Ott, hoch am Berg, spät abends ein Alttier beschossen. Die Nachsuche mit der jungen Hündin des Revierbetreuers Oberjäger Hans Maurer war nicht von Erfolg gekrönt. Der Chef verständigte mich und so stiegen wir zum Berg.

Hella Nr. 1.

Wesensfest. Hella Nr. 1.

Auf einer weiträumigen Almfläche war der Anschuss, den Dr. Ott vorschriftsmäßig verbrochen hatte.

Ich untersuchte den Anschuss. Es musste des Nachts auf der Almfläche reger Rotwildverkehr stattgefunden haben, beim Aufstieg turnten auch noch einige Gamsl durch Felsbänder und Almmatten, wie die zahlreichen Trittsiegel zeigten, so dass Pirschzeichen kaum mehr zu finden waren. Ich machte instinktmäßig das einzig Richtige, ich ließ die Hündin vorsuchen. Immer wieder umkreiste ich die weiten Latschenfelder und auf einmal riss es die Hündin und sie fiel eine einzelne Fährte an. Ja, sie legte sich regelrecht auf die Fährte. Was mir dabei aber als Erstes auffiel, waren die leicht gespreizten Fährtenabdrücke. In einem weiten Bogen führte die Hella in einen wild zerklüfteten Graben.

Der spätere 1. Vorsitzende des Klubs für Bayerische Gebirgsschweißhunde, Forstamtmann Sepp Frühholz, ein sehr erfahrener Hundeführer, ermunterte mich, meiner Hündin unbedingt zu vertrauen und ihr den ganzen Riemen zu geben. „Schau Koni, de gespreizten Fährtenabdrücke, des Stuck ist krank und dei Hundl hat recht.“

An einem ausgetrockneten Huflattichblatt klebte der erste Schweiß und ich hätte jubeln können. In Serpentinen führte die Fährte durch den Grabenboden, um dann auf der steilen Seite des Grabens aufwärts zu führen. Immer wieder griff die Hella zurück und sie zeigte noch mehrmals Schweiß. Ich merkte genau, wenn die Hündin abgekommen war, denn sie griff von selbst wieder zurück. Ab und an führte die Fährte aus der Grabensohle zum steilen Berg, aber das Alttier konnte den steilen Berg nicht mehr ersteigen.

Mittlerweile war es Mittag geworden, von der Garmischer Pfarrkirche herauf hörte man das Angelusläuten. Nach einer kurzen Pause, die mitgenommene Tafel Schokolade teilten wir drei (Hund, Forstamtmann und ich), konnte ich das „Hundl“ nicht mehr halten, sie drängte zur Fährte. Unter uns, auf der Staatsstraße Garmisch-Griessen, rauschte der Verkehr ins heilige Land Tirol. Immer wieder verwies die Hündin jetzt Schweiß. Mir hing die Zunge wie ein ausgetrockneter Waschlappen im Mund, ich hätte ein Vermögen gegeben für einen Schluck Wasser. Gerade wollte ich mich am Schweißriemen zur Hündin, die mit aufgestellten und zitternden Behängen nach unten äugte, vorhangeln, als der Nasenschwamm meiner Hella nach unten deutete.

Im Ausläufer des Grabens, unter einem Wurzelteller lag verendet das Alttier. Ich schnallte die Hündin und bald darauf erklang die schönste Melodie, die sich ein Nachsuchenführer wünschen kann. Die Hündin stand auf Ihrer Beute und rief mich zum Stück. Laut auf Laut jubelte sie ihre unbändige Jagdpassion zum Berg. Diese Hündin, eine Enkelin der legendären „Ricka von der Zugspitz“, zeigte nun dem dazugekommenen Forstamtmann Sepp Frühholz die Zähne und es bedurfte schon einiger guter und beruhigender Worte, ehe die Hündin den Jagdkameraden zum Alttier treten ließ.

In seiner so feinen Art klärte mich der erfahrene Waid- und Forstmann Sepp Frühholz auf. Eindringlich ermahnte er mich, dem Hund immer Recht zu geben und er zeigte mir noch zweimal bei Nachsuchen, wie man erkennen kann, dass das beschossene Stück Wild die Kontrolle über seinen Wildkörper verloren hat. Eine gespreizte Fährte und wesentlich kürzere Schritte bzw. Tritte können als absolut sicheres Zeichen des Krankseins angesehen werden.

Die Riemenarbeit führte über den steilen Berg und betrug ca. vier Kilometer. Meine Hella hatte ihre Feuertaufe bestanden.

Immer wieder wurde nun diese Hündin eingesetzt, junger Führer und junger Hund, beide hatten eine enorme Kondition und beide einen unbändigen Fährtenwillen. Natürlich waren wir gespannt, wie sich die Hündin bei einer Hetze verhalten würde. Mehrmals war sie mir schon bei einem der wenigen Waldhasen ausgebüchst, und sie gab einen wunderbaren Hals.

***

An einem recht klaren Herbstmorgen führte ich den späteren Jagdreferenten der Oberforstdirektion, Dr.Lorenz Klemmer, auf einen Hirsch und wir waren zu Schuss gekommen. Der Forst- und Waidmann Dr. Klemmer pirschte mit mir über den Ofen, so der Name eines Höhenrückens, der sich von Griessen zum Kramer raufzieht, als unter uns ein Hirsch hoch wurde. „Geringer Sechser – schießen", mehr konnte ich nicht herausbringen. Gerade als sich der Hirsch drehte, verließ donnernd die 7x64 den Lauf. Der Hirsch keilte mit den Hinterläufen aus und flüchtete zur langgezogenen Dickung auf der Rückseite des Ofens. Dr. Klemmer, ein ausgezeichneter Schütze, war zuerst untröstlich, dass gerade ihm das passieren musste. Ich selbst hätte in meiner jugendlichen Ungeduld in diesem Augenblick jubeln können, denn nun hatten wir die Chance einer Hetze. Nach drei Stunden legte ich meine Hella zur Fährte.

Gründlich untersuchte ich die vorhandenen Pirschzeichen, kroch auf allen Vieren am vermeintlichen Anschuss herum. Lange graue Haare deuteten auf einen Schuss durch das kleine Gescheide hin, zumal die Haare mit der Wurzel auf Schlaghaare und die abgestanzten Haare auf Schnitthaare hindeuteten. Endlich würde es auch eine Hetze geben!

In ihrer äußerst konzentrierten Art nahm die Hündin die Fährte auf. Ich hatte ihr beigebracht, dass sie sich ihre Fährte, d.h. die Krankfährte selbst suchen musste, denn wie oft ist es von großer Wichtigkeit, wenn sich Fährten kreuzen, dass der Hund krank von gesund unterscheiden kann, ja unterscheiden muss. Kurz darauf spannte sich der lange Riemen und es konnte losgehen.

Die Fährte führte durch das Altholz über das Friedergries, einem der schönsten und wertvollsten Wacholder-Altbestände. In langen Schleifen und des Öfteren zurückgreifend, auch das hatte ich der Hündin gelehrt, führte die Fährte wieder zum Ofenberg. Am Rande einer schmalen Naturverjüngungsfläche verwies die Hella abgestreiften Schweiß an einer zimmerhohen Buche, gerade als ich zur Hündin vorgriff: „Lass sehen mein Hund." Da rumpelte vor uns aus der Verjüngung ein Stück Schalenwild heraus. Die Hella stand laut aufjaulend im Riemen. Im Wundbett zeigte das weiße Taschentuch Farbe, d.h. Schweiß. Ich konnte die Hündin kaum mehr halten.

Kaum hatte ich der Hella die Halsung über den edlen Kopf gezogen, erklang der aufjubelnde Hetzlaut der Hündin. Über das Friedergries stürmte sie hinter dem Hirsch her. Einwandfrei konnte ich beobachten, dass die Hündin fährtenlaut hatzte. Neben den schnell fließenden Wassern der Neidernach stellte die Hündin. Noch einmal versuchte der Hirsch auszubrechen, doch der eiserne Griff von Hella an die Hesse ließ keine Ausbruchsversuche mehr zu. Sie hatte zu Stande gehetzt. Vor mir stand mit mahlendem und knirschendem Beißen der gestellte Hirsch.

Kurz darauf, die Hündin hatte mitbekommen, dass ich ganz in ihrer Nähe war, denn immer giftiger wurde ihr Standlaut, konnte ich den Hirsch mit einem Schuss auf den Träger von seinem Leiden erlösen. Laut war die Begrüßung, die mir mein „Hundl" bereitete. Immer wieder kam sie zu mir und führte mich zum Hirsch. Mein Gott, waren wir zwei doch stolz, junger Jäger und junger Hund.

Die Hündin hatte die nächste Hürde genommen. Ich hatte einen firmen Hund.

***

Im Werdenfelser Land hatte es sich dann auch herumgesprochen, dass eine „Ricka Enkelin" ihrer so bekannten Großmutter nachfolgen wird.

Immer öfter wurden wir zwei angefordert und immer besser und erfahrener wurde die Hündin. Aber auch ich musste noch meine Erfahrungen sammeln. Mein unvergessener Lehrherr Lorenz Karl hatte mir, bevor er in die ewigen Jagdgründe hinüber wechselte, einmal erklärt, und diese Worte werde ich nie vergessen: „Merk Dir eins Konradl – das Gelump fängt hinter dem Strick an."

Wie ich dann später auch erfahren musste, hat der Hund meistens Recht. Einmal wäre mir fast ein Kalb verludert, weil ich der stark im Riemen hängenden Hündin einfach nicht Recht geben wollte. Auf einer langgezogenen Almwiese, der Frenzelwiese, hatte mein späterer Lehrherr, Forstamtmann Max Osterhammer ein Kalb beschossen. Ich wurde telefonisch, da ich in Griessen weilte, verständigt. Der sehr erfahrene Forst- und Waidmann, einer noch aus der altgedienten Förstergeneration, wies uns zwei, Hella und mich, ein. Auf dieser Wiese tummelte sich nachts immer eine größere Zahl von Rotwild, wie die zahlreichen Wechsel zeigten. Mehrmals umrundete die Hündin den Äsungsstreifen, ehe sich der Riemen spannte. Der Forstamtmann war der Auffassung, dass die Hündin in die verkehrte Richtung suchen würde. Zweimal trug ich die Hündin dann auch ab und zweimal zog die Hündin in die andere Richtung. Wir waren beide der Auffassung, dass das Kalb wohl nicht getroffen sei, und wollten bereits aufgeben.

Immer wieder zog nun die Hündin zum Anschuss und ich ließ sie gewähren – Gott sei Dank! Wusste ich doch, dass der Forstmann, ein ausgezeichneter Schütze, der sogar einmal die Deutsche Meisterschaft bei den Senioren gewonnen hatte, kaum vorbei gefunkt haben konnte.

Ich gab der Hündin nochmals den langen Riemen und nach ca. 250 Metern standen wir drei vor dem längst verendeten Kalb. Der Schuss aus dem alten Mauserstutzen saß nur etwas weiter hinten. Als ob die Hella es gewusst hätte und sagen wollte: „Du hast mir nicht geglaubt", grantelte sie mit rollenden Lichtern ständig meinen Ausbilder an, den sie sonst so liebte. Sofort fiel mir mein erster Lehrherr und seine so treffende Aussage – „des Gelump fängt hinter dem Strick an" – ein.

***

Ein Jagdgast war mir auf einen IIB Gamsbock zugewiesen worden. Auf der Friederhütte, die so romantisch auf einem Höhenrücken zwischen dem Geißtal und dem Brachertal liegt, hatten wir Quartier bezogen. Vom nahen Brunnen holte ich zwei Kübel Wasser. Gerade als ich die schweren Eimer aufnahm, rumpelte unter uns aus den Latschen ein Stück Rotwild weg. Auf der gegenüberliegenden Talseite flüchtete ein Stück Rotwild, so viel glaubte ich noch zu sehen, dass es entweder ein Schmaltier oder ein geringes Alttier war, mit schlenkerndem rechtem Vorderlauf in die steil aufsteigende Latschenwüste. Schnell eilte ich zur Hütte und holte die Hündin. Meinen Jagdgast trug ich auf, ca. 300 Meter abzusteigen und in dem Bodensitzerl, das am Rande einer schmalen Latschenzunge stand, vorzupassen. Eindringlich ermahnte ich ihn, ja nicht zu schießen, wenn die Hündin hetzte. Sollte ihm das Stück Rotwild alleine kommen, sollte er hingegen den Fangschuss anbringen.

Ich schmiss mir meinen Mannlicher über den Buckel, legte der Hündin die breite Schweißhalsung an und ließ sie vorsuchen. Äußerst konzentriert, fast gierig fiel die Hella die Fährte an. Die Fährte führte in das Latschenfeld, ein wahres Vergnügen, besonders für mich, den Hundeführer. Es gibt keine größere Strafe als mehrere Stunden „Latschentreten“. Immer wieder schnellte mir so ein hundsgemeiner Latschenast ins Gesicht, aber die Hündin hatte sich festgesaugt.

Vom Tal leuchtete das Rotmoos zu uns herauf. Fast wie ein Schnarchen hörte sich die laute und konzentrierte Arbeit meiner Hella an. In steilen Serpentinen ging nun die Fährte, wir waren mittlerweile im Altholz angelangt, nach unten. Gerade wollte ich zur Hündin vorgreifen, sie bewindete einen herabhängenden Fichtenast, als ein Büchsenschuss, der an den kahlen Felsen der Hohen Schell ausrollte, bis zu uns herab drang. Unbeirrbar klebte die Hündin an ihrer Fährte, die wieder aufwärts führte. Vor dem Sitzerl stand mein Jagdgast und erklärte mir, wild gestikulierend, dass ihm das Stück Rotwild zwar gekommen sei, er aber vorbei gefunkt habe. Nur noch kurz arbeitete ich mit der Hella weiter, dann zog ich ihr die Halsung über den Kopf. „Hu – hatz mein Hund“, und ab ging die Post.

Kurz darauf hörte ich den giftigen Hetzlaut der Hündin über den Berg und den steilen Gräben. Immer weiter entfernte sich die wilde Hatz. Immer weiter stieg ich zu Tal und immer wieder blieb ich stehen und hoffte, den Laut der Hündin zu hören.

Da, endlich – vom Friedergrieß herauf kam der tiefe Standlaut der Hündin. Ich eilte ihr zu Hilfe. Direkt neben dem alten Futterstadl hatte sie zu Stande gehetzt. Mehrmals prüfte ich den Wind, der immer noch bergauf ging. Vor mir drehte sich der Bail wie ein Wasserstrudel. Endlich konnte ich an einer Fichte anstreichen und dem geringen Alttier den Fangschuss antragen. Wild zerrte die Hella an den Hessen des „Stuck", das einen gebrochenen, aber offenen Lauf hatte. Ich versorgte das Alttier, zog es an der Rückseite des Futterstadls mit einem Strick in die Höhe und stieg wieder zu meinem Jagdgast auf.

Mein Gott, war ich fertig und ausgelaugt, als ich auf der Jagdhütte eintraf, denn in der Zwischenzeit war die Nacht über den Berg gezogen. Diese Nacht hatte ich einen totenähnlichen Schlaf. Mein Jagdgast erlegte dann am nächsten Morgen im Brachertal einen 9-jährigen IIB Gamsbock.

Obwohl auf der ganzen Fährtenlänge nicht ein einziger Tropfen Schweiß zu finden war, blieb die Hella eisern auf der Krankfährte. Die Mühe, die ich mir bei ihrer Abführung gegeben habe, hat sich voll und ganz gelohnt. Ich hatte einen Spitzenhund am Schweißriemen.

***

Als ich in das Revier Spitzingsee mit seinen großen Almflächen versetzt wurde, legten wir zwei die Vorprüfung mit der Höchstnote ab. Auch hier hatte sich schnell herumgesprochen, dass diese Hündin außergewöhnliche Nachsuchen machte und wir wurden als Vertreter des Klubs für Bayerische Gebirgsschweißhunde zur Internationalen Schweißhundeverbandsuche geschickt.

Am Begrüßungsabend, die einzelnen Gespanne wurden vorgestellt, rutschte mir beim Anblick und den sagenhaften Leistungen der anderen Spitzenhunde das Herz aber regelrecht in die Hose. „Mei Weibi, was wäre des jetzt schön, wenn wir zwei wieder am Berg und in unseren Gräben wären", sagte ich zu meiner Hella, der ich sanft die dunklen Behänge kraulte. Mit ihren dunklen Augen blickte mich die Hündin, sie hatte ihren edlen Kopf auf meine Schenkel gelegt, treuherzig an, als wollte sie sagen: „Abwarten!"

Da man meine Hündin und mich nur als Reservehund gemeldet hatte, rechnete ich kaum mit einem größeren Einsatz. Ich hatte aber die Rechnung ohne meine Hündin gemacht. Am dritten Tag, ein laufkrankes Alttier war schon von drei Spitzenhunden vergebens nachgesucht worden, kam unsere Stunde. Nachdem drei Hunde bereits drei Stunden in einer Fichten-Buchenverjüngung vergebens versucht hatten, einen Knoten zu lösen, durften wir zwei unser Glück versuchen.

„Freiwillige vor", war die Herausforderung der Suchenleitung und wir zwei traten an. Innerhalb einer kurzen Zeit hatte die Hella den Knoten gelöst und es ging in ein Fichten- und Buchenaltholz.

Darunter hatten des Nachts die Sauen gebrochen. In ihrer so flotten und leichtläufigen Art führte die Hella, obwohl sie noch nie mit Sauen zu tun hatte, über den aufgewühltem Altholzboden, sie hatte nur

Interesse für die Krankfährte. Leicht bergauf führte die Fährte, immer unterbrochen von frischen Saufährten und aufgewühlten Boden. Auf dem Erbeskopf flüchtete in einer schmalen Fichtendickung ein Stück Rotwild aus einem Bett. Nur kurz war die Verständigung zwischen mir und den Richtern, zu eindeutig war die Riemenarbeit und ich schickte mit „Hu Hatz“ die Hella, nachdem ich ihr die Halsung über den Kopf gezogen hatte, auf die Reise. Unter uns hörten wir dann bald die laute Hatz, die sich weiter entfernte. Immer wieder blieben wir stehen und horchten in die Tallagen. Auf einmal näherte sich, im Laub laut raschelnd, meine Hella. Die Hündin hatte noch nie ausgelassen. Hatte sie den leichten Forkler, den ihr ein zu Stande gehetzter Hirsch vor kurzer Zeit verpasst hatte, eventuell nicht vergessen?

Auch ich war der Annahme, sie auf ein gesundes Stück geschnallt zu haben. In der Zwischenzeit hatten mehrere Zuschauer mit uns Verbindung aufgenommen und uns erklärt, dass das laufkranke Alttier einen schmalen Fichtenstreifen angenommen hatte. Die Hündin hätte kurz Standlaut gegeben, wäre nur kurz nachgestoßen und sei dann zu uns geeilt.

Nochmals schnallte ich die in der Zwischenzeit an den Riemen genommene Hündin und dann hetzte sie im Buchenaltholz das laufkranke Alttier zu Stande. Es war ein beeindruckendes Bild, als vor uns, den Richtern, Zuschauern und mir, das Alttier, das nochmals versuchte auszubrechen, von der Hella eisern gehalten wurde. Man sah ihr die Wut, wahrscheinlich hatte sie vom Alttier eine erwischt, regelrecht an. Nach dem Fangschuss hing sie beim Alttier an der Drossel. Einer der Richter, der dem Alttier zu nahe kam, musste aber auch den Schneider aufsuchen, denn Hella riss ihm den Parka vom Leibe. Sie duldete außer mir einfach niemanden an ihrer Beute.

Am Abend war aber bei der Bekanntgabe der Ergebnisse der Teufel los. Unser 1. Vorsitzender des Bundes Bayerischer Berufsjäger, Wildmeister Artur Treichl, ließ gewaltig die Humpen kreisen. Wildmeister Treichl war einer der besten Schweißhundeführer, er fehlte kaum bei einer Internationalen und er war mit seinem kapitalen BGS Rüden „Bergmann von Fall“ auch der Führer des zweiten Siegers bei der gleichnamigen Prüfung im Solling.

Einer seiner „Lehrbuam“ hatte die Ehre der Bayern gerettet und den zweitbesten Hund auf der Schweißhunde-Olympiade geführt. Es war ein langer Abend bzw. eine lange Nacht, ehe wir das Bett, das in der Zeit der Internationalen des Öfteren nicht sehr lange aufgesucht wurde, leicht schwankend erreichten. Es war für mich eine riesige Ehre, in diesem illustren Kreis mit aufgenommen zu werden. Die Kameradschaft unter den Hochwildjägern, besonders aber den Schweißhundführern ist enorm. Hier traf sich die jagdliche Elite, und ich durfte dabei sein.

Hundemüde erreichten wir dann am anderen Tag wieder unsere Heimat. Natürlich wartete die gesamte Esterl-Familie auf Hund und Herr und auch hier wurde es wieder sehr spät, ehe ich endlich meinen „Kreischter“ (Bett) aufsuchen konnte.

***

Da ich noch ein paar Tage Urlaub hatte, wollte ich endlich gründlich ausschlafen. Ich hatte aber die Rechnung ohne den Wirt gemacht, denn am nächsten Morgen klopfte es ziemlich früh an die Türe des „Jagahäusl“. Einer meiner Reviernachbarn stand ziemlich zerknirscht vor mir. Er berichtete, dass er vor zwei Tagen einen besseren Hirsch beschossen habe. Mit zwei Hunden hätten sie, da ich ja nicht erreichbar war, es schon vergebens versucht.

Nun war zuerst ein anständiges Frühstück angesagt, ehe ich den Nachsuchenrucksack packte. Vorsorglich hatte ich eine reichliche Brotzeit, zwei Flaschen Bier und auch zwei Tafeln Schokolade sowie eine Vesper für die Hella in meinem weiten „Schnerferer“ (Rucksack) verstaut.

Da meine Frau mit dem kleinen Thomas bei ihren Eltern im Schwarzwald weilte, konnte ich die Sache in Ruhe angehen. Wir stiegen zum Berg und ich untersuchte den Anschuss, der sich unter einer weit ausladenden Alttanne befand. Knochensplitter vom Lauf, Muskelfleisch und kurzes Schnitt- und Schlaghaar waren reichlich vorhanden. Mit aufgestellten Behängen beobachtete der Hund nur mich, ehe ich ihm die breite Halsung anlegte.

Mehrmals umkreiste die Hella die Walstatt, immer wieder drehte sie herab gefallene Buchenblätter um und dann spannte sich der Riemen. Es ging zuerst leicht nach unten über einen Kahlschlag und dann führte die Fährte steil bergauf. Mehrmals verwies die Hündin abgestreiften Schweiß. Nur einmal griff sie von selbst zurück und dann ging es, oh wie wunderbar, in die Latschen.

Da ich Angst hatte in ein fremdes Revier zu kommen, schickte ich eine Begleitperson ins Tal, um bei einer Grenzüberschreitung keine Hindernisse zu verspüren. Immer wieder tauchte die Fährte in die tief herabhängenden Latschen ein. Wir waren bereits fünf Stunden unterwegs, als endlich die Fährte in die Almregion führte. Am Rande einer morastigen Suhle verwies die Hündin wieder Schweiß. Langsam glitt die Herbstsonne über den Berg und die Abenddämmerung zog über die Almen. Meine zwei Jagdbegleiter stiegen ab und ich kroch nach der ausgiebigen Brotzeit in ein wunderbares Heubett. Meine Hella und ich schnuckelten fest zusammen und wir schliefen, bis die Alpendohlen auf dem alten Heustadl, in dem wir so gut nächtigten, hin und her trippelnd ihren krächzenden und bescheidenen Morgengruß zu uns herab sandten.

Wir hatten noch eine Tafel Schokolade, die wir kameradschaftlich teilten, und dann nahm ich wieder den Schweißriemen in die Hand. Die Hella war ganz heiß auf ihre Fährte, denn bald darauf spannte sich wieder der lange Riemen. Wir zogen über die weitläufige Almfläche und tauchten in den schütteren Bergwald ein. Auf einmal blieb die Hündin, nach unten äugend und mit zittrigem Nasenschwamm laut den Wind einsaugend, stehen und deutete, anders kann ich es nicht bezeichnen, zu einem rauschenden Wasserfall.

Unter dem herabrieselnden Wasser saß der Althirsch im Wasser. Er äugte zu uns rauf und im nächsten Augenblick rutschte er über die Grabenkante und flüchtete mit schlenkerndem Vorderlauf ins anschließende Altholz. Ich zog der Hündin die Halsung über den Kopf. „Machs guat, mei Hundl“, und kurz darauf erklang der helle und giftige Hatzlaut zu mir rauf.

Nach kurzer Zeit kam von der gegenüberliegenden Bergseite der tiefe Standlaut an mein Ohr. Sie hatte zu Stande gehetzt. Schlag auf Schlag

Verweisend.

kam der tiefe Laut zu mir rüber. Ich nahm die Beine in die Hand und stürmte dem Bail entgegen. Durch einen Bach watete ich dann bergauf, gerade als ich glaubte, es bald geschafft zu haben, rutschte ich aus und saß bis zum „Krawattl“ rauf im saukalten Bergbach.

Ich war also wieder der „nasse Kova“, wie ich von meinen Schulkameraden, weil meine Hemden wegen der „Schwarzfischerei“ immer nass waren, genannt wurde. Sämtliche Bergbäche, die sich in unmittelbarer Nähe meines Elternhauses befanden, waren vor unseren Fischzügen nicht sicher gewesen. Ja, einmal schwänzte ich sogar die Schule, weil ich eine enorm starke Forelle in einem Bachlauf entdeckt hatte. Nach zwei Tagen, ich hatte die große Bachforelle natürlich erwischt, flog der Schwindel auf und ich bezog vom Vater eine anständige Abreibung mit dem „Spanischen“, das hat mir aber weiß Gott nicht geschadet. Bei solchen „Musterexemplaren“, wie wir vier Brüder es waren, war dies einfach unvermeidlich, und von einer antiautoritären Erziehung sprach damals noch kein Mensch. Aber ich darf wieder vom nassen Element zur Nachsuche zurückkehren.

In der Hitze des Gefechts merkte ich gar nicht, wie kalt das Wildwasser war. Instinktmäßig hatte ich meine Büchse noch nach oben gehalten und konnte nun durch eine Naturdoline aufwärts steigen. Von Baum zu Baum und von Felsriegel zu Felsriegel kam ich dem Bail endlich näher. Direkt vor mir, in einem weiten und steilen Geröllfeld, drehte sich der Bail. Mehrmals musste ich ausweichen, eine andere Schussposition wählen, ehe mit dem Einschlag der alten 8x57 IS aus meiner Nachsuchenbüchse, die mir der Freund Sepp Gregori zusammengebaut hatte, der Hirsch walkend und sich mehrmals überschlagend zu Tale rutschte.

Direkt vor einem einzelnen Latschenbusch blieb der Eisendzehner, ein sauberer und alter Berghirsch, dann liegen. Nass und dreckig wie ich war, hätte ich bei einem Schönheitswettbewerb sicherlich keinen Stich gemacht, aber wir zwei, Hella und ihr Herrle, waren zufrieden und ich saß beim Althirsch, während die Hella ihm wild knurrend und reißend am Brunftkragen hing.

Gerade als ich den Hirsch aufgebrochen hatte, knurrte die Hella mit aufgestellten Rückenhaaren zur Talsohle. Meine zwei Jagdkameraden, Hans und sein Sohn, hatten das ganze Drama und die freudige Erlösung mitbekommen. Sie waren gerade beim Aufstieg, als unter ihnen die wilde Hatz durchging. Auf einem Felsriegel sitzend, hatten beide das Schauspiel optisch verfolgen können.

„Net hergehn, de packt eich“, waren meine mahnenden Worte, als sie nun näher kamen, denn die Hella zeigte ihr makelloses Gebiss. Ich musste die Hündin, sie verstand hier einfach keinen Spaß, an den Riemen nehmen und weit genug entfernt ablegen.

Aus meinem Rucksack, der von meinem unfreiwilligen Bad auch wasserdurchtränkt war, holte ich mein kleines Taschenhorn und jauchzend klang das „Hirsch tot“ zum Berg.

Es war dann noch eine elendige Schinderei, bis wir den Hirsch, er wog immerhin 137 Kilo, im Tal und beim Wirt hatten. Auch heute war mir klar, dass ich nicht so schnell ins Bett kommen würde, denn es war der erste bessere Hirsch, den der Sohn des Jagdpächters erlegen durfte. Es war für mich noch eine große Freude, dem jungen „Hirschjaga“ den Bruch und die tiefbraunen Grandln auf dem Hut zu überreichen. Den Erlegerbruch teilte er dann mit meiner Hella.

Lange saßen wir noch beim Wirt auf der Unteren Firstalm und es wurde, wie es immer so war, pfundig und besonders lustig.

Der Hans kaufte dem „gscheidn Hundl“ noch einen Kranz Regensburger Würste, die die Hella aber dann mit mir, dem ausgehungerten Berufsjägerlein teilen musste.

Später brachte mich der Hans dann noch nach Hause und endlich konnte ich die nassen Klamotten ausziehen. Das anschließende Bad war eine wahre Wohltat. Jung und gesund wie ich war, bekam ich nicht einmal einen Schnupfen von meinem herbstlichen Badeausflug.

Glückliche Zeiten und unvergessene Stunden.

Einmal wäre die Jagdpassion meiner Hella aber bald zum Verhängnis geworden. Ein Reviernachbar und Berufskollege, der Oberjäger Helmut Götschl betreute das Revier des berühmten Herzchirurgen Professor Frei. Ein Jagdgast hatte im Revier einem Gamsbock einen Laufschuss verpasst. Der Helmut und sein Vater, beides Berufsjäger der alten Schule, hatten momentan keinen Schweißhund. Die alte Zuchthündin vom Vater Götschl, einer der besten BGS Hunde der damaligen Zeit, „Waltraut vom Edelboden“ war wegen ihres hohen Alters nicht mehr einsetzbar und die BGS Hündin von Helmut Götschl war erst drei Monate alt. Als Reviernachbar wurde ich verständigt und bald darauf schwebten meine Hella und ich mit der Sesselbahn zum Stümpfling, wo sich die Reviergrenze befand. Hinter dem steilen Abfall, der sich vom Stümpflinghaus zur Sutten runterzieht, hatte am Morgen der ältere Jagdgast einen guten Gamsbock beschossen.

Der Helmut, wie ich ein Mitglied bei der Berufsjägerbläsergruppe, erwartete mich bereits an der Bergstation und wir stiegen zum Anschuss ab. Anhand der Pirschzeichen konnten wir einen hohen Laufschuss diagnostizieren. Ich gab der Hella den langen Riemen. Zuerst führte die Fährte durch den Steilhang über schmale Altholzböden stetig bergauf. Auf einem Buchenblatt verwies die Hella etwas Schweiß. Nun ging die Fährte steil bergab und die Hündin führte in ein Stangenholz. Auf einem schmalen Felsriegel stand eine tiefastige Tanne und gerade als die Hella unter das schützende Dach der Alttanne windete, flüchtete der vorderlaufkranke Gamsbock darunter hervor. Mit schlenkerndem Lauf sprang der Bock die schmale Felsrinne hinab. „Helmut – sind hier irgendwo gefährliche Felspartien oder Wände in der Nähe?“, war meine eindringliche Frage. Der Kollege verneinte und ich schnallte die wild zerrende BGS Hündin.

Kurz darauf erklang aus einem Graben unter uns der erste Hetzlaut, der sich in Richtung Valepper Tal entfernte. Immer weiter ging die wilde Hatz. Wir stiegen dem Talboden zu und marschierten auf der Mautstraße Rottach-Egern-Spitzingsee in Richtung Forsthaus Valepp. Auf einmal vernahmen wir den tiefen Standlaut meiner Hella. Es war fast nicht zu glauben, aber der Gamsbock war noch in ein Grasband der „Blauen Wand“ geflüchtet. Ca. 50 Meter über dem Abgrund sahen und hörten wir den Bail. Ich hatte Sorge um die Hündin, sollte es ihr genauso ergehen, wie ihrer berühmten Großmutter „Ricka von der Zugspitz“, die von einem Gamsbock aus der Wand gehakelt wurde und dann weit abstürzte. Ich hatte aber nicht die Rechnung mit dem Kollegen Helmut gemacht: „Pass auf – i steig in de Wand eini, du gibst den Fangschuss und i fang dei Hundl.“ Der Helmut, ein ausgesprochen verwegener und schneidiger Berufsjäger, der, wenn es unbedingt sein musste, keiner Rauferei auswich und bei sämtlichen BGS-Hundeprüfungen der beste Hundstratzer war, wenn es galt die Schärfe zu prüfen, wie seine zerbissenen Pratzen zeigten, fürchtete weder Tod noch Teufel.

Bald darauf stieg er zum Bail auf und ich musste nur noch so staunen, wie schnell er sich dem Kampfplatz näherte. Als er unter dem Bail stand, gab er mir ein Zeichen. Mit dem Einschlag der Kugel überschlug sich der Gamsbock und fuhr über die Wand hinaus ins Bachbett runter. Die Hella wollte den Gamsbock natürlich nicht auslassen und versuchte ihrer Beute nachzukommen. Im nächsten Moment hatte der Helmut die Hündin gegriffen. „Hab ihn schon – und jetz beißt er mi – der Krüppl", brüllte der Helmut zu mir rüber. Ich glaubte, mir würde das Herz still stehen, aber der Helmut ließ die an der Halsfalte gepackte Hündin nicht aus. Langsam stieg er zurück und als er sicheren Boden unter den Füßen hatte, entließ er die Hella aus dem sicheren Griff.

Wild knurrend und immer wieder angreifend, stand die Hella bald darauf auf ihrem Gamsbock, der in einer Gumpe im Wasser sich drehte. Wenn meine Hella sich am „Jagahäusl" am Spitzingsee besonders wild gebärdete, dann wusste ich, der Helmut kommt uns besuchen.

Leider ist dieser pfundige Kollege als Erster unserer Berufsjägerbläsergruppe einer heimtückischen Krankheit erlegen. Wir bliesen ihm in der Egerner Kirche die Hubertusmesse und ich musste dem Kameraden auf dem Egerner Friedhof, auf dem so berühmte Leute wie Ludwig Ganghofer, Ludwig Thoma und Leo Slezak beerdigt sind, die Grabrede halten, ehe das Große Halali durch das Tegernseer Tal und in Helmuts geliebten Bergen verhallte.

***

Ein ähnliches Erlebnis lieferten zwei Brüder und Berufsjäger. Die Gebrüder Wimmer waren im Revier der Prinzessin Lilian de Rethy, der Ehefrau des damaligen belgischen Königs, im Großrevier Hinterriss-Eng beschäftigt. Ich habe selten so verwegene Mannsbilder erlebt. Sie hatten nur einen einzigen Fehler, denn wehe, ihnen ist so zufällig ein Maßkrug in die Hände gefallen, dann konnte es schon passieren, dass sie Haus und Hof vergaßen und eine längere Ansitzstunde am Biertisch angesagt war.

Der Christian Wimmer führte den späteren Sieger auf der Internationalen Schweißhundeverbandsprüfung, den kapitalen BGS Rüden „Solo vom Edelboden" aus der Zucht von Sepp Weber. Bei dieser Internationalen wurden drei erste Preise, alle Hunde hatten die gleiche Punktzahl, vergeben.

Der Bruder von Christian, der Revierjäger Hugo Wimmer hatte ein Kalb angeflickt. Natürlich machte der Christian die Nachsuche mit seinem Solo. Es gab eine „Hatz" und der Solo stellte das Kalb in einer schroffen Felswand, in die das verängstigte Tier geflüchtet war. Der Hugo stieg auf und packte das Kalb an einem Hinterlauf und der Christian gab den Fangschuss. Unter keinen Umständen ließ er das Kalb die Wand „runterduschn" (Originalton Hugo), denn das Wildbret hatte schon einen hohen Preis. „A bisserl zittert hats scho des Koibei (Kalb)." Wenn im Hinterrisser Tal der Winter Einzug hielt, dann war es eine Selbstverständlichkeit, da es manchmal länger dauerte, bis die Straße geräumt war, dass sich die „Wimmer Buam" im Herbst einen größeren Biervorrat anlegten, man sprach von einem kleinen Bierwagen, der das so nötige flüssige Brot ins abgelegene Tal brachte.

Eine Anekdote ist mir noch in besonderer Erinnerung. Bei der Preisverleihung der Internationalen Schweißhundverbandsprüfung, die der damalige Landeshauptmann von Tirol vornahm, fragte der Ehrenpreisträger Christian den Landeshauptmann Wallenhöfer, da man ihm wegen seines Glaubens den Führerschein abgenommen hatte, er glaubte nämlich mit 1,8 Promille noch Auto fahren zu dürfen, ob der Landeshauptmann ihm nicht seinen Führerschein wieder aushändigen könne.

Wallenhöfer, ein begeisterter Jäger, hatte mit dem „Christl" schon mehrmals „gjagert", er kannte dieses Schlitzohr und er konnte beim besten Willen nicht helfend eingreifen.

Leider sind beide „Wimmer Buam" nicht mehr unter uns, sie sind auf tragische Art und Weise ums Leben gekommen.

***

Aber lassen Sie mich wieder zu meiner Hella zurückkehren.

Es war dann fast eine Selbstverständlichkeit, dass diese Hündin zur Zucht eingesetzt wurde. Mit dem Rüden „Axel vom Sudelfeld" ging dann meine Hella eine eheähnliche Verbindung ein. Diese Paarung brachte zehn wunderschöne Welpen hervor. Die Hella war eine sehr fürsorgliche Mutter und meine Frau hatte alle Hände voll zu tun, um diese Rasselbande großzuziehen. Es war einfach schön, mit anzusehen, wie die Welpenschar so prächtig gedieh. Meine Hella hatte noch die Urinstinkte, wie sie sonst nur noch bei Wölfen anzutreffen sind.

Im Hotel Mayerhof, dem damals ersten Haus am Spitzingsee, stand eines Tages eine volle Bratröhre mit Schweinsbraten zum Auskühlen vor der weiten Küchentüre. Die Hella schnappte sich einen großen Brocken Fleisch und verschwand unter den Büschen. Als der Küchenbulle auf sie losgehen wollte, zeigte ihm die Hella kurz die Zähne. In seiner Not eilte der Chef der Küche zur Besitzerin des Hotels. Frau Mayer, eine sehr liebenswürdige und tierliebende Frau, beruhigte den aufgebrachten Koch: „Schauns, das ist die Hella vom Jaga Esterl, die hat eine Kiste voll junger Schweißhunde, die braucht das Fleisch."

Die Hella flüchtete mit schwappendem Gesäuge zu ihrer zahlreichen Kinderschar heim und würgte den Welpen wolfsähnlich den Fraß vor. Ich wollte den Schaden natürlich begleichen, aber die liebe Frau Mayer hatte dazu nur ein verständnisvolles Lächeln. Im Dorf Spitzingsee wurde einfach zusammengehalten.

Einmal hatte ich die Hella zu ihrer Kinderschar in den Zwinger gesperrt. Meine Frau und ich waren zu Besuch bei meinen Eltern in Bad Wiessee. Als wir am Abend wieder zum Bergdorf rauf fuhren, winkte uns der Schrankenwärter, mein treuer Freund und Helfer Christian Dietmanberger, in seine Wohnung. Wir trauten unseren Augen kaum, denn in der Küche stand die Hella mit ihrer gesamten Welpenschar. Die Hella, eine Meisterin im Ausbrechen, hatte sich aus dem Zwinger gegraben und machte einen Ausflug ins Dorf runter. Sämtliche Autos blieben stehen und Gott sei Dank nahm sich der Christian, die Hella war öfter bei ihm zu Gast, der kleinen Saubande an. Uns fiel ein Stein vom Herzen, es war nichts passiert und alle zehn Welpen wohlauf. Noch viele Nachsuchen machte ich mit dieser Hündin.

Doch trotz allem musste ich mich mit dem Gedanken anfreunden, mir so langsam eine Nachfolgerin für meine Hella zu ziehen, wollte ich nochmals einen Wurf mit der Stammmutter meines Zwingers „von der Brecherspitz" machen. Leider kam es nicht mehr zu einem Deckakt, die Hündin bekam eine eitrige Gebärmutterentzündung und wir mussten diese wertvolle Hündin einer Totaloperation unterziehen.

Da mein Bruder, der das Nachbarrevier als Berufsjäger betreute, von mir einen bildschönen und dunkelhirschroten Welpen bekam, lag es nahe, dass ich von dieser Hündin, die genau wie ihre Mutter enorm leistungsstark war, einmal einen Welpen beziehen würde. Die „Asta von der Brecherspitz" wurde dem Rüden „Eros vom Halblechtal" zugeführt. Aus dieser Paarung entstanden dann sechs Welpen, fünf Buben und ein Mädchen. Die junge Hündin hielt Einzug im „Jagahäusl" am Spitzingsee und wir hatten eine narrische Freude mit diesem feinen Hundl.

Leider kam die Hündin durch einen tragischen Unfall ums Leben. Jetzt stand ich wieder ohne Nachwuchshund da. Wie froh war ich aber dann, als mir mein Freund Manfred Jericho, einer der besten BGS Führer überhaupt, am Telefon erklärte, dass für mich ein BGS Welpe im Rothaargebirge reserviert sei. Mein Bruder Thomas und ich brausten zu ihm.

Die Stammmutter des Zwingers „vom Seebachtal" hatte auch Blut aus der Regenerationszucht in ihren Adern. Hella stand dem Neuankömmling recht gleichgültig gegenüber. Die „Sylva vom Seebachtal" entwickelte sich zu einem eisernen Hetzer. Zu Beginn ihrer Abführung stellte ich schnell fest, dass ich bei der Arbeit mit dem langen Riemen hier ganz anders vorgehen musste. Mit Geduld erreichte ich aber dann, dass sich die Asta, so wurde sie von uns gerufen, zu einem firmen Nachsuchenhund entwickelte.

Die Hündin war enorm scharf und ich musste bei ihr ständig auf der Hut sein, dass sie nicht jedem an die „Wäsche" flog. Es war manchmal nicht besonders angenehm, dass kein Jagdgast ans Wild treten durfte, wenn sie am Stück war.

Asta legte eine sehr gute Vorprüfung hin und entwickelte sich zu einem wahren Hetzteufel. Wenn ich der Hündin die Halsung über den Kopf zog und zur Hetze schnallte, dann blieb kein Auge trocken. Sie hetzte jedes Stück Wild zu Stande. Wie sagte der Weber Sepp, als er den Hetzteufel Asta einmal erlebte: „De hatzt auf Minga (München) eini, stellt dort drei Tag und dann fahrts mit dem Stickl wieda hoam."

Eine ihrer besten Arbeiten verrichtete sie im damaligen Jugoslawien. Mein Freund und Reviernachbar Ernst Buschor hatte einen hochkapitalen Eisendzehner mit fast 13 Kilo Geweihgewicht beschossen. Obwohl ich mit dabei war, ich hatte den Hirsch ja ausgemacht, konnte ich auf

Grund des Benehmens und des Zeichnens nicht sagen, welchen Schuss der alte Hirsch hatte. Mit einer eher duckenden Bewegung zeichnete der Hirsch und im nächsten Moment verschluckten die Eichen- und Akazienwälder den Auwaldkönig.

Bei der Untersuchung des Anschusses fanden wir nur sporadisch dunkelrotes Schnitthaar und kleine Schweißspritzer auf der Waldschneise. Ich war mir sicher, dass es ein hoher Schuss war; die Pirschzeichen und das wegduckende Zeichnen des Hirsches verleiteten mich zu dieser Annahme. Der Ernst, ein exzellenter Schütze, führte die alte 8x60 R in seiner eleganten Ferlacher Kipplaufbüchse. Mit dieser Patrone hatte ich bei meinen Jagdgästen nicht die besten Erfahrungen gemacht.

Wir fuhren ins Jagdhaus und machten zuerst einmal richtig Brotzeit. Nach ca. drei Stunden waren wir wieder am Anschuss. Der Sohn vom Ernst, der Rudi Buschor führte einen Sohn meiner Asta, den „Bodo von der Brecherspitz“ hinten nach. In ihrer mittlerweile sehr ruhigen Art untersuchte die Asta den Anschuss und sie zeigte uns ein kleines Stück einer Feder (Rippe) neben einer Akazie. Wir dockten beide Schweißriemen ab und mit „Such verwundt“ legten sich die Asta und dann auch der Bodo in die Riemen.

Durch einen Brombeerverhau und durch Laubholzdickungen ging die Fährte. Immer weniger wurde die Bestätigung der Fährte, der Schweiß war nur noch sporadisch zu sehen. Nach einer langen Zeit dröhnte ein Kugelschuss an unsere Ohren. Nun ließ ich dem Rudi mit seinem Bodo den Vortritt. Auch der Bodo legte sich, wie seine Mutter, mächtig ins Zeug bzw. auf die Fährte. Wir stießen auf den Ernst und seinen jugoslawischen Pirschführer, einem Kollegen von mir.

Dem Ernst war der Hirsch in einer Schneise flüchtig gekommen und die nachgeworfene Kugel hatte nur bei der Botanik, aber nicht beim Hirsch Schaden angerichtet. Ständig wechselten wir uns bei der Riemenarbeit ab. Wir waren schon einige Stunden auf der Wundfährte und ziemlich ausgetrocknet. In diesem Eichen- und Akaziendschungel war es fürwahr nicht leicht, den ständig ins Gesicht schlagenden Ästen auszuweichen. Ich schaute einmal den Rudi an, sein Gesicht glich dem eines Kaminkehrers, so schwarz war der Kamerad. „Ja Rudi – wie schaugst denn du aus? Du bist schwarz wia a Neger." Der Rudi antwortete mir darauf: „Schau du mal in einen Spiegel rein, du Superkaminkehrer!" Direkt vor uns flüchtete schweres Wild aus einem Akazienhorst, doch die Asta lag unbeeindruckt auf ihrer Fährte. An einer Suhle machten wir erst mal eine Pause. Gierig schlapperten die zwei roten Hunde aus der „Hirschbadewanne". In der „Lack" schwammen Haare des Rotwildes. Es waren Gesundfährten, denn sonst hätten wir die Asta und ihren Sohn Bodo kaum mehr halten können. Nach einer kurzen Pause gaben wir den Hunden wieder den langen Riemen und das gleiche unangenehme Prozedere, das quälende Streicheln der Äste konnte weitergehen.

Es ging langsam wieder zum Anschuss zurück, denn die begrünte Forststraße hatten wir gerade überquert. In einem scharfen Haken zweigte die Wundfährte, wir hatten gerade von Bodo und Asta Schweiß verwiesen bekommen, ab.

Gerade als ich mich zu Rudi umdrehte, prasselte vor uns ein schwerer Wildkörper unter einer tiefastigen Akazie und Brombeeren heraus. Beide Hunde standen im Riemen und brüllten regelrecht ihre wilde Jagdpassion hinaus. Im Wundbett fanden wir die Bestätigung. „Rudi – Schweiß, schnallen der Hunde", war das kurze Kommando von mir. Hell aufjubelnd hetzten die Hunde. Direkt vor der vorausstürmenden Asta flüchtete eine Rehgeiß über die Wundfährte. Kurz hetzte die erfahrene Hündin hinter der mit wippendem Spiegel flüchtenden Rehgeiß her. Im nächsten Augenblick hatte sie aber ihren Irrtum bereits erkannt und der helle Hetzlaut der Asta und der glockenreine, etwas tiefere Hetzlaut von Bodo drangen an unsere Ohren.

Die Hetze entfernte sich gar nicht so weit, bis der tiefe Standlaut von Bodo und der giftige Standlaut von Asta erklangen. Aus meiner Jagdjoppe holte ich den Bovist, den besten Windprüfer, und wir pirschten auf der Forststraße dem Bail zu. An einer riesigen Suhle und unter dickstämmigen Eichen hatten die zwei Gebirgsschweißhunde zu Stande gehetzt. Es war ein Bild, wie ich es noch nie habe schauen dürfen. Der mächtige Auenhirsch mit seiner dicken Wehr und vor ihm, seinen Attacken ausweichend, die zwei wieselflinken Bayerischen Gebirgsschweißhunde. Immer wieder prüfte ich den Wind, ehe wir uns dem Bail näherten. Mit dem Einschlag der 7x64 war der Hirsch kurz am Boden und nochmals versuchte er, die zwei Hunde zu forkeln. Seine Bewegungen waren aber nur noch ein Andeuten seiner Würde. Nochmals setzte ich dem Hirsch, die zwei Hunde waren aus dem Gefahrenbereich, eine Kugel auf den Trägeransatz und dann brach der König des Auwaldes in der Suhle zusammen.

Rudi und ich fielen uns um den Hals, denn so ein Erlebnis schmiedet zusammen. Wild zerrend standen die zwei Hauptakteure, Mutter und Sohn, auf dem stärksten Hirsch, den ich je anfassen, bestaunen und dann in der Suhle aufbrechen durfte. Während der roten Arbeit, die Kugel von Ernst war ein Hohlschuss, besannen sich dann Asta und Bodo ihrer Veranlagung und unter dem großen Dom des Urwaldes erklang die schönste Melodie, das Todverbellen. Noch heute stellt es mir, wenn ich das Erlebnis Revue passieren lasse, die Haare auf.

Auch ein Sohn von meiner Asta, „Birschl von der Brecherspitz", geführt vom Bad Wiesseer Jagdpächter Rupert Quercher, konnte auf der Internationalen sein Können unter Beweis stellen.

Die Internationale Schweißhundeverbandsprüfung wurde 1985 in Wallgau ausgerichtet. Dieser sehr wesensfeste und besonders hetzfreudige BGS konnte nur einen dritten Preis erringen, da es für ihn, der so gut und eisern hetzte, nur eine Todsuche gab.

Aber lassen Sie mich wieder zum Eisendzehner aus Repasch in Jugoslawien zurückkommen:

Es war dann schon noch eine schwere Schinderei, bis wir zu viert, der Ernst war mit seinem Pirschführer zu uns gestoßen, den Hirsch aus der Suhle und auf dem mit Eichenlaub verzierten Pferdefuhrwerk hatten. Immer wieder griff ich bei der schaukelnden Fahrt in die enorm dicken Stangen des Hirsches. Mit stolz geschwollener Brust fuhren wir dann am Jagdhaus vor.

An diesem Abend unternahmen wir nur noch eine kurze Pirsch, denn Feiern war angesagt. Es war ein langes Erzählen. Auch hier kreiste, wie es sich so gehört, der volle Becher, und es wurde sehr spät. Das ausgekochte Geweih brachte, wie ich vermutet hatte, über 13 Kilo auf die Waage, und es ist einer der stärksten kronenlosen Hirsche, die je erlegt wurden.

***

Noch einmal züchtete ich mit meiner Asta und aus diesem Wurf behielt ich mir eine feine Hündin. Meine zwei Söhne und die Ilse hatten sie ausgesucht. Prächtig gedieh die kleine „Cilli von der Brecherspitz".

Die Abführung dieser Hündin, sie wurde von uns auch wieder Hella gerufen, war ein Kinderspiel. Diesem gescheiten Hundl brauchte ich nur einmal etwas zeigen und schon hatte sie es kapiert. Natürlich kam ihr meine Erfahrung zugute. Mit sechs Monaten machte sie schon die ersten kleineren Nachsuchen. Ich habe selten so einen intelligenten und aufmerksamen Hund erlebt. Ja, sie bettelte mich regelrecht an, sie was zu lehren.

Mit 15 Monaten legte die Hella eine hervorragende Vorprüfung hin. Im gleichen Jahr hetzte sie bereits, ihre Mutter war ihre beste Lehrmeisterin, einen vorderlaufkranken Gamsbock nach kurzer Hetze zu Stande.

Es wäre alles so schön und gut verlaufen, wenn nicht am Forstamt Schliersee neue Anschauungen und Jagdmethoden Einzug gehalten hätten. Dem Wild wurde in brutalster Art und Weise nachgestellt; es wurde niedergemetzelt, was man erwischen konnte. Nachdem auch noch hochbeschlagene Gamsgeißen mitten in der Schonzeit erlegt wurden, war ich am Verzweifeln. Ja, das Ministerium hatte hier einwandfrei einen Straftatbestand festgestellt und trotzdem wurde der Fall unter den Teppich gekehrt.

Ich war so einem enormen Druck und einem Mobbing ausgesetzt, dass mir meine Frau und meine Kinder rieten, das Traumrevier Spitzingsee zu verlassen. Es war ein sehr schwerer Abschied, als ich mich zu dem Schritt entschloss und den Ebersberger Forst als meine neue Wirkungsstätte ansteuerte. Am Anfang hatte ich Heimweh nach meinem

Bergrevier, nach Gams, nach dem Großen und Kleinen Hahn, nach den wilden Schluchten und tiefen Gräben, den weiten Almmatten und den wild zerfurchten Felsen. Ein neuer Chef hatte mich, auch er war ein Kind der Berge, aufgefangen.

Nach kurzer Zeit, und Zeit heilt ja bekanntlich jede Wunde, hatte ich mich eingewöhnt und es gefiel uns, damit meine ich auch meine treue Begleiterin Hella, immer besser. Gut, den Berg und sein Bergwild hatte ich nicht mehr, aber nach kurzer Zeit hatte ich eine große Freude, nicht nur an Rot- und Rehwild, sondern auch die Sauen, diese Schlitzohren, und der Gamsersatz, die Mufflon, waren mir bald ans Herz gewachsen. Ich musste nur so staunen, wie schnell die Hella sich auf den Wundfährten der neuen Wildarten eingelebt und auch eingesucht hatte. Es waren viele Nachsuchen, die ich mit dieser Hündin dann machte. Einige Keiler, viele Frischlinge und Überläufer, aber auch nicht wenige Muffelwidder wurden von dieser vorbildlichen Hündin nachgesucht und zur Strecke gebracht.

An einem recht diesigen Novembermorgen, ich war gerade von der Frühpirsch ins schmucke „Jagahäusl" gekommen, klopfte ein Förster vom Forstamt an die Tür. Er hatte tags zuvor einen Überläufer beschossen und nicht gefunden. Er glaubte zwar, nicht getroffen zu haben, aber Vorsicht ist ja die Mutter der Porzellankiste. Er bat mich, „nachzuschauen“.

In einer schmalen Schneise hatte er an der Kirrung die Sau beschossen. Über Nacht waren die Schweine da gewesen, der ausgestreute Mais war gänzlich aufgenommen. Ich gab dem Hundl den langen Riemen und ließ die Hella vorsuchen. Immer wieder kam sie auf einer Fährte ab und dann suchte sie an.

„Mein Gott, schon wieder so eine Bürstendickung“, waren meine Gedanken, als am Rande die Hündin Schweiß verwies. Nun ging es ins Paradies einer hecheldichten Fichtendickung. Ich zog mir die Kapuze über den Kopf, vorsorglich hatte ich meinen Nachsuchenanzug, eine Panzerfahrerkombination, angezogen und dann hieß es kriechen. Einer meiner Jagdgäste hatte mich schon einmal zum vereidigten „Dickungsrevisor“ ernannt und nun war es wieder so weit.

Obwohl ich den aufrechten Gang so sehr liebe, hier musste ich mich auf den Knien und zum Teil robbend vorwärts bewegen. Die Nachsuchenbüchse, meinen alten und im Berg bewährten Mauserstutzen 8x57 IS hatte ich mir über den Buckel gezogen und im Schulterhalfter führte ich, zwecks vermuteten Angriff, meinen Sig Sauer Revolver mit.

Lange musste ich kriechen, ehe die Fährte ins Stangenholz führte. Unter einer einzelnen Buche verwies die Hella das erste Wundbett. Der Farbe des Schweißes deutete auf einen Schuss durch das Kleine Gescheide. In einem weiten Bogen führte die Fährte in eine Kiesgrube. Auf dem Grund der Kiesgrube war im Laufe von Jahren ein kleiner Weiher entstanden, und hier suchte die Sau Kühlung.

Gerade als ich wieder die Grube verlassen hatte, die Fährte führte über eine Forststraße, auch hier zeigte mir die Hella etwas Schweiß, polterte vor mir eine einzelne Sau unter einer Jungfichte heraus. Die Hella stand im Riemen, dann sprang sie an mir hoch, ein untrügliches Zeichen, dass sie endlich die störende Halsung abgenommen haben und vom Riemen befreit sein wollte und kurz darauf erklang der giftige Hetzlaut.

Gott sei Dank stellte sich der Überläufer sehr schnell, ich prüfte wie immer den Wind und dann ging ich den Bail an. Im Altholz umtanzte die Hella die Sau, die mit aufgestellten Rückenborsten und laut klappernd die flinke Hündin angriff. Geschickt wich meine Bayerin, sie hatte mich kommen sehen, den Attacken der Sau aus. Ich zielte dieser eine schnell tötende Kugel auf die Kammer und bald darauf zauste die Hella den Überläufer.

Die Sau hatte einen Schuss tief durch das Kleine Gescheide, und der Ausschuss war von einer Darmschlinge verstopft.

Mit dem kleinen Taschenhorn rief ich meinen Freund und Jagdkameraden, den Förster Ludwig Neißendorfer. Dieser gewissenhafte Waidmann, er verdient zu Recht diese Anrede, war bald bei uns, und seiner Gewissenhaftigkeit war es zu verdanken, dass das Stück von seinen Leiden erlöst wurde und nicht elendig verludern musste.

***

Immer öfter wurden wir zwei zu oft sehr schwierigen Nachsuchen gerufen. Übung macht bekanntlich den Meister und Übung hatten wir, bedingt durch den hohen Abschuss an Sau, Rot-, Muffel- und Rehwild, reichlich. Wir mussten, da uns die Sauen über den Kopf zu wachsen drohten, mehrmals über 500 Sauen, einmal sogar 750 Sauen erlegen.

Nach den schweren Stürmen Vivien und Wibke und der darauffolgenden Borkenkäferplage waren unsere Förster einem unwahrscheinlichen Arbeitsaufwand ausgesetzt. Die Sauen vermehrten sich fast ins Uferlose, wir drei Berufsjäger waren enorm eingespannt und es gab jede Menge Nachsuchen.

Mein Kollege Kaspar Ritter und ich hatten manchmal mit so vielen Nachsuchen zu tun, dass uns der Schweißriemen fast in die Hand reingewachsen war. Es war eine harte, aber sehr schöne Zeit. Besonders nach den Staatsjagden waren einige Nachsuchen zu tätigen. Etwas mitleidig schauten die Staatsgäste meinen Kollegen Oberjäger Kaspar Ritter an, wenn er mit seinen Rauhaardackeln nachsuchte.

Ein Staatsgast hatte auf einer Schneise eine Sau beschossen. Wir teilten uns die Nachsuchen, denn es war fast nicht möglich, alle Nachsuchen selbst zu machen. In ihrer Bierruhe, anders kann man es nicht bezeichnen, untersuchte das „Reserl“ den Anschuss. Bald darauf spannte sich der Riemen und es ging in die Botanik, eine herrliche Fichtendickung. Die Dickung war so dicht, dass der Kaspar vom rumwuselnden Dackel nichts sehen konnte. Auf einmal, der Kaspar war schon eine Stunde auf der Fährte, wischte eine Sau vor dem Dackel unter einer Jungfichte raus. Der Kaspar schnallte die Hündin. Laut aufheulend fegte der „Rohrwisch“, so betitelte ich das geliebte Reserl, der Sau hinterher. Wie eine Glocke klang zu mir, der ich auf einer anderen Krankfährte mit meiner Hella arbeitete, der sich entfernende Hetzlaut her.

Da, endlich konnte das Reserl die Bache stellen. In gleichmäßigem Abstand ertönte der tiefe Standlaut des Dackels, sie rief ihren Herrn, und der Fangschuss bereitete dann dem Drama ein Ende.

Bei einer Staatsjagd konnten wir zwei Berufsjäger am Abend beim Streckelegen noch zwei Stück Rotwild und vier Sauen, die unsere vierpfotigen Jagdkameraden zur Strecke gebracht hatten, dazu legen.

Einmal herrschte große Aufregung im Hause Ritter. Dem Kaspar war bei einer Nachsuche der Schweißriemen aus der Hand gerutscht und das Reserl hetzte mit nachschleifendem Riemen hinter der kranken Sau her. Mehrere Tage suchten wir nach der Hündin, fuhren sogar des Nachts raus, um zu hören, ob nicht irgendwo ein Laut von der Hündin zu hören sei. Wir alle waren am Verzweifeln, denn es ging uns nicht in den Kopf, dass diese großartige Nachsuchenspezialistin nicht zu finden war.

Zwölf Tage nach dem Verschwinden des Hundls, der Kaspar traute seinen Augen kaum, schleppte sich die Hündin total abgekommen, den abgeschnittenen Riemen hinterher schleifend, auf einer Forststraße heimwärts. Wir alle waren überglücklich. Die Hündin wurde vom Fraule, der Franzi Ritter, liebevoll aufgepäppelt und war nach kurzer Zeit wieder einsatzfähig. Sie hatte dieses Erlebnis aber bald vergessen und hetzte wie eh und je dem angeschossenen Wild hinterher, stellte eisern bis zum Fangschuss und wurde fast 16 Jahre alt.

Mancher Jagdgast kam aus dem Staunen nicht heraus, was diese Hündin und dann später ihr Sohn für gewaltige Leistungen brachten, und das mitleidige und hochnäsige Lachen ist manchem der Spötter schnell vergangen. Natürlich waren den Dackeln bei hohem Schnee Grenzen gesetzt, dafür hatten wir ja auch die Hella.

***

Einen Wurf wollte ich mit der Hella, dieser charakterfesten Hündin ziehen. Sie wurde vom BGS Rüden „Blitz vom Krumpensee" belegt. Leider hatte die Hündin nur drei Welpen, einer ist bei der Geburt verendet, so dass wir nur einen Rüden und eine Hündin großzuziehen hatten. Ich behielt mir die Hündin, da auch meine Hella langsam in die Jahre kam. Die semmelrote BGS Hündin „Drixi von der Brecherspitz" wurde nun mein Nachwuchshund. Auch die Abführung dieser braven Hündin verlief problemlos, hatte sie doch in ihrer Mutter die ideale Lehrmeisterin. Auch diese Hündin legte wie ihre Mutter die Vorprüfung mit Bravour ab. Unzertrennlich war das Band von Mutter und Tochter. Selbst am Wild entstanden nie Spannungen zwischen den beiden.

Es war eine enorme Zahl von Nachsuchen, die von Hella und dann später der Drixi bewältigt werden mussten. Mehrmals kam es vor, dass ich zu Nachsuchen gerufen wurde, aber ein Jagdgast vor der Tür stand und ich unabkömmlich war. Mein treuer Freund und ehemaliger „Lehrbua", der Wagner Ernst musste dann die Arbeit verrichten. Der Ernst, das Faktotum des ehemaligen Nationaltorwarts Sepp Maier, schnappte sich Büchse und Schweißriemen (die Drixi liebte ihn über alles) und es kam kaum zu einer Fehlsuche.

Auch für meine geliebte Hella, diesen jagdlichen Sonnenschein, kam einmal der Tag an dem wir sie dann, eingewickelt in ihre Lodenkotze, bei uns im Garten begraben mussten. Ein außergewöhnlicher Schweißhund war nicht mehr.

Nun war die Drixi die Herrscherin aller Reußen, und auch sie enttäuschte kaum, und wenn, dann fängt bekanntlich das „Glump" hinter dem Strick an. Dieser Hündin verdanke ich sehr viel. Wie ich schon in einem anderen Buch erzählt habe, hat sie mich bei der nächtlichen Hetze auf einen Keiler vor dem Schlimmsten bewahrt. Ich habe mir damals geschworen, schließlich schreibt man Nachsuche ohne T, nie mehr (außer die Pirschzeichen sind eindeutig) des Nachts ein Stück Wild nachzusuchen. Die Narben an meinem linken Oberarm und dem linken Oberschenkel sprechen eine eigene Sprache.

Die Drixi hatte es besonders auf die Sauen abgesehen. Eine Nachsuche auf den „Schweinebock", so klärte mich mein Drixerl auf, war für sie immer höchste Alarmstufe. Wenn eine Nachsuche anstand, sagte ich nur: „Auf geht's – Schweinebock suchen", und dann stand sie mit schiefem Köpferl vor mir. Dabei hatte sie noch eine besondere Eigenheit. Das Drixerl verstand bestens Groß von Klein zu unterscheiden. Suchte sie einen Frischling nach und der „Wutzel" versuchte sich zu drücken, dann hatte sie einen Spezialgriff. Blitzschnell griff sie den Frischling an der Wurfscheibe und der Wutz konnte schütteln und klagen, eisern hielt sie die Sau fest. Weithin hörte man das wehmutsvolle Klagen der Sau.

***

Auch wir Berufsjäger kochen mit Wasser und sind gegen einen Fehlschuss oder eine schlecht sitzende Kugel nicht gefeit. Mit meiner Frau saß ich auf einer nach den Stürmen Vivien und Wibke neu erbauten Kanzel.

Jedes Frühjahr stellte ich am Betriebsstadl neben der Anzinger Sauschütte eine Vielzahl von neuen Kanzeln her. Wir hatten eine eigene Technik entwickelt und auf den neuen und sehr großen Freiflächen stellten wir an einem Vormittag mit Hilfe des Traktors sechs Kanzeln auf. Auf einer dieser neuen Kanzeln saßen nun also meine Frau und ich.

Es war ein wunderschöner Frühsommerabend. Aus dem Altholz vor uns hörten wir den gurrenden Gesang der Ringeltauben und von hoher Warte herunter den melodischen Gesang der Singdrossel. In eine Altfichte hatte sich gerade noch eine vorwitzige Kohlmeise retten können, als der kleine Ritter mit dem gestreiften Kettenhemd, der Sperber, versuchte sie zu greifen. Ich schwenkte die Arme und ganz knapp über den Boden dahin schießend, verschwand der Vogeljäger. „Hast auch

Hunger“, waren meine Gedanken, „aber du kannst dich ja an Krähen und Eichelhähern schadlos halten“.

Aus der langsam zuwachsenden Schlagfläche blendete mich ein roter Fleck. Ein geringer Spießbock äste von der Schlagflora. Es war schon etwas weit, aber ich war einiges vom Hochgebirge her gewöhnt. Langsam angelte ich mir meinen Mannlicher aus der Kanzelecke. Bellend krachte der Schuss durch das anschließende Altholz. Den Knopfer schmiss es zu Boden, kurz darauf war er wieder auf den Läufen und mit schlenkerndem Vorderlauf verschwand das „Böckerl“ im Stangenholz. Ich hatte sauber gemurkst.

Am nächsten Morgen, meine Frau hatte ich auf eine andere Kanzel eingewiesen, legte ich die Hündin auf die Fährte. Mehrmals machte sie einen großen Bogen, meine sämtlichen Hündinnen hatten so verfahren, dann spannte sich der Rollogurt. Seit einigen Jahren verwendete ich keinen Lederriemen mehr, das neue Material hatte den alten Lederschweißriemen abgelöst. Der Rollogurt nimmt kaum Wasser auf, er saugte sich nicht voll, wird dabei auch nicht so schwer wie Leder und ist auch wesentlich leichter zu handhaben.

In einem langen Bogen führte die Fährte, die Drixi markierte dabei immer wieder Schweiß, zur nächsten Käferfläche. Auf einmal merkte ich, dass sie die Fährte verloren hatte, sie suchte dann von selbst zurück. Bald ging es weiter auf die nächste Freifläche. Auf der Kanzel sah ich meine Frau sitzen. Auf einmal gab die Drixi auf der Fährte Laut und ich zog ihr die störende Halsung über den Kopf. Im nächsten Augenblick hörte ich den giftigen Hetzlaut der Hündin. Nach kurzer Zeit hatte sie das „Böckerl“ ein- und überholt und im nächsten Moment hatte sie zugegriffen.

Mit eisernem Griff hatte sie den laufkranken Bock zu Boden gezogen und im nächsten Augenblick war der Bock, Drixi hatte ein enormes Gebiss, abgewürgt. Dann stand sie auf ihrer Beute und verkündete lauthals dem großen Wald: Der Bock ist tot! Meine Frau, die dies alles unmittelbar erlebte, konnte es fast nicht glauben, dass ihr Drixerl, das so lieb und fein war, zu so einer wilden Bestie werden konnte. Mit heraushängendem Züngerl stand die Drixi auf ihrem Bock und lächelte

freundlich wedelnd ihrem Fraule entgegen. Auf der Heimfahrt saß sie dann ihrem geliebten Fraule auf dem Schoß und legte ihren Kopf der Ilse auf den Hals. „Jaja, Dienst ist Dienst und Schnaps ist Schnaps." Sie kannte wie keine andere den Unterschied.

Es gäbe noch viel zu berichten von dieser so lieben und treuen Pirschbegleiterin und Nachsuchenspezialistin. Bei vielen Jagdgästen wurde sie zum rettenden Anker, wenn es wieder einmal zur Nachsuche ging. Es war für mich als Berufsjäger immer beruhigend, wenn das Drixerl sich, bevor ich am Stück war, schüttelte, dann wusste ich, sie hatte gefunden.

***

Wenn ich zurückdenke, dann gab es im Laufe der Jahre einige bemerkenswerte Nachsuchen und andere, die aufregend und spannend, jedoch eher eine Art Standardherausforderung waren. Aus der Reihe der Bemerkenswerten möchte ich die folgende hier erzählen.

Gerade hatte ich mich nach der Frühpirsch zwecks Einnahme meiner Morgensuppe an den Tisch gesetzt, als es an der „Jagahäusltür" klopfte.

Eine Ordensschwester stand ziemlich deprimiert vor meiner Behausung. Sehr aufgeregt erzählte sie mir, dass ihr „a Mordstrumm Sau" in den Wagen gelaufen sei. Zuerst beruhigte ich die Dienerin Gottes, dann löffelte ich meine Morgensuppe aus. Nachdem ich meine Nachsuchenkombination angezogen, den alten Mauserstutzen im Auto verstaut und den Rucksack mit Schweißriemen und Schweißhalsung untergebracht hatte, fuhren wir los. Die Ordensfrau hatte sich die Stelle des Zusammenpralls gut gemerkt und ich ließ das Drixerl vorsuchen. Auf einmal riss es die Hündin, sie verwies sehr eindringlich den Ort des Zusammenstoßes. Reichlich Borsten und auch Unterwolle lag auf der Forststraße Ebersberg-Anzing.

Ich gab den langen Riemen. Durch hüfthohe Buchenrauschen führte die Fährte. Jetzt verwies das Drixerl den ersten Schweiß am Rande der Buchen auf einem Blatt. Die Fährte führte über eine geräumte Schneise zu einer Suhle. Der Keiler suchte Kühlung. An einer aufgeweichten Stelle standen die Trittsiegel des Keilers, er setzte aber nur drei Hammer auf, den rechten Vorderhammer schonte er.

Die Verletzung musste doch etwas stärker sein, denn die Wundfährte führte wieder in die Buchenrauschen zurück. Dann zweigte sie in ein Altholz ab. Auf einmal, wir waren schon eine Stunde unterwegs und die Ordensfrau marschierte eisern mit, blieb die Drixi stehen und ihr Nasenschwamm deutete zitternd, auch die Behänge hatte sie aufgestellt, zu einer tiefastigen Altfichte.

Neben dem starken Stamm der Fichte erschien der schwere Kopf des Keilers. Ich stieg mit einem Fuß auf den Schweißriemen, dann holte ich den alten „Rempel" von einem Repetierer von der Schulter. So leise wie nur möglich repetierte ich eine Patrone in den Lauf.

Irgendetwas musste der alte Keiler aber vernommen haben, denn er stand im nächsten Augenblick auf den Läufen und äugte zu uns her. Ich setzte ihm eine Kugel zwischen die Lichter. Blitzartig brach der Keiler zusammen, sein wildes Schlegeln verriet mir, dass er absolut tödlich

getroffen war. Aus seinem weit geöffneten Gebrech stürzte ein Schweißschwall zum Waldboden. Immer langsamer wurde das Schlegeln, auf einmal streckte sich der Keiler und war verendet.

Meine Ordensfrau stand nun ziemlich blass ausschauend neben mir. Es war für sie ein unvergesslicher Augenblick, besonders beeindruckte sie die Zusammenarbeit von „Jaga und Hundl".

Ich hatte wieder einen Menschen überzeugt, wie wichtig doch die Aufgabe der Jäger ist. Auch beim Rausziehen des schweren Keilers zur nächsten Forststraße hin, war die Braut Christi behilflich. Als ich den Keiler dann aufgebrochen hatte, auch diese Arbeit war für die Ordensschwester hochinteressant, blieb sie beim Keiler sitzen und ich holte am „Jagahäusl" den Anhänger. Ich kam zurück und traute meinen Augen kaum, saß doch die Drixi neben der Ordensfrau und ließ sich die dunklen Behänge kraulen. Hier war sofort Sympathie zu erkennen. Als der Keiler am Jagdhaus dann am Wildgalgen aufgehängt war, erzählte mir diese feine Frau, dass sie auf einem Bauernhof in der Nähe von Deggendorf aufgewachsen war und dass ihr Vater auch Jäger war.

***

Leider kam auch die Drixi in die Jahre, und auch mir wurde langsam klar, dass ich nicht mehr lange bis zu meinem Ruhestand hatte. Trotzdem legte ich mir nochmals eine BGS Hündin zu. Im „Jagahäusl“ in Neuhaus, meinem späteren Altersruhesitz, zog dann eines Tages die BGS Hündin „Cilli vom Hochgall“ ein.

Ich hatte die Hündin aus dem Defreggental in Osttirol geholt. Eine wunderschöne, dunkelhirschrote Hündin sollte mein Nachsuchenhund werden. Die Drixi beschnupperte zuerst etwas misstrauisch den neuen Hausbewohner. Nach kurzer Zeit wurde das neue Familienmitglied akzeptiert. Immer öfter nahm ich die kleine Hella, es ist der Stammname der Familie Esterl für eine BGS Hündin, zusammen mit der Drixi mit ins Revier. Auch diese Hündin konnte viel vom Drixerl lernen.

Eines Tages stellten wir bei der Drixi ein schnell wachsendes Geschwür am Hals fest. In unglaublich schneller Zeit hatte sie einen faustgroßen Tumor am Hals. In unserer Verzweiflung suchten wir die Universitätsklinik für Tiere in München auf. In einer mehrstündigen Operation wurde der Tumor entfernt und nach acht Tagen war die Drixi wieder bei uns. Die sorgfältige Pflege meiner Frau und das feine „Fresserl“ brachten die Hündin wieder auf die Läufe. Es war uns vergönnt, diese großartige Hündin noch zwei Jahre bei uns zu haben. Auch dieses Hundl musste ich jedoch eines Tages dann bei uns im Garten begraben. Waidmannsdank liebe Drixi.

***

Noch fünf Jahre führte ich im Ebersberger Forst die neue Hella. Auch hier musste ich mich bei der Abführung dieser scharfen Hündin gewaltig umstellen. Dieser kleine Teufel duldete keinen meiner Jagdgäste am Wild. Manche Hose und mancher Rock ging in Fetzen, wenn der Gast, oder ein anderer „Wildanschauer“, dem erlegten Wild zu nahe kam. Diese Hündin, die mir des Öfteren abschob und so freudig ein „Privatjagdl“ machte, kam aber eines Tages gewaltig unter die Räder. Ein auf den Hinterläufen stehendes Alttier schlug mit prasselnden Läufen und malmenden Zähnen auf die Hündin ein, ehe ich dem Tier an die

Gurgel sprang und es von der Hündin abließ. Das Alttier verteidigte nur sein abgelegtes Kalb.

Von da an hetzte die Hella kein Rotwild mehr. Ich war fast am Verzweifeln, denn ich brauchte doch einen Hund, der das angeflickte Stück Wild auch zu Stande hetzt. Bei Sauen und Mufflon gab es kein Problem, aber ausgerechnet beim Rotwild. Es bedurfte schon einiger Anläufe, bis sie auch hier wieder zu einer „Hatz" bereit war. Ihr Halbruder, Meister „Boris vom Hochgall", nahm sie dann bei einer Hetze mit und von da an ist sie wieder wie der Teufel hinter dem Rotwild her.

Im Revier meines Kollegen Wildmeister Waldemar Ziegler war im November ein Hirsch angefahren worden. Wir waren beide nicht zu erreichen, da wir auf der Internationalen Schweißhundverbandsprüfung in Müden an der Örze waren.

Nach einer Woche waren wir wieder daheim, aber es war nichts mehr zu machen, die Fährte war zu alt.

Im zeitigen Frühjahr hatte ich als Vorsitzender des Rechnungsprüfungsausschusses der Gemeinde meine Kollegen am Wochenende zur Schlussbesprechung eingeladen, da ich unter der Woche unabkömmlich war. Wir waren gerade so am Suchen und Diskutieren, denn wir wollten heute den Jahresbericht fertig schnüren, da klingelte das Telefon. Der Kollege Waldemar Ziegler berichtete mir, dass er am Morgen unter dem Futterwild den laufkranken Hirsch gesehen hatte.

Ich musste den Waldemar auf Nachmittag vertrösten, denn wir wollten versuchen, mit der Hella die Hauptprüfung zu absolvieren. Der Kollege wies mich ein. In einem Stangenholz am Rande eines Grabens hatte das Futterwildrudel gestanden und zum Waldemar hergesichert. Ich ließ die Hella, wie ich es ihr beigebracht hatte und wie sie es öfter auch bei den Sauen im Ebersberger Forst zeigte, vorsuchen. Mit tiefer Nase fiel sie eine Fährte an. Da wir keinen Schweiß hatten, mussten wir uns ganz auf die Nase und den Fährtenwillen der Hündin verlassen.

In langen Serpentinen, der Berg war mit Ausnahme der Gräben schneefrei, führte uns die Hella bergauf. Unbeirrbar hing sie einer Fährte nach, sie wurde sogar immer flotter. Wir hatten schon ca. 1500

Meter der Fährte nachgehangen, als in einem Graben eine einzelne Fluchtfährte über spärliche Altschneereste führte und die Hündin anfing, leicht zu miefen. Ganz deutlich sah man, dass ein Hirsch nur drei Läufe aufsetzte, und so den linken Hinterlauf schonte.

Ich zog der Hella die Halsung über den Kopf. Im steilen Berg erklang bald darauf der Hatzlaut der Hündin. Die Hetze entfernte sich und die Hündin kam wieder zurück. Sie hatte die Tracht Prügel, die sie einstens vom Alttier bekommen hatte, immer noch nicht vergessen. Nun gab der Waldemar dem Boris freien Lauf. Der Boris ermunterte seine Freundin und Halbschwester Hella. Er sprang sie an, als wollte er sagen: „Komm schon!", und nun hetzte sie eisern mit. Gott sei Dank, der Bann war gebrochen. In einem Bachlauf hatten sie zu Stande gehetzt, ehe der Fangschuss dem Drama ein Ende setzte. Vor dem Fangschuss konnte der Waldemar noch einige pfundige Fotos machen. Mehrmals stieg der Boris aus dem Bach, um seine Schwester alleine stellen zu lassen, er hatte ihr so wieder das Hetzen beigebracht. Ich habe nie mehr so einen charakterfesten und so einen feinen Schweißhund kennen gelernt.

***

Am Seeberg, diesem steilen Berg mit wuchtigen und überhängenden Felspartien, absolvierte die Hella dann äußerst erfolgreich ihre Hauptprüfung. Auch diese Hündin verdiente sich ihre Sporen im weiten Wald des Ebersberger Forstes. Eine Nachsuche werde ich nie vergessen. Ich war gerade bei meinem Nachfolger im Forst, als ein Begehungsscheinjäger am Nachmittag am „Jagahäusl" erschien. Er berichtete dem Revierjäger Jürgen Hörmann, in der Zwischenzeit hat er mit großem Erfolg die Meisterprüfung absolviert, dass er am Morgen einen geringen Schmalspießer beschossen habe.

Natürlich erklärte ich mich bereit, mit meiner Hella die Nachsuche zu machen. Eindringlich erklärte ich dem Jäger, als er mich von der Kanzel aus einwies, dass nur ich, der Hundeführer den Fangschuss geben würde. Auf einer Freifläche war der Anschuss. Es war ein hoher

Vorderlaufschuss, wie die gefundenen Pirschzeichen eindeutig zeigten; Röhrenknochen und ein Stück vom Ellenbogengelenk, kurzes helles Schnitthaar und zusammengewuseltes Schlaghaar.

Ich gab der Hündin den langen Riemen. In eine der berüchtigten Bürstendickungen führte die Fährte. Auf allen Vieren krochen der Jürgen und ich dem straffen Schweißriemen hinterher. Gerade als ich mich aufrichten wollte, flüchtete vor mir das Hirschl aus der Dickung. Im nächsten Augenblick setzte von der Kanzel her eine Kanonade ein. Neben der Hella schlug das Projektil ein. Ich brüllte so laut ich konnte, der „Waidmann" hatte mich verstanden. Kurz darauf fiel der Fangschuss. Was ich diesem Spezialisten dann erzählte, kann leider nicht gedruckt werden, zumal mir der Schütze dann noch erklärte, was waidmännisch ist. Es gehört schon eine Portion Frechheit dazu, zumal der Jäger den Hirsch am zeitigen Morgen beschossen hatte und sich erst am späten Nachmittag meldete, einem Profi zu erklären, was waidmännisch sei. Wie sagte einmal der erste Bundeskanzler Dr. Konrad Adenauer so treffend: „Gott hat der menschlichen Intelligenz leider Grenzen gesetzt, nicht aber der menschlichen Dummheit." Was in der Zwischenzeit das Tier, es war ein sehr heißer Tag, aushalten musste, kann sich so ein Spezialist gar nicht vorstellen.

Ich würde jedem Jäger einmal wünschen, so ein angeschossenes Tier zu sehen, wenn es mit zusammengepresstem Äser, herunter laufendem Speichel und mit wahnsinnigen Schmerzen in der Dickung sitzt. Mancher Waidmann würde sich einen leichtsinnigen Schuss überlegen. Genau dies war die Triebfeder, die mich dazu brachte, mich intensiv mit der Nachsuche zu beschäftigten. Es war für mich eine enorme Befriedigung, dem Bruder Tier hier helfend beizustehen. Nachsuche ist Rot-Kreuz-Dienst an der geschundenen Kreatur.

***

Inzwischen, auch ich werde langsam älter, bin ich dabei, einem jungen Jäger die Nachsucherei beizubringen. Ich war immer im Glauben, dass für die gerechte und saubere Nachsuche ein Schweißhund eingesetzt werden muss. Ein jugendlicher Freund von mir führt eine wunderschöne Deutsch-Langhaar Hündin. Wir führten die Hündin auf Schweiß, wie meine Schweißhunde, ab. Immer wieder legten wir der Hummel mit dem Fährtenschuh, wobei wir immer weniger Schweiß verwendeten, Fährten.

Auf dem Truppenübungsplatz in Hohenfels konnte der Thomas Dichtl mit seiner Hündin dann die Feuertaufe bestehen. In einem Graben fand der Amtsvorstand Dr. Perpeet während einer Bewegungsjagd etwas Schweiß. Am Nachmittag suchte ich noch mit meiner Hella ca. zwei Kilometer nach. Langsam brach die Dämmerung herein, die Dezembertage sind ja kurz, und so entschlossen wir uns, nochmals zu übernachten, um dann am nächsten Tag die Nachsuche fortzusetzen. Nun bekamen die DL Hündin Hummel und ihr Führer die Chance zu zeigen, was beide gelernt hatten. Über eine Panzerstraße führte die Wundfährte in eine Fichtendickung.

Nach langer Riemenarbeit, es waren ca. zwei Kilometer, wobei das gespreizte Trittsiegel des Alttieres durch eine volle Rotwildkammer führte, wurde vor der Hündin und dem Thomas der Schweißriemen schlaff, die Hummel hatte gefunden. Groß war die Freude bei Herr, Hund, dem zuständigen Revierleiter Andreas Suchanka und besonders bei mir, dem Lehrmeister.

Nun galt es noch zu klären, wer der Verursacher dieser Nachsuche war, denn es gab keine Anschussmeldung. Ich hatte meiner Hella, wie im Übrigen allen meinen Schweißhunden, beigebracht, die Wundfährte auch zurück zu arbeiten. Durch ein tiefes Tal, auch der Fränkische Jura hat tiefe Gräben, führte die Hündin ca. vier Kilometer zum Anschuss zurück. Über Nacht hatte es leicht geschneit und Schnee ist der beste Fährtenbinder. Am Rande einer weiten Talseite kratzte die Hella den Schnee weg und zum Vorschein kamen die Pirschzeichen.

Es müsste doch eine Selbstverständlichkeit sein, jedem kann so etwas passieren, dies zu melden und dazu zu stehen.

***

In einem weiten Talkessel im Bundesforstamt Hohenfels lagen mehrere Anschüsse bzw. einiges an Wild, das mittlerweile bereits gefunden und versorgt worden war. So ergaben sich Situationen, in denen mitunter die eine Krankfährte über den Anschuss einer anderen Nachsuche führt. Dies bedeutet natürlich eine ganz besondere Herausforderung der auch ich nicht immer gewachsen bin.

Am auf die Drückjagd folgenden Tag, ich hatte schon zwei Nachsuchen mit Erfolg beendet, musste ich zu Hause sein, denn wir wollten meinen 70. in Ruhe begehen.

Während der Jagd wurde keine dreißig Meter hinter dem Stand eines Jägers ein Hirsch hoch den er sofort erlegte. Der Hirsch musste den Abschuss einiger Kälber ausgehalten haben bevor er auf die Läufe kam. Diese Nervenstärke wurde ihm letztlich zum Verhängnis. Der jagende Forstmann war nämlich der Annahme, einen von ihm zuvor beschossenen Hirsch vor sich zu haben und legte sofort auf den hoch gewordenen Hirsch an. Vor ihm lag ein ungerader Vierzehner.

Der Schütze behauptete jedoch felsenfest, einen ungeraden Achter beschossen zu haben. Leicht neigt man dazu, jemandem Unrecht zu tun. In dem Stangenholz führte mich meine Hündin zum Aufbruch des Vierzehners. Ich war sehr nervös und dies übertrug sich auf meine Hella. Noch eine Nachsuche stand an und die Dämmerung zog über den Jura. Mit einem unguten Gefühl, auch ich glaubte dem Jäger nicht, fuhr ich heim an den Schliersee.

Der zuständige Forstmann suchte am nächsten Tag mit seiner Dachsbracke weit ausholend vor und die feine Hündin führte zum Hirsch, einem ungeraden Achter. Die Fährte führte über den Anschuss des später irrtümlich erlegten Vierzehners. Ich möchte hier aber ausdrücklich betonen, dass der Forst- und Waidmann hier richtig gehandelt hat. Es tut mir heute noch Leid, jemandem Unrecht getan zu haben. Auch ich koche mit Wasser, aber ich stehe auch zu meinen Fehlern.

***

Meine Schweißhunde suchen auch ihre verloren gegangenen Artgenossen.

Große Aufregung herrschte im Hause des Försters Max Fackler. Jakl, der BGS Rüde des Forstamtmann war von einer Privatjagd nicht mehr heimgekommen. Alles Suchen, Pfeifen und Rufen war am Berg erfolglos. Jakl, ein Zuchtprodukt der BGS Hündin „Asta von der Brecherspitz", die von meinem Bruder, Oberjäger Thomas Esterl geführt wurde, war leider hodenlos. Meine BGS Hündin „Sylva vom Seebachtal", genannt Asta, betrachtete den Jakl nicht als vollwertig und ließ es ihn bei jeder sich bietenden Gelegenheit auch spüren, sie stänkerte den gutmütigen Jakl ständig an. Die Tochter der Asta, meine Hella Nr.2 liebte den Jakl aber umso mehr. Als Welpe und als Junghund war sie mit dem Jakl des Öfteren beisammen.

Dieser gutmütige und liebenswerte Rüde ließ sich von dem kleinen Teufel Hella aber auch alles bieten, auch er liebte diese charmante Junghündin. Selbst auf der Jagdhütte schlüpfte die Hella zum Jakl ins Bett und ließ sich von ihm wärmen.

In seiner Not kam der Forstamtmann Fackler nun zu mir und berichtete vom Verlust des Jakl. Auch ich zog zum Berg und ließ die Hündin suchen. Auf einmal nahm die Hella die Nase herunter und zog einer Fährte nach. Ich ließ sie gewähren. Nach kurzer Zeit war das Hundl aus meinem Gesichtskreis verschwunden und ich blieb stehen. Es mochten ca. zehn Minuten vergangen sein, da raschelte neben mir das Laub und es knirschte der Altschnee. Die Hella kam mir freudestrahlend entgegen, sprang an mir hoch, wie ich es ihr beim Verweisen beigebracht hatte und zog vor mir her. Immer wieder blieb sie stehen und wartete auf mich. Kurz darauf blieb sie an einer tiefastigen Fichte, unter der sich eine schmale Höhle gebildet hatte, stehen und deutete mit ihrer Nase zum Höhleneingang.

Aus der Höhle kam der verschwommene Klagelaut des Jakl. Ich legte mich auf den Boden, griff in die Höhle und hatte eine Hinterbrante des Jakl in der Hand. Sehr vorsichtig zog ich den Rüden aus der Höhle. Meine Hella stand mit wedelndem Schwanz dabei. Kaum war der erschöpfte Jakl aus der Höhle, es hätte für ihn wahrscheinlich keine

Befreiung gegeben, da leckte ihm die Hella bereits den Fang ab. Als ich von der Sucherei heimkam und den Hund bei seinem Herrn ablieferte, da war uns beiden klar, dass die Hella hier die Lebensretterin war.

***

Mit meinen Freunden war ich nach Jugoslawien gefahren. Wollte doch mein Reviernachbar dort einige starke Auenhirsche erlegen. Nachdem ein Jahr vorher bereits einige Nachsuchen erfolglos verlaufen waren, bat mich der Ernst, ihn zusammen mit meiner BGS Hündin zu begleiten und eventuell anstehende Nachsuchen durchzuführen. Meine BGS Hündin Asta und Ihr Sohn „Bodo von der Brecherspitz" waren mit von der Partie. Ich saß mit dem Ernst Buschor und einem Jugo-Kollegen auf einer Eichenkanzel.

Weit weg vernahmen wir sehr verschwommen einen Kugelschuss. Lange blieben wir sitzen, wir sahen zwar einige Hirsche, doch es war nichts Jagdbares dabei, ehe wir dann abstiegen. Beim Schreien der Hirsche kamen wir zu unserem Gefährt, die Jagdkutsche wurde von zwei strammen Kaltblütern gezogen, und fuhren dem Jagdhaus zu. Vor dem Jagdhaus stand der Rudi, der Sohn von Ernst Buschor, und berichtete uns sehr aufgeregt, dass er bei einer Nachsuche den Schweißriemen aus der Hand gelassen hatte. Er wollte gerade vorgreifen, als der Bodo mit nachschleppendem Riemen, fährtenlaut dem angeschossenen Hirsch nachgehetzt sei.

Nochmals fuhren wir ins Auenrevier und nahmen mit der Asta die Fluchtfährte auf. Es hatte wenig Sinn, denn die Nacht war über den Auenwald gezogen. Mein Gott war das eine lange Nacht, immer wieder ging ich im Jagdhaus ans Fenster und horchte in die sternenklare und vom Brunftschrei der Hirsche durchdröhnte Dunkelheit, ehe ich am nächsten Morgen der Asta den langen Riemen gab.

In einen lichtdurchlässigen Eichen- und Akazienwald ging die Fluchtfährte des Hirsches, wobei direkt daneben die weitgreifenden Branten des Bodo festzustellen waren. Immer wieder griff die Asta, wir waren im Haupteinstandsgebiet des Hochwildes, zurück und arbeitete sich dennoch flott voran. Nach ca. zwei Stunden Riemenarbeit, mehrmals prasselte Rotwild vor uns weg, wurde der Riemen auf einmal schlaff und vor uns saß, kurz angebunden, der Riemen hatte sich mehrmals um eine Wurzel geschlungen, völlig erschöpft der Bodo.

Kaum hatte er etwas Wasser aus meiner Hand geschöpft, auch die Asta leckte dem Bodo über Nase und Kopf, hier glaubte ich besondere Gefühle bei der sonst so scharfen Hündin zu sehen, zogen Mutter und Sohn der Wundfährte nach. Nun dauerte es nicht mehr lang, ehe der Hirsch, ein pfundiger Abschusshirsch, der ein langes, aber dünnstangiges Geweih trug, vor uns im Wundbett saß und von Rudi mit einer Kugel auf den Träger erlöst werden konnte.

***

Warum nur zeigte die rabiat scharfe Hündin gerade hier ihre große Zuneigung? Waren es mütterliche Gefühle? Ich konnte und kann hier nicht die Seele des Tieres, in diesem Fall des Hundes, deuten. „Eure Gefühle könnt ihr durch Gesten deuten", und wenn man so lange mit dem Kameraden Hund zusammenlebt, dann versteht man manche Gestik und auch manchen Gesichtsausdruck. Schade, dass das Tier nicht reden kann, es würde uns manches erzählen. Auch bei meinem Wild sah ich oft freudige, ängstliche und erschrockene Ausdrucksweisen. Ich glaube, wenn man jeden Tag mit dem Wild an den Fütterungen in Berührung kommt, sozusagen mit dem Wild lebt, dann ist das nicht verwunderlich. Sicherlich wird mir hier mancher Ökologe, der sein enormes Wissen aus Büchern und aus diversen Vorträgen hernimmt, vermenschlichende Züge unterstellen.

In der Praxis, gerade beim Zusammenleben mit dem Bruder Tier, macht man ganz andere Erfahrungen, besonders wenn man neben den Augen auch das Herz öffnet. Ich lasse mir von noch so vielen Professoren und Wissenschaftlern meine erlebte Erfahrung nicht nehmen. Ja, ich bin glücklich, dass ich hinter manches Geheimnis schauen, es erleben und auch durchdenken durfte.

***

An einem späten Abend erreichte mich ein Telefonanruf meines Kollegen Wildmeister Waldemar Ziegler. Der Waldemar berichtete mir Folgendes und bat mich dabei auch um Unterstützung. Hoch am Berg, am Rande eines wunderschönen Felskar, baute der Waldemar ein neues Sitzerl, „a Hock". Auf dem langgezogenen Höhenrücken hatte er seine beiden BGS, den Boris und die Gusti, abgelegt. Mehrere Tage hatte der Wildmeister schon Bretter, Stempen und sonstiges Baumaterial zum Berg geschleppt. Nun begann er mit dem Bau. Mehrmals schaute der Waldemar während seiner Zimmerei nach den Hunden.

Immer lagen die BGS in der Sonne oder im Schatten der Latschen. Kurz bevor er sein Tagwerk einstellte, warf er einen Blick zu ihnen und sie waren nicht mehr da.

Weit unter seinem Standplatz, aus einem von Felsen und Latschen durchzogenen Kar, hörte er noch einmal den giftigen Hetzlaut der Hündin und dann umfing ihn das berühmte „Schweigen im Walde". Er setzte sich auf seine Kotze, auf der vorher noch beide BGS gelegen hatten, und wartete und wartete. So langsam bekam er ein mulmiges Gefühl. Zu später Stunde stieg er ab und fuhr nach Hause, in der Hoffnung, dass der erfahrene Boris, er kannte sich ja aus, selbst nach Hause finden würde. Weder zu Hause noch bei seinen Nachbarn waren die zwei Hunde aufgetaucht. Er verständigte mich, doch vorher stieg er nochmals zum Berg, und auf dem abgelegten Wettermantel lag die junge Hündin, von Boris keine Spur.

Auf dem Wettermantel lag kein Boris und wir gingen die vermeintliche Hetzfährte aus. Es war ein steiler Abstieg ins Kar rein und wir mussten mehreren kleinen Felswänden ausweichen. Ich beobachtete nur die Hella, wie sie auf einmal die Nase am Boden hatte und äußerst intensiv begann zu suchen. Immer wieder schlugen uns sperrige Latschenäste ins Gesicht und endlich hatten wir einen Jagdsteig erreicht. Auf einmal war die Hella weg und bald darauf hörten wir einen jammernden Ton aus dem weiten Latschenfeld. Im nächsten Augenblick war die Hella bei mir und sprang mich an. Dies machten alle meine Hunde, wenn sie gefunden hatten. Im nächsten Moment war die Hündin wieder weg und dann wieder da. Sie pendelte immer zwischen

(Bild: Waldemar Ziegler)

mir und dem Felskar hin und her. Jetzt hörten wir den Klagelaut von Boris, der am Fuße einer Felswand lag und von seiner Halbschwester abgeleckt wurde.

Der Rüde war fix und fertig und wäre ohne Hella nicht gefunden worden. Gott sei Dank war Boris, er war eine Felsrinne runter gestürzt, nichts Schlimmes passiert. Er hatte lediglich einige Blutergüsse. Von seinem Herrn wurde er ein Stück des Weges im Rucksack getragen, bevor er nach einiger Zeit, nachdem auch der ärgste Durst gelöscht war, den restlichen Abstieg auf wackligen Pfoten in Angriff nahm.

Ich höre jetzt schon wieder die Wissenschaftler vom Tierinstinkt und sonstigem wissenschaftlichen Kram reden. Ich bleibe bei meiner Anschauung.

Auch das Tier hat eine Seele, wie es der Heilige Antonius so treffend ausdrückt.

Stets galt für mich in meinem langen Berufsjägerleben der Spruch:

> Wer mit Gedanken sein Leben erfüllt,
> rechnet mit Menschen, lebt mit Hund und Wild.
> Gut Hatz und Gejaid – all Zeit.

Bewegungsjagden in Hohenfels.

Ich stand den so genannten Bewegungsjagden sehr reserviert, ja ablehnend gegenüber, war also ganz ehrlich kein Befürworter von Bewegungsjagden. Umso überzeugter war ich gegen diese Jagdart eingestellt, als ich doch bei einigen dieser Jagden schlimme Bilder mit ansehen musste. Wenn zum Beispiel das Wild, von hochläufigen Hunden gehetzt, mit offenem Äser, heraushängendem Lecker und keuchendem Atem durch die Einstände flüchtete.

Doch eines Tages bewahrheitete sich der Spruch: „Wo man hinspuckt, muss man meistens auflecken." In meinem Briefkasten lag eine Einladung der Bundesforste zu einer Bewegungsjagd in Hohenfels. Lange überlegte ich, ob ich zusagen und hinfahren sollte. Ich fuhr hin und musste meine Einstellung zur Bewegungsjagd gründlich überdenken.

Die Bejagung in Hohenfels hat mir genau das Gegenteil dessen gezeigt, was ich früher erleben musste. Nun bin ich bereits im dritten Jahr im Bundesforstbetrieb Hohenfels zu mehreren Jagden eingeladen. Dabei machte ich mit meiner BGS Hündin auch Nachsuchen. Nachdem ich nun das Gelände des US-Truppenübungsplatzes im Oberpfälzer Jura mit seinen wunderschönen Mischwäldern kennen und lieben gelernt habe, kann ich mir als ehemaliger Berufsjäger dazu ein Urteil erlauben, und ich muss heute gestehen, dass ich von der jagdlichen Einstellung und auch von der Durchführung der Hohenfelser Bewegungsjagden begeistert bin. Die selbst erlebte Wilddichte und der daraus resultierende nötige Reduktionsabschuss kann niemals mittels Einzelabschuss getätigt werden. Wie feinfühlig hier mit den Geschöpfen Wald und Wild umgegangen wird, verdient deshalb höchsten Respekt und Anerkennung.

Hier heißt die Devise: „Wald und Wild!"

Die Vorbereitung der Jagden, die einen enormen Einsatz der Jagdleitung und des Forstpersonals erfordern, kann man als vorbildlich bezeichnen. Es wurde an alles, aber auch wirklich an alles gedacht, wie zum Beispiel die Einrichtung eines Jagdbüros zur Fragenklärung, Jagdscheinkontrolle, Jagdhornbläser, Warnwesten als Pflichtanteil, Standprotokoll und Sicherheitsmerkblatt. Zwei Stunden nach Jagdbeginn wurde eine dreißigminütige Pause eingelegt, um das Wild zu versorgen bzw. aufzubrechen, und jeder Jäger war verpflichtet, mindestens zwei Liter Wasser dabei zu haben, um das Wild entsprechend den Wildbrethygienevorschriften zu säubern. Außerdem kamen nur kurzläufige Stöberhunde wie Terrier, Wachtel, Spaniel und Dackel während der Jagd zum Einsatz. Für die anfallenden Nachsuchen wurden dann Alpenländische Dachsbracken, Bayerische Gebirgsschweißhunde und eine auf Schweiß sehr gut arbeitenden DL Hündin eingesetzt. Es war einfach sehr verantwortungsbewusst, wie hier mit den Geschöpfen Rotwild, Schwarzwild und Rehwild umgegangen wurde.

Wenn man sich die Zahl des bei diesen Ansitzdrückjagden erlegten Rotwildes von rund 450 Stück vor Augen führt (dieses Abschussergebnis wurde bei zehn Bewegungsjagden à 4 Stunden erreicht, d.h. insgesamt wurden die 450 Stück Rotwild in 40 Stunden erlegt), dann erübrigt

sich jegliche Kritik. Stressfreier kann Rotwild über die zwangsläufig permanente Einzeljagd niemals erlegt werden.

In Hohenfels werden alle Wildarten in der Kernzone (dies sind 50 % der gesamten Jagdfläche) von Februar bis September nicht bejagt. Bei einer der letzten Jagden sprach ein amerikanischer Truppengeistlicher vor der Jagd noch ein Gebet, dabei stellte ich mit Achtung fest, dass alle Jäger den Hut zogen. Der Priester ermahnte uns Jäger, im Geschöpf den Schöpfer zu sehen, und er vermittelte trotz Sprachbarrieren ein gemeinsames Verständnis für die Jagd und die Verantwortung, die wir Jäger gegenüber dem Wild eingegangen sind. Dabei machte er uns Jäger erneut darauf aufmerksam, dass zur Jagd auch das Töten des Wildes gehört und dies in verantwortlicher Art und Weise zu geschehen habe.

Ein besonderes Erlebnis ist mir hier noch in Erinnerung. Der Herbst hatte seine ganze Farbenskala über diese einmalige Landschaft gelegt. Mein Blick glitt über dieses farbenprächtige Herbstbild. Aus dem dunstigen, zarten Nebelschleier zeigte sich die mit Tälern, Wäldern und Bergen durchzogene Landschaft. Ich wurde auf eine Kanzel eingewiesen. Meine BGS Hündin, die Hella hatte ich auf dem Buckel tragend mit rauf genommen. Ganz weit weg fielen die ersten Schüsse. Direkt mir gegenüber trollte auf einmal ein starkstangiger, mittelalter Zwölfer aus dem Herbstwald kommend über die Freifläche. Auf mein kurzes Mahnen hin zog der Hirsch die Bremse und verhoffte zu mir her äugend, so dass ich den Hirsch in Ruhe ansprechen konnte. Langsam setzte sich der Hirsch wieder in Bewegung und trollte einem Traber gleich, mit aufgestellten Lauschern gegen den Wind dem nächsten Einstand zu. Das war schon ein pfundiger Anfang. Kurz darauf zog ein Alttier mit Kalb und Schmaltier über die Freifläche. Auch hier mahnte ich, und als das Wild daraufhin verhoffte, konnte ich dem Kalb eine saubere Kugel antragen. Im nächsten Moment flüchteten das Alt- und das Schmaltier dem Einstand zu. Kaum hatte ich mich zurückgelehnt, zog über das weite Wiesental ein starker und alter Hirsch. Das weite und edle Geweih zeigte ungerade Sechzehn. Vor mir verhoffte ein Oberpfälzer Berghirsch edelster Prägung, knuffig natürlich und durch Futtergaben nicht manipuliert. In der angeordneten Aufbrechpause versorgte ich das erlegte

Kalb und ließ mich wieder auf dem Sitzbrett der Kanzel nieder. Gerade wollte ich meine Brotzeit auspacken, das Aufbrechen und Versorgen ging mir schnell von der Hand, da flüchtete ein geringer, offensichtlich kranker Schmalspießer über die Freifläche. Gerade konnte ich noch, kurz bevor der Hirsch den rettenden Einstand erreichte, eine schnelle Kugel loswerden. Ich glaubte den Kugelschlag vernommen zu haben und bald darauf das Plätschern aus einer Suhle. Ein kopfstarkes Rudel bildete den Abschluss dieser Bewegungsjagd. Da ich nicht wusste, ob der beschossene Schmalspießer lag, blieb die Kugel im Lauf, obwohl ich noch leicht ein Kalb hätte erlegen können. Um 14 Uhr stieg ich, wie es von der Jagdleitung beschlossen war, von der Kanzel und suchte den Anschuss. Die Hündin verwies Schnitt- und Schlaghaare und führte mich am langen Riemen über eine Strecke von ca. 150 Metern zum verendeten Hirsch, dessen Todesfluchten in einer Suhle endeten.

Der Schmalspießer hatte einen frischen Vorderlaufschuss. Dies kann, wie wir wissen, auch bei der Einzeljagd passieren. Der Vorteil bei diesen Bewegungsjagden ist, dass noch bei Tageslicht sofort nachgesucht werden kann, denn es sind bei jeder Jagd fünf Schweißhundeführer eingeladen.

Eine Empfehlung möchte ich den Waidmännern und Waidfrauen mit auf den Weg geben. Immer wieder erlebe ich, dass zuerst das Alttier, d.h. das Leittier den Einstand verlässt, längere Zeit sichert und das übrige Rehwild, wie auf ein geheimes Kommando der Anführerin hin, nachzieht. Bitte nicht auf das erste Stück, das den Einstand verlässt Dampf machen, denn das Rudeltier Rotwild braucht die Führung durch das Leittier, das in der Regel immer ein führendes Alttier ist. Das verwaiste Kalb ist sein ganzes Leben lang in der Entwicklung hinterher, wird vom Rudel verstoßen und in seiner Sozialbindung weit zurückgestuft.

Wenn man sich alleine das Abschussergebnis der Hohenfelser Bewegungsjagden von 178 Kälbern, 116 Alttieren, 36 Schmaltieren, 60 Schmalspießern und 24 Hirschen, die meisten fallen in die Klasse 3B und nur wenige in die Klasse 2B, anschaut, dann kann man nur den

Hut ziehen vor der waidgerechten Einstellung der Jäger und der Jagdleitung.

Habt Dank und Anerkennung, ihr Förster der Bundesforste, für eure saubere und waidgerechte Einstellung zur Kreatur. Der Jagdleitung, Forstdirektor Dr. Markus Perpeet und dem Stellvertreter FOR Krüger spreche ich für die straffe Organisation meine Anerkennung aus. Bei euch fühlt man sich verstanden und gut aufgehoben.

Nun durfte ich in diesem Jahr wieder nach Hohenfels kommen. Die Jagdleitung gab mir grünes Licht, dass ich mit meinen Freunden Thomas Dichtl und Franz Eirenschmalz eine Bewegungsjagd in Hohenfels abhalten durfte. Es war schon eine gehörige Portion Arbeit, bis wir alles in trockenen Tüchern hatten. Fast aus allen Gauen Deutschlands waren unsere Freunde angereist. Aus Kassel und aus der Pfalz waren die Waidmänner dem Ruf gefolgt. Die Jagdkameraden aus dem fernen Südtirol, an der Spitze der Abgeordnete des Europaparlaments und Chef der FACE, Dr. Michel Ebner, wie meine persönlichen Freunde aus Wien waren voller Spannung zur Jagd in die Oberpfalz gekommen. Was mich aber am meisten freute, war, dass mein alter Jagdkamerad Seppl Schmid, der Wirt aus dem schönen Terenten, der Sonnenterrasse des Pustertals, zu uns gestoßen war. Verbindet uns doch eine fast vierzigjährige Freundschaft und Jagdkameradschaft. Vom Gamsbock über den Hirsch, vom Keiler bis zum Muffelwidder durfte ich mit dem Freund schon jagen.

Es war beeindruckend, als der Amtschef des Forstbetriebes Hohenfels beim Begrüßungsabend die Jagdgesellschaft mittels Dias zur waidgerechten Jagd aufforderte, und auch ich durfte dann noch einige Geheimnisse (wie man das Wild, besonders Rotwild und Sauen, zum Verhoffen bringt) preisgeben. Auch ich ermahnte die Jagdfreunde, niemals auf das oft alleine erscheinende Alttier, es sind in der Regel die Rudelführerinnen, sofort Dampf zu machen.

Ein wunderschöner, aber kalter Morgen schälte sich aus dem leichten Nebelschleier, als wir am nächsten Tag voller Spannung und Energie am

Begrüßungsplatz eintrafen. Nach dem Signal „Begrüßung“ wurde die Jagdgesellschaft vom Forstpersonal auf die Stände gebracht. Es dauerte auch nicht lange, bis die ersten Kugelschüsse durch den Oberpfälzer Jura hallten. Ich saß in einem herrlichen Buchenaltholz, als eine Rotte Sauen durch die nicht leicht einsehbare Buchendickung flüchtete. Beim besten Willen, das Wild gab mir keine Chance, eine waidgerechte Kugel loszuwerden. In einem dichten Pulk trollte Rotwild, das Leittier war die Aufmerksamkeit in Person, denselben Wechsel entlang. Auch hier hatte ich keine Möglichkeit, mit der Büchse einzugreifen. Aus den weiten Tälern und Wäldern drangen immer wieder Schüsse an meine Ohren. Ich war froh, dass meine Jagdkameraden hier mithalfen, den dringenden Abschuss zu tätigen. Zwischendurch stand auch einmal Dr. Perpeet, der Chef dieses riesigen Reviers, neben mir. Er ließ es sich nicht nehmen, selbst mit durchzugehen. Um 14 Uhr war dann Schluss, das Signal verkündete „Hahn in Ruh“. Aus allen Winkeln des Bundesforstes kamen die Geländeautos mit Wild angefahren. Es war für mich besonders beeindruckend, als ich Dr. Markus Perpeet bei der Überreichung der Schützenbrüche helfen durfte. Wir hatten in vier Stunden eine saubere Strecke hingelegt,

die waidgerecht gelegt worden war. Was aber am erfreulichsten war, es wurde kein Alttier von seinem Kalb weggeschossen.

Hier nun das Streckenergebnis:

2 Hirsche der Klasse IIB
5 Schmalspießer
6 Alttiere
1 Schmaltier
19 Kälber
2 Überläufer
10 Frischlinge
2 Schmalrehe
10 Kitze

Sowohl Dr. Perpeet als auch seine Mitarbeiter waren begeistert von der disziplinierten Jagdausübung. Auch so kann es gehen, wenn man verantwortungsbewusst jagt. Was mich aber am meisten freute, wir hinterließen keine Waisen. Die Ausrede „Das Tier kam ja alleine aus der Dickung“ kann ich nicht mehr hören. Es ist doch eine Binsenweisheit,

dass zuerst das Leittier den Gefahrenherd zu erkunden versucht. Wie oft habe ich es schon erlebt, dass nach einer längeren Zeit, wie auf ein geheimes Zeichen hin, das Rudel nachzieht und dann kann man mit der Büchse eingreifen. Die Bemerkung meiner Frau trifft den Nagel auf den Kopf: „Auch eine Mutter geht zuerst über die Straße und schickt nicht ihr unerfahrenes Kind voraus.“ Wie Recht sie doch hat!

Als das Wild in der Wildkammer bzw. in der Kühlzelle hing, wir haben dabei gerne mitgeholfen, kreisten beim Kellermeier Ludwig, dem Wirt des Gasthauses im Vilstal, gewaltig die Humpen. Die Südtiroler Jagdkameraden rückten zusammen und es wurde gesungen und erzählt. Es war eine der schönsten und auch der diszipliniertesten Jagden, die ich mitmachen durfte.

Eine besondere Mondnacht (Alarm-Sauen im Auspark)

Immer wieder kontrollierte ich den Parkzaun, der sich um das eigentliche Hochwildrevier des Ebersberger Forstes zieht, was manchmal ein sehr mühseliges Unterfangen war. Der Duft von den prall gefüllten Feldern (eine Mischung aus Mais, Weizen, Kartoffel, Gerste und Hafer) zog die Sauen magisch an und es bedurfte schon einen enormen Einsatz von mir, die Sauen von den Feldern abzuhalten. Einige Male entdeckte ich auch Löcher in dem weit in den Boden eingegrabenen Parkzaun und wie von Geisterhand hingestreuten Mais. Mir kam manchmal der heilige Zorn. So war einmal nach den Stürmen Vivien und Wibke eine starke Rotte, eine turmhohe Fichte hatte den Zaun an einer Stelle niedergedrückt, ins angrenzende Feldrevier ausgerückt und die Reviernachbarn

bedienten sich fleißig am Sauensegen. Ich habe dafür auch noch absolutes Verständnis gehabt, es wurden über dreißig Sauen erlegt, aber dass man uns dann auch noch den Schwarzwildschaden aufs Auge drückte, hier bebte ich vor Zorn. Dass aber auch noch die Staatsregierung dem ungerechten Ansinnen zustimmte, dafür fehlte mir jegliches Verständnis. Die Nachbarn hatten fürwahr ein gutes Geschäft gemacht.

Immer wieder fährtete ich Sauen im Auspark, der zehn Jahre zum Teil von mir mit betreut wurde. Und einige Sauen konnte ich hier auf die raue Schwarte legen.

An einem sehr kalten Wintermorgen kontrollierte ich den Parkzaun und musste dabei im Neuschnee zur Kenntnis nehmen, dass nagelfrische Saufährten durch die Neue führten. Mit meiner Drixi am langen Riemen nahm ich die Gesundfährte auf und das „Hundl" führte mich an eine bürstendichte Fichten- und Buchenkultur heran. Ich umschlug die Dickung und was ich vermutet hatte, war hier eindeutig festzustellen, die kleine Rotte steckte in dem fast undurchdringlichen Verhau. Ich beschickte meine zahlreichen Fütterungen und Kirrungen und streute auch Mais an den Rand der „Saudickung". Am nächsten Morgen war ich schon frühzeitig an der „Neukirrung"; sie war angenommen. Ich hatte noch eine beträchtliche Zahl von Jagdgästen auf Mufflon und Keiler zu führen, außerdem standen nicht wenige Ansitzjagden auf Sauen auf dem Programm, weil mein Abschusskontingent noch lange nicht erfüllt war. Daher konnte ich nur jeden Tag die neue Kirrung kontrollieren und da sie gut angenommen war, immer wieder beschicken. In der Zwischenzeit führte ein Sauwechsel auf das Anzinger bzw. Purfinger Feld hinaus. Die kleine Rotte suchte, dabei auch wühlend, die Bauernfelder auf, und bei Schwarzwildschäden sind selbst die gutmütigsten Bauern, zu denen ich ein sehr gutes Verhältnis hatte, nicht besonders freundlich gestimmt. Ich musste schauen, dass ich so schnell wie möglich den Sauen an die Schwarte rückte.

In einer sehr mondhellen Nacht, ich konnte wie immer bei Vollmond einfach nicht einschlafen, stieg ich in die Pelzstiefel und fuhr ins Revier des Ausparkes. An einer Wegschneise ließ ich den Frontera stehen und pirschte beim Schein der „Schweinesonne“ auf einer Rückegasse zum Anzinger Feld. Vorsorglich hatte ich auch den Ansitzsack zur Pelzgarnitur mitgenommen. Mehrmals suchte ich das Feld und die Feldkante mit dem 8x56 Zeissglas ab. Nirgends ließ sich ein dunkler Schatten erkennen. Mit meiner Drixi auf dem Buckel, vorher hatte ich schon meinen Ansitzsack und den unverwüstlichen Filzfleck deponiert, bestieg ich die Kanzel. Die Drixi schlüpfte in den Ansitzsack hinein, dann stieg auch ich in die wärmende Hülle. Auf meinen 308 Win. Repetierer hatte ich mir im Laufe des Sommers ein lichtstarkes Zielfernrohr montieren lassen und nun sollte das neue Gerät die Feuertaufe bestehen. Eine wunderschöne Mondnacht mit funkelnden Schneekristallen und ein traumhaft schöner Sternenhimmel zeigten sich mir, dem nächtlichen Jäger. Vom Anzinger Kirchturm her vernahm ich das Einleuten der zehnten Abendstunde. Immer mehr Lichter von der weither leuchtenden Häuserfront von Obelfing erloschen, und ich kam so richtig ins Sinnieren. Wie viel Freude und Leid verbirgt sich hinter der langen Häuserfassade, wie viele Tränen und Liebesgeflüster? Auch beim Freund und Jagdkameraden Ludwig Neißendorfer erloschen die Lichter, während beim Freund und treuen Unterstützer der gerechten Sache der sauberen Jagerei, dem Forstamtsrat Kurt Allekotte noch Licht brannte. Sicherlich wird sich „da Kurtl“ noch eine seiner unverwüstlichen Pfeifen in Brand gesteckt haben. „I wünsch eich a guade Nacht“, waren meine Gedanken. Auch von der Purfinger Dorfkirche her hörte ich den erzenen Klang der Kirchenglocke. Wie oft erzitterte der quadratische Turm der feinen Kirche beim Schwingen der Glocken schon, bei den diversen Feierlichkeiten, die hier noch so trefflich gefeiert werden. Taufe, Kommunion, Hochzeit, aber auch beim Hinabsenken und Übergeben eines lieben Verstorbenen an die Mutter Erde.

Auch das weithin sichtbare Licht der Tennishalle vom Freund Sepp Maier, seines Zeichens ehemaliger Nationaltorwart und Torwarttrainer, war erloschen. Wie viele schöne Stunden durfte ich mit dem Sepp und

seinem Faktotum, dem Jagdkameraden Ernst Wagner erleben. Wenn Not am Mann war, dann war es für den Sepp und den Ernst eine Selbstverständlichkeit, einzuspringen und zu helfen. Der Zusammenhalt im Dorf Anzing war enorm. Ich durfte es dann später beim Bau einer Kapelle erfahren. Die Dorfbewohner unterstützten mich sehr, als ich den Entschluss fasste, eine Kapelle zu bauen, um ein Gelübde einzulösen. Wie oft stand ein Tragel Bier an der Baustelle der Kapelle – Spender unbekannt. Wie oft brachten uns die Wirte ein wohlschmeckendes Mittagessen – keine Bezahlung, Spende der Dorfwirte für „de Kapellenbauer". Wie haben wir drei, der Wigg, der Kurtl und ich, zusammengehalten, als es um mein Gelübde, den Bau der Kapelle, ging. Wie pfundig war die Unterstützung vom Chef des Forstamtes, Franz Hohentaner. Mittlerweile ist er zum Freund geworden. Euch allen ein Vergelts Gott.

Ein greller Lichtkegel erhellte die Kreisstraße Anzing in Richtung Zorneding, ich meinte, einen Sprung Rehe kurz gesehen zu haben. Mehrmals suchte ich das verschneite Feld mit dem lichtstarken Jagdglas ab. Am nahen Sportplatz, der jetzt unter einer dicken Schneedecke verhüllt war, schlugen mehrere Rehe Schnee unter einer Buche weg. Sicherlich waren dort Bucheckern zu finden. Über das Anzinger Feld schnürte mit hängender Lunte ein starker Fuchs zu den Abfallkübeln des Anziger Forstgasthofs. Es war zu weit, sonst hätte ich einen Kugelschuss gewagt. Ich saß so mollig warm in meiner Kälte abweisenden Jagdbekleidung. Auch meine treue Kämpferin Drixi fühlte sich sauwohl, wie ihr Genussbrummeln zeigte. Die nahe Kirrung zeigte sich als dunkler Strich in der hellen Mondnacht. Ich weiß auch nicht, wie es zugegangen ist. Ich fühlte mich so wohl und warm und zufrieden eingehüllt, dass mir auf einmal der Kopf auf die Brust sank und ich in Morpheus Armen landete. Ich schlief den Schlaf des Gerechten, denn tagsüber war ich vollauf beschäftigt mit meinen zahlreichen Kirrungen und Fütterungen. Ich war einfach hundemüde und musste schon länger geschlafen haben, denn auf einmal merkte ich, dass meine Drixi sich im Fußsack aufgerichtet hatte. An der Saukirrung stritten sich drei Frischlinge und deren Mutter, eine geringe Bache. Ich angelte meinen Mauser Repetierer aus der Kanzelecke, entsicherte die „Bix“ und versuchte einen Frischling ins Okular zu bekommen. Ständig waren die Frischlinge wuselnd und auch streitend in Bewegung. Auf einmal standen zwei Sauen einzeln nebeneinander und ich schickte das schwere Projektil auf die Reise. Die Patrone hatte ganze Wirkung gezeigt, denn eine Sau lag noch leicht mit den hinteren Hammern rudernd am Kirrplatz. Die Rotte verhoffte und so konnte ich nochmals eine Kugel loswerden. Der nächste Frischling lag verendet neben seinem Bruder. Die Bache stürmte mit einem Frischling im Konvoi, den Schnee pflügend in Richtung Kreisstraße und zog die Notbremse. Blasend und laut brummend äugte sie zur Straße. Ich hatte nach dem Schuss blitzschnell repetiert und im nächsten Augenblick versank auch der dritte Frischling im Neuschnee. In hohen Fluchten stürmte die Bache weiter und kam in einem weiten Bogen zurück. Ich konnte es fast nicht glauben, aber die Bache verhoffte noch mal und ich konnte mit der letzten Patrone im Lauf auch der Bache eine tödliche Kugel antragen, denn nach einigen kurzen Fluchten überschlug sie sich, gleich einem rollierenden Hasen, und auch sie versank im Neuschnee. Ja gibt's denn so was auch – ja das kann doch nicht wahr sein, ich konnte es immer noch nicht glauben, was ich jetzt hier erleben durfte. Stark zitternd, aber nicht vor Kälte, sondern vor Aufregung, verlangte nun meine unverwüstliche Drixi die Befreiung aus der schützenden Hülle. Auch mir zitterten die Hände, als ich unter der Wärme spendenden Pelzjacke die Reservepatronen herausholte und die Kammer des Repetierers auffüllte. Nachdem wir abgestiegen waren, pirschte ich zur Kirrung. Die zwei Frischlinge hatten den Schuss nicht gehört, denn die Kugeln saßen bei beiden Sauen hochblatt und hatten so das blitzartige Verenden verursacht. Ich zog die Sauen zur Kanzel und dann holte ich den nächsten Frischling. Gerade als ich den nächsten „Wutzel" gefunden hatte und zur Kanzel bringen wollte, erklang das Todverbellen der Drixi durch die traumhafte Neuschneemondnacht. Gleich einem Totengesang drang ihre Jagdpassion an mein Ohr. Mir lief es kalt den Rücken herunter, zumal von der Dorfkirche her der schwere Glockenschlag mir die zwölfte Nachtstunde verkündete. Ich holte noch die Bache, sie lag nur 50 Meter neben der Kanzel. Unter der Alteiche brach ich die vier Sauen auf, schleppte sie zum nahen Geländewagen und stemmte sie auf das Liefergestell, das mir vor vielen Jahren der Freund Walter Tscheba hoch oben auf

der Unteren Maxlrainer Alm am Spitzingsee gebaut hatte. Nachdem die Sauen am Wildgalgen hingen und der Frontera in der Garage war, legte ich nochmals Holz und ein Brikett auf die Feuerstelle des Kachelofens und genehmigte mir „a saubere Brotzeit, a paar Halbe Bier“ und zum Abschluss noch einen kräftigen Glühwein. Wenn ich ehrlich bin, ich hatte ein leichtes „Räuscherl“, aber das hatte ich mir verdient. Als am nächsten Tag der Neißendorfer Ludwig, von uns nur als der „Wigg“ bezeichnet, am Jagahäusl vorbei schaute, da fiel ihm fast die Zigarette aus dem Mund, als ich ihm meine „Schandtat“ berichtete. Selbst der „Wigg“, dieser sehr erfahrene Waid- und Forstmann hatte so was noch nie erlebt und auch noch nie gehört. Am Abend saßen dann wir drei, auch der Senior der Forstpartie, der Allekotte Kurt, war noch zu uns gestoßen, lange im „Jagahäusl“ beieinander. Auch die Nachfeier war nicht von schlechten Eltern – Glückliche Zeiten!

Vor zwei Tagen haben wir den Neißendorfer „Wigg“ zu Grabe getragen und es fällt uns allen, seinen Berufskollegen und seinen ehemaligen Waldarbeitern, den Kapellenbaufreunden und besonders uns Berufsjägern, sehr schwer, den Wigg nicht mehr zu wissen. Seine Lieblingswaffe, sein Mannlicher steht jetzt in meinem Waffenschrank und ich werde diese wunderschöne Waffe in Andenken an den Wigg führen. Vergelts Gott lieber Wigg.

„Da Gschtumperte", nur ein Sechser.

Lange hat es gedauert, bis das Rotwild in meinem neuen Revier, dem Ebersberger Forst, vertrauter wurde. Ich war es von meinem Bergrevier am Spitzingsee so gewohnt, dass, kaum hatte ich die Futterstadltüre geöffnet, das Rotwild zu den zahlreichen Raufen und Futtertrögen zog. Hier hatte ich nicht die geringste Ahnung, wie viel Wild an den drei Fütterungen stand. Es waren zwar zahlreiche Trittsiegel um die Futterraufen herum festzustellen, aber ich konnte nicht herausfinden, wie viel Rotwild zu den Trögen zog, standen doch auch die Fährtenabdrücke von Sau und Mufflon im Neuschnee und Lehmboden. Ich hatte es mir zur Gewohnheit gemacht, immer um die gleiche Zeit die Fütterungen zu beschicken. Immer wieder, wie im Bergrevier, klopfte ich mit einem Holzklöppel an die Futterstadlwand und lockte mit meiner tiefen Stimme das Wild. Die Sauen, diese Schlaumeier, hatten sehr schnell herausgefunden, dass hier eine Brotzeit auf sie wartete, die Mufflon waren nach kurzer Zeit sogar die Ersten, die auf den Futtertischen standen, jedoch das Rotwild zog nur bei stockdunkler Nacht zu den Raufen. Es konnte schon mal passieren, dass die besten Schmankerl von Sau und Mufflon bereits verzehrt waren, so dass dem Rotwild nur noch Raufutter und Silage übrig blieb. Ich musste meine Taktik ändern und fütterte die eingelagerten Biertrebern daher erst am Abend. Im Futterstadl hatten wir neben den Betonsilos noch einen Flachsilo angebaut, und hier lagerte ich schichtweise, neben Apfeltrester und Maissilage, noch Biertrebern übereinander. Auf den langen Futtertischen brachte ich zu unterst Grassilage aus und darüber die Mischung aus Apfeltrester, Maissilage und Biertreber. Beim Ausbringen des Futters führte ich Selbstgespräche und klopfte mit dem Holzspatel an den Futterstadl. Eines Tages, die Dämmerung hatte sich schon über den großen Wald gelegt, trollten über die nahe Wildwiese mehrere dunkle Wildgestalten, es war Rotwild, und setzten über die eingezäunte Wildwiese. Immer früher zogen nun die drei größeren Rudel zum Futterstadl und eines Abends standen die erwünschten Futterstadlbesucher bereits im Altholz und warteten auf mich – ich hätte jubeln können, ich hatte gewonnen.

Immer früher kamen die „Wildlinge“ und erwarteten mein Erscheinen. Jaja, die Liebe geht durch den Magen. Meine Freunde, der leider viel zu früh verstorbene Rolf Wenig, der Förster Kurt Allekotte und der auch in die ewigen Jagdgründe hinübergewechselte Forstmann Ludwig Neißendorfer waren begeistert davon, wie ich das Wild vertraut gemacht hatte. Kaum war ich mit dem Ausbringen des Futters fertig, standen das Rotwild und auch die Mufflon an Futtertisch und Raufe. Es war so lustig anzuschauen, wenn die Muffellämmer auf den Futtertischen standen und des Öfteren von den Hirschen heruntergejagt wurden. Zwischen den Läufen wuselten dann noch die Sauen herum, diese nahmen besonders gerne die Futterrüben auf. Manchmal mussten wir Tränen lachen, wenn sich so ein vorwitziger Frischling eine Rübe schnappte und mit dieser im Gebrech die nächste Dickung aufsuchte, wo dann eine laute Keilerei unter den Sauen ausbrach. Nachdem ich nun einen Überblick über meinen Wildbestand hatte, setzte ich mich öfters in den Futterstadl und konnte so mein Wild beobachten.

Bei einem Rudel stand ein starkes Alttier und ein fast zu kurz geratenes Hirschkalb. Diese „Muttel“, übrigens ein typischer Ausdruck aus dem Werdenfelser Land für das Alttier, war sehr vertraut. Sie war immer die Erste, die zusammen mit ihrem Kalb, einem richtigen Frechdachs, am Futterplatz erschien. Noch einmal, im späten Frühjahr, sah ich auf einer Wildwiese das vertraute Alttier, das Kalb hatte sich zu einem Schmalspießer entwickelt, auf der sattgrünen Wiese äsen, dann verschluckte der große Wald die zwei Wildgestalten. Der nächste Winter zog ins Land und eines Tages zogen bei bestem Tageslicht Alttier, Kalb und Schmalspießer zur großen Fütterung. Der Schmalspießer hatte nur knapp lauscherhoch geschoben, aber die Spieße waren enorm stark. Was mir aber am meisten auffiel, war die fast quadratische Form des Wildkörpers. Ich war mit der Führung von Jagdgästen und der Erfüllung des Abschusses beschäftigt, hatte also zuerst keine Zeit, das Wild an den Fütterungen zu beobachten. Nach ein paar Wochen gelang es mir jedoch, mich doch einmal in den Futterstadl zu setzen, wo ich das Wild erwartete. Meine BGS Hündin hatte sich ein Heubettl zurechtgedrückt und schloss bald ihre dunklen Augen. Der gleichmäßige Atem verriet mir, dass sie hinübergedämmert war. Noch mehrmals zuckte sie mit den Branten und leises Miefen zeigte mir, dass sie im Traum eine „Hatz“ machte. Sicherlich hetzte sie ein Schweindl oder vielleicht einen Muffelwidder, denn ein paar Tage vorher hatte sie einen laufkranken Widder zu Stande gehetzt. Leichter Bodennebel war über die Wildwiese und den Futterplatz gezogen. Es war sehr kalt, und auch ich stellte den Kragen meiner Lodenkotze hoch. Am Vogelhäusl war heute Hochbetrieb. Sämtliche Meisenarten, Blau-, Schopf-, Tannen- und Kohlmeisen schwirrten vom Altholz kommend zum Vogelfutterplatz, auch der Dompfaff saß mit geschwollenem Hals auf der Vogelhausbrüstung und vom Berg raus waren die Bergfinken gekommen. Mit dem schweren Ruderschlag seiner breiten Schwingen zog ein Graureiherpaar krächzend zum See, den der Förster Sepp Pfaller angelegt hatte, und verschwommen hörte ich noch die Kolkraben an einem Aufbruch streiten. An den nahen Weiden, die wir für die Hirsche zum Verschlagen ihrer Wehr angepflanzt hatten, turnten die fliegenden Tabakspfeifen, die Schwanzmeisen, noch geschäftig nach Insekten und sonstigem Fressbaren suchend. Wo seid ihr wohl hergekommen?, frage ich mich. Aus welchen nordischen Landstrichen hat euch der strenge Winter vertrieben? Es war ein Kommen und Gehen bzw. ein An- und Abfliegen. Auf dem Silohaufen hatten sich Eichelhäher niedergelassen. Immer wieder äugten sie mit schiefem Kopf zu mir her, der ich hinter der schützenden Brüstung des Futterstadl saß. Auf einmal knirschte der Schneeboden hinter meinem Rücken und mit federndem Troll zog Rotwild zur ersten Raufe und zum Futtertisch. Mehrere Alttiere mit ihrem heurigen Nachwuchs standen dann am langen Futtertisch, dabei auch mein kurzläufiger Schmalspießer. Den Hirsch taufte ich in Gedanken „den Gschtumperten“, so wird bei uns ein zu klein geratener Mensch bezeichnet. Der Hirsch war rotzfrech, denn er ließ sich auch von den groben Schlägen der Alttiere und dem drohenden Zeigen der Hirschstangen nicht vertreiben. Immer wieder drängte er sich durch die Rotwildleiber und nahm gierig das ausgelegte Futter auf. Nachdem er wieder eine über die Lauscher gezogen bekam, trollte er zur nächsten Raufe und nahm dort Futter auf. Warum müsst ihr euch denn immer so zusammendrängen, es sind doch mehrere Raufen und Tische da, waren meine Gedanken. Dämmerung zog über den großen Wald. Noch drei Hirsche hatten sich zum Futterwild gesellt, es waren zwei mittelalte Kronenhirsche und ein älterer Eisendzehner. Wir hatten im Ebersberger Forst zwei Rotwildrassen, den endenärmeren Flachlandhirsch und den leichteren, aber endenfreudigeren Berghirsch. Lange bevor im Berg das Rotwild an die Fütterungen gewöhnt wurde, zog das Wild beim Einsetzen der strengen Jahreszeit an den Flussläufen und Auen entlang ins flache Land. Bis zu den Donauauen hinaus wechselte das Rotwild, und so vermischte sich das edle Blut des Berghirsches mit den starkstangigen Erbträgern, den Auenhirschen.

Mit meiner tiefen Stimme redete ich das Wild an, es zog ins nahe Altholz, und meine BGS Hündin Hella und ich fuhren der Jagdhütte zu. Den ganzen Winter über konnte ich den „Gschtumperten" beobachten, manchmal war er schon am zeitigen Nachmittag am Futterplatz, in Erwartung von besonderen Schmankerln. Die Dorfbewohner von Anzing hängten mir altes Brot an die Jagdhüttentür, und das liebte mein Frechdachs besonders. Manchmal zog der Hirsch auch mit zwei Muffelwiddern zum Futterplatz, ja, ich traue mich zu behaupten, dass es auch unter den Wildtieren so etwas wie Freundschaft gibt. Einmal saßen die Widder und der „Gschtumperte" im Altholz neben der großen Fütterung in Tuchfühlung nebeneinander. Wie friedfertig können Wildtiere untereinander sein. Es war für mich immer wieder so beruhigend, wenn ich auf den weiten Wildwiesen, die mein trefflicher Kollege, der Oberjäger Kaspar Ritter und ich angelegt hatten, alle vier Schalenwildarten nebeneinander äsen sah. Auch dieser Winter verging und ein sehr schönes Frühjahr hielt Einzug im weiten Wald. An einem etwas diesigen Aprilmorgen zog ich mit einem Salzstein im Rucksack zur großen Brunftwiese. Gerade als ich vom Steig, der zur nahen Kanzel führte, abbog, blieb meine Hella mit aufgestellten Behängen plötzlich stehen. Mit zittrigem Nasenschwamm deutete sie zur Wildwiese. Am Dickungsrand standen sichernd zwei Junghirsche, die knapp lauscherhoch geschoben hatten. Auch sie äugten zu uns her. Immer wieder senkten sie ihr Haupt und ästen zum Schein – „aha ihr Schlauberger". Mit aufgestellten Spiegelhaaren und zurückgelegten Lauschern zogen die zwei Lausbuben dem Einstand entgegen. Auf einmal stand noch ein Hirschl am Dickungsrand, es war der „Gschtumperte". Recht neugierig äugte er zu uns her. Immer wieder fuhr er mit dem Haupt in die Höhe, dabei fuhr er sich auch mit dem Lecker über den Windfang und versuchte Wind zu bekommen. Ich redete den Hirsch an und völlig vertraut zog er seinen Brüdern nach. Er hatte sich meiner erinnert, anders kann ich sein ruhiges Benehmen nicht deuten. Gerade diese Wiese, die ein Jahr zuvor von der „Schweinebande" so arg zugerichtet worden war, es war ein Sturzacker und keine Wiese mehr, hatten wir wieder hergerichtet und neu eingesät. Ich musste immer wieder feststellen, dass nach ca. fünf Jahren die Wiesen von den Sauen auf der Suche nach Engerlingen umgedreht wurden, und da half nur wieder eine Neueinsaat. Die Sauen sind im Wald ein Segen, auf Wiesen und Feldern allerdings ein Fluch. Noch zweimal sah ich den „Gschtumperten" auf der Wiese äsen. Im nächsten Winter zog er wieder zur angestammten Fütterung. Als ich den Hirsch dann in die Linsen meines Jagdglases nahm, war ich doch etwas enttäuscht. Er hatte ein sehr niedriges Sechsergeweih geschoben, mit kurzen Mittelenden, aber dicken Stangen. Der Hirsch war nach kurzer Zeit wieder sehr vertraut geworden. Er stand des Öfteren schon früh im Altholz, in Erwartung einer besonderen Brotzeit. Den ganzen Winter über war er gern gesehener Kostgänger an der großen Fütterung. Auch die Gewohnheit, mit den Muffelwiddern zu ziehen, hatte er nicht abgelegt. Das Frühjahr blinzelte über den großen Wald herein, von hoher Warte sang die Singdrossel ihr Liebeswerben in die hereinbrechende Abenddämmerung, auf dem Stadeldach trippelte die heimgekehrte Bachstelze wippend und knicksend und aus dem Altholz hörte ich das Gurren der zurückgekehrten Ringeltaube. Von den Altbuchen der Keltenhügelgräber her vernahm ich den dumpfen Gesang der Hohltaube. Über Schläge und Altholz puizte und quorrte der Vogel mit dem langen Gesicht, „da Schnepf". Das Futterwild kam immer später zu Raufe und Silagetisch, nur nicht der „Gschtumperte". Manchmal zog er, kaum hatte ich das Stadeltor geöffnet, schon am zeitigen Vormittag zur gewohnten Raufe. Brot und Äpfel waren ein besonderer Magnet für ihn. An der Wildwiese fanden sich zahlreiche Trittsiegel der Parkbewohner. Die alte Kanzel war baufällig geworden und ich hatte sie durch eine neue Jagdeinrichtung ersetzt. An einem zeitigen Frühjahrsmorgen, die Jagd auf den Rehbock war noch nicht lange aufgegangen, pirschte ich durch das Altholz zu meinem Fahrzeug. Meine Hella hatte ein Jahr vorher einen kleinen Wurf Gebirgsschweißhunde zur Welt gebracht und ich hatte die Hündin Drixi behalten. Mutter und Tochter durften nun, nachdem wir bald am Wagen waren, etwas toben. Auf einmal riss es die junge Hündin, und mit hoher Nase zog sie zu einem Windwurf. Kurz darauf stand auch die Hella vor der gestürzten Altfichte und beide Hunde zerrten unter dem Dürrzeug der Altfichte eine Abwurfstange heraus – es war die Sechserstange des „Gschtumperten". Kurz und dick zeigte sich der Abwurf des Hirsches. Immer wieder suchte ich nach der anderen Stange, aber sie blieb verschollen, oder sie wurde von den Sauen zusammengebissen. Diesen Sommer über sah ich den Hirsch nur einmal ganz kurz auf der großen Brunftwiese, wie er sich spielerisch mit einem anderen Junghirsch duellierte. Er hatte wieder nur Sechs geschoben, aber an Länge und Stärke enorm zugenommen. Auch im nächsten Winter stand der Hirsch treu und brav am Futterstadl. Normalerweise sollte der Hirsch der Wildbahn entnommen werden, aber mit diesem Hirsch hatte ich ein Problem. Er war mir einfach ans Herz gewachsen. In meinem Bergrevier am Spitzingsee hatte ich mit meinen Alttieren, die auf dem Weg zur Fütterung auf mich schon warteten, auch so ein Problem. Mit welcher Vertrautheit das Wild mir entgegenzog, mit welchem freundlichen Gesichtsausdruck das Wild meiner wartete, kann sich nur einer vorstellen, der mit seinem Wild zusammenlebt. Ich kannte meine Rassen und die Familienstämme, wusste genau, wer zu wem gehörte. Einer dieser herzlosen Wildwürger, wie sie Ludwig Benedikt Freiherr von Cramer-Klett treffend betitelte, verstieg sich in seiner das Wild verachtenden Ausdrucksweise zu einer Aussage, die ich hier nicht wiedergeben will. „Jaja – wer in Gedanken sein Leben erfüllt, rechnet mit Menschen und lebt mit dem Wild", fürwahr eine sehr sinnige Aussage.

In der Feiste war der Hirsch nirgends zu sehen. Auf der Wildwiese standen in der Nacht die Alttiere mit ihren Kälbern und zwei gut veranlagten Schmalspießern.

Zum Brunftanfang herrschte ein richtiges Sauwetter. Neben den schmalen Trittsiegeln des Kahlwildes fand sich eines Tages eine pratzengroße Fährte eines Hirsches. An einem nebeligen Frühherbstmorgen, ich hatte gerade die neu erbaute hohe Kanzel, nachdem ich die Hella und die Drixi abgelegt hatte, bestiegen, kam von der nahen Wildwiese her der erste Schrei des Geweihten. Aha, die Hirsche hatten die Hochzeitsstiefel angezogen. Bleiern und wabernd lag eine dicke Nebelsuppe über dem Brunftplatz. Noch zweimal erklang der urige Gesang des Geweihten vom nahen Brunftplatz her, dann umfing mich wieder das Schweigen im Walde. Auf einmal hoben sich die Nebelgeister, die Konturen der Altbuchen wurden sichtbar und auf der Brunftwiese scherzten zwei Junghirsche. Ich traute meinen Augen kaum, es war der Sechser, der einen ungeraden Eisendzehner mit nasalem Mahnen vor sich her schob. Immer wieder kreuzten sie ihre blanke Wehr. An der Salzlecke, die sich auch langsam aus dem Nebelgebräu heraus zeigte, standen zwei Alttiere und zwei Kälber. Noch lange blieb ich sitzen, ein Fuchsrüde schnürte über die Wildwiese, hob an einem Fichtenstock hundeähnlich seine Hinterbrante und schnürte mit zurückgelegten Lauschern eine schmale Rückegasse entlang in die anschließende Fichtendickung. Vom nahen Anzing her hörte ich mehr verschwommen den Schlag der Kirchenglocke und ich stieg von meiner hohen Warte. Mit freudigem Gesichtsausdruck empfingen mich meine zwei Jagdkameraden, die Hella und die Drixi, schüttelten sich ausgiebig und zogen mit mir der Jagdhütte zu, wir hatten Hunger. Noch zweimal sah ich den Hirsch, er umkreiste lüstern den großen Tanzboden, dann musste ich mich wieder anderen dienstlichen Aufgaben zuwenden. Im nächsten Winter stand der Hirsch nicht mehr an der angestammten Fütterung. Ich war in Sorge. Wo war er hingezogen, war er erlegt worden oder war er das Opfer einer Rauferei? Auch im nächsten Jahr konnte ich den Hirsch nirgends in die Okularlinse meines Jagdglases nehmen, ich strich ihn aus meinen Gedanken, zumindest versuchte ich es.

Zwei Jahre nach unserer letzten Begegnung, die Hirschbrunft war schon am Ab- und Ausklingen, saß ich auf einer älteren Kanzel an einem schmalen Wiesenstreifen, der sich weit in eine Jungdurchforstung hinzog. Neben mir in der länglichen Fichtendickung stritten und balgten sich die Sauen. Mit kurzen Fluchten setzten mehrere Frischlinge über den Äsungsstreifen, um auf der anderen Seite weiterzustreiten. Was mochte sie so in Rage gebracht haben, dass sie immer wieder aneinander gerieten? Mit hocherhobenen Köpferl äugten meine zwei BGS Hündinnen zur streitenden „Schweinbande“. Endlich zog Ruhe ein, die Saubande war weitergezogen. Zeternd flog eine Amsel über den schmalen Äsungsstreifen und schimpfte, ihre Erregung lauthals verkündend, zur Fichtendickung. Mit einem Auge schaute ich zu meinen Hunden runter. Auch sie saßen aufrecht und ständig Wind holend neben der Kanzel auf der Lodenkotze. Im letzten Licht zog ein Hirsch über die Schneise – mittelalter Hirsch, endenarmes Geweih, kurze Läufe, dicke Brunftmähne und was mir besonders auffiel, war die quadratische Form seiner Figur. Das konnte kein anderer Hirsch sein als der „Gschtumperte“. Vor dem Hintergrund der etwas helleren Forststraße hob sich das Sechsergeweih einigermaßen ab. Ich war mir sicher, er war es. Mit dem nasalen Laut des Mahnens brachte ich den Hirsch zum Verhoffen und Heräugen. Schnell hatte ich meinen Mannlicher aus der Kanzelecke geholt. Im nächsten Augenblick hatte ich die „Bix“ an der Wange, entsichern und einstechen war eins. Donnernd fuhr das Projektil der bewährten 6,5x57 aus dem Lauf. Der Hirsch ruckte leicht zusammen, verhoffte kurz und zog dann etwas schneller weiter. Unter meiner hohen „Hock“ klang das Zähneklappern meiner zwei BGS zu mir rauf. Ja das gibt's doch nicht, ich konnte nicht glauben, dass ich den Hirsch gefehlt hatte. Mit der erfahrenen Hella untersuchte ich den vermeintlichen Anschuss und fand keine Pirschzeichen. Saugrantig fuhr ich der Jagdhütte zu. Auf der Fahrt zum „Jagahäusl“ ging mir das Ganze nochmals durch den Kopf. Ich kehrte noch mal um und pirschte mit der Drixi über die Wildwiese. Es ging mir nicht in den Kopf, den Hirsch gefehlt zu haben. Hatte ich mich, als ich die Hella vorsuchen ließ, in der Entfernung getäuscht? Und ich hatte mich getäuscht, denn auf einmal zog die junge Hündin wesentlich weiter weg an, sie legte sich richtiggehend in den kurzen Riemen. Langsam drangen wir in die Dickung ein, vor mir brachen Äste und ich vernahm den schlurfenden Gang eines Stück Wildes und das Anstreifen eines Wildkörpers. Ich brach die Nachsuche ab und wir fuhren nun endgültig der Hütte zu.

Am nächsten Morgen, ich schlief diese Nacht hundsmiserabel, jede Stunde schaute ich auf die Armbanduhr, fuhr ich am zeitigen Morgen

zum Ort meiner Schandtat. Dieses Mal ließ ich die erfahrene Hella vorsuchen und sie zeigte eindeutig Pirschzeichen – Schnitt- und Schlaghaare und bald darauf Lungenschweiß. Nach kurzer Zeit, ich musste in dieser Saudickung auf allen Vieren kriechen, stand ich vor dem längst verendeten Sechser – und es war der „Gschtumperte". Die Kugel saß da, wo sie zu sitzen hatte und hatte auch einen daumennagelgroßen Ausschuss hinterlassen. Warum in aller Welt hatte der Hirsch beim Eindringen des Geschosses in sein Leben nicht gezeichnet, bloß leicht geruckt? Hatte ich es in der Hitze des Gefechtes übersehen? Bisher war ich doch mit dem Mannlicher und der 6,5x57 immer so zufrieden gewesen. Es gibt Dinge im Leben, besonders bei der Jagd, die nicht erklärbar sind. Ich holte noch die Drixi und dann verkündeten meine zwei „Hundl" dem großen Wald, dass der Hirsch tot war.

Lange Jahre hing diese bescheidene und mir dennoch so wertvolle Trophäe im „Jagahäusl" im Ebersberger Forst. Heute freue ich mich am Anblick des „Gschtumpertn" an der Freisitzwand im „Jagahäusl" im Josefsthal.

Der Mooswidder.

Der Ebersberger Forst, ein riesiges und unergründliches Waldgebiet, beherbergt manches Stück Wild, das noch nie oder zumindest nicht bewusst in die Linsen eines Jagdglases gekommen ist. Ja, ich getraue mich zu behaupten, dass manches Stück Wild nie gesehen worden und unerkannt in den natürlichen Kreislauf zurückgekehrt ist. Ob Rotwild oder Sau, ob Rehwild oder Mufflon, die fast undurchdringlichen Dickungen gaben viele Geheimnisse nicht preis. Am Rande des weitläufigen Forstes war eine Kiesgrube, deren Kies zum Bau von Forststraßen Verwendung fand, ausgehoben worden. Diese Grube wuchs im Laufe von vielen Jahren zu, verdichtete sich langsam, das Regenwasser blieb zuerst in kleinen Pfützen stehen und im Laufe der Jahre entstand ein kleiner Weiher. Am Rande des Weihers siedelten sich Schilf und andere Wasserpflanzen an, ein Förster pflanzte Wasserrosen und Schilf, es entstand ein wunderbares Biotop. Ins glasklare Wasser mit etwas moorigen Untergrund kamen durch wundersame Weise Kleinfische, von Stockenten wurde Laich hergetragen, und eines Tages sah ich dann auch den natürlichen Regulator Esox (Hecht) nach Rotauge, Rotfeder und Barsch jagen. Neben dem kleinen See legten wir dann noch eine Wildwiese an und bereicherten so die Eintönigkeit dieses weiten Waldgebietes. Durch die fürsorgliche Pflege der Wildwiese und die Einsaat von besonderen Kräutern standen bald die Trittsiegel von allen vier Schalenwildarten im lehmigen Boden. Im Laufe der Jahre entstand um den Weiher herum ein kleines Moor, sogar Moorkolben und Moosweiden umzäunten das Feuchtbiotop. Aus meiner Bergheimat brachte ich dann auch noch Moorlatschen mit, die ich in unmittelbarer Nähe meiner Behausung ausgegraben hatte, und auch Stechpalmen setzte ich im kleinen und feinen Moorbiotop ein. Rundherum wuchs dann nach den Stürmen Vivien und Wibke und der Borkenkäferplage, denen fast 750.000 qm Fichte zum Opfer fielen, ein neuer Mischwald heran. Diese riesigen Jungwaldbestände beherbergen eine Vielzahl von Waldbewohnern, die selten oder nur zwischen „Dunkel und Siehst mich nicht“ den schützenden Einstand verließen.

An den Rand des Mooses stellte ich eine versteckt stehende Ansitzleiter mit Dach und in einer Schneise klemmte ich in eine Stockachsel einen Salzleckstein, der bald von der Moosbesuchern angenommen wurde, wie die zahlreichen Trittsiegel und Fährtenabdrucke zeigten.

An einem sehr sonnigen Novembermorgen, die Nebelschwaden waren schon beim Eintreten der Morgendämmerung geisterhaft verzogen, pirschte ich zu einer hohen Kanzel, die ich im Altholz auf einer Geräumtschneise aufgestellt hatte. Vor mir, in einem fast undurchdringlichen Brombeerenwirrwarr, stritten und balgten sich die Sauen. In einem hohen Bogen flog ein Frischling laut quietschend aus den Brombeeren, landete auf dem Rücken und stürmte mit aufgestellten Kammhaaren in eine schmale Fichtendickung. Kurz darauf flüchtete er nochmals in den Brombeerenverhau und der laute Radau verkündete mir, dass hier unter den raufluſtigen Sauen eine größere Auseinandersetzung im Gange war. Im nächsten Augenblick stand im Altholz der klassische Rotwildfamilienverband – Alttier, Kalb und ein geringer Schmalspießer. Aus der Kanzelecke angelte ich mir den Mannlicher und kurz darauf lag der Spießer, die dünnen Spieße kaum lauscherhoch, schlegelnd im Altholz. Die Drixie, die ich unter der Kanzel abgelegt hatte, saß zitternd und laut winselnd auf der alten Lodenkotze. Gerade als ich mir Rucksack und Büchse über den Buckel warf, knallten Muffelschnecken, gleich Pistolenschüssen, vom Moos her. Ich stieg ab und pirschte zuerst zum „Möösl", wie wir das neu entstandene Biotop bezeichneten. Den Schmalspießer konnte ich auch noch etwas später versorgen. Noch zweimal glaubte ich, das Zusammenfahren der Schnecken zu vernehmen, bevor ich auf dem Jagdsteig zur Ansitzleiter pirschte. Vor mir im Wiesenstreifen äste ein größeres Muffelrudel und mitten in diesem Harem kämpften verbissen zwei Widder. Ein Widder war fast kohlschwarz mit einer bräunlichen und knapp angedeuteten Schabracke, während sein Kontrahent der bunten Rasse mit Schabracke angehörte. Immer wieder rumpelten die stolzen Schneckenträger zusammen, ehe der mit einem schneeweißen Sattelfleck versehene Widder den teufelschwarzen Widder in die Knie zwang und dieser über die Moosfläche flüchtete und sich schwer atmend, rasselnd und zitternd unter meinem Sitz nieder tat.

Keine zehn Meter neben der abgelegten BGS Hündin legte der Widder sein Haupt auf den Moorboden. Das Muffelrudel zog in die weit verzweigte Mischwalddickung, dann über die schmale Schussschneise und nur noch das Knacken und Brechen aus der farbenprächtigen Waldkulisse zeugte von der Muffelbande. Mit lautem Geratsche glockte ein Tannenhäher über die Mooswiese, ich freute mich, dass auch die sonst seltenen Bergwald- und Tundrabewohner hier bereits Junge aufgezogen hatten und kurz darauf zog mein schwarzer Teufel zum Weiher und schöpfte auf den Vorderläufen kniend, ausgiebig und lange vom Moorwasser. Erst jetzt konnte ich den Widder genau ansprechen. Es war der klassische Abschusswidder, ein IIB wie man sich keinen besseren vorstellen konnte, kurz gesagt: gut ausgelegte Hornwehr mit sehr starken Schnecken. Nachdem auch dieser Widder eingezogen war, pirschte ich, vorher bekam die Drixi für ihr ruhiges Benehmen eine längere Streicheleinheit, zu meinem erlegten Schmalspießer. Am Wild erklang dann das dunkle Totverbellen der Hündin, wobei sie mit den Vorderpfoten auf dem „Hirschl" stand. Diese Hündin zeichneten ihre Wesensfestigkeit und die eisernen Nerven aus. Einmal flüchteten sechs Frischlinge keinen Meter neben der im hohen Gras abgelegten Hündin vorbei und dabei konnte ich beobachten, wie die Hündin ihren edlen Kopf mit der schwarzen Maske ganz flach auf den Boden legte. „Bist a bravs Hundl", war mein Kommentar. Mit ihrer Mutter zusammen, meiner braven Hella, lag sie auch einmal unter dem Hochsitz und ein bestens veranlagter Rehbock zog im Stechschritt auf Mutter und Tochter zu. Selbst auf mein Anreden hin: „Schleich dich!", war der junge Sechser mit fingerlangen Vorder- und Hintersprossen nicht dazu zu bewegen, die Flucht zu ergreifen. Ja, er war nur auf die Hunde fixiert, die ihre dunklen Seher jedoch nur erstaunt verdrehten, und ich konnte mit der Videokamera diese Szene auch noch festhalten.

Ich verständigte dann vom „Jagahäusl" aus einen Jagdgast, der aus dem Allgäu auch sofort anreiste. Am nächsten Morgen saßen wir schon frühzeitig auf unserer hohen Warte. Heute dauerte es wesentlich länger, bis sich die Morgennebel verflüchtigt hatten. Aus der Nebelsuppe heraus glaubte ich das Zusammenfahren von Muffelschnecken zu vernehmen. Endlich stach die Morgensonne durch das dumpf brütende und schwer bleierne Nebelgebräu, und die Mooswiese lag unberührt jungfräulich vor uns. Auf einer hochschäftigen Kiefer, die als Samenbaum stehen gelassen wurde und nun einsam verlassen und ausgetrocknet inmitten ihrer zahlreichen Nachkommen stand, turnten und ratschten die Eichelhäher. Immer wieder äugte einer der neugierigen und auch warnenden Markwarts zu uns runter. Auf einmal brauste es in den Lüften, aus dem Sausen und Brausen heraus glaubte ich den Spektakel von Stockenten zu vernehmen und dann fielen sie ein. Es war ein gehöriger Schof Stockenten, die nun am Ufer entlang grundelten, schwätzten und schmatzten. In einer Purpurweide turnten Sommergoldhähnchen und dazwischen eine geschwätzige Kohlmeisenbande. Es war so lustig anzusehen, wie sie sich auch stritten und Brust an Brust in der Luft sich balgten. Dazwischen kreischten immer wieder warnend die Häher. Ich ermahnte meinen Jagdgast, jetzt ja keine voreilige Bewegung zu machen, denn die „Häher-Polizeitruppe“ hat fast auf jeder Feder ein Auge. Nun konnten wir aber dann ganz deutlich das Schlagen von Muffelschnecken vernehmen und im nächsten Augenblick standen an der Stocksulze mehrere Muffelschafe und ein ganz anderer Widder als die beiden tags zuvor geschauten Schneckenträger. Auch dieser Widder konnte, sobald er von der Sulze weggezogen war, erlegt werden. Weder ich noch ein Jagdgast hat jemals in meinem Dienstrevier an der „Sulze“ ein Stück Schalenwild erlegt. Kaum waren die Mufflon weggezogen, sackte der Widder, ich hatte richtig angesprochen, denn er war sechsjährig, wie ein Kartenhaus mit dem Einschlag der 308 Win. in sich zusammen und das Zittern des kleinen Wedels war das untrügliche Zeichen, dass er die große Reise in sorgenlose, von Wintersnöten befreite Regionen angetreten hatte. Bald darauf verkündete die Drixie mit hoch erhobenen „Köpferl“ das Ende des Widders. Da ich in diesem Jahr einen IIB Widder zum Abschuss frei hatte, wollte ich es auf den begehrenswerten Schneckenträger selbst probieren. Zwei Tage darauf saß ich wieder auf dem Fichtensitz. Im ersten Morgenlicht zogen zwei Alttiere mit ihrem heurigen Nachwuchs, ich konnte es mehr erahnen als ansprechen, durch die Wiese zum Weiher, nahmen ein plätscherndes

Moorbad und zogen hinter mir in die zusammengewachsene Mischwaldkultur. Wie tags zuvor dauerte es auch heute etwas länger, bis die Nebelelfen, Spinnweben gleich, sich im Morgenlicht verflüchtigt hatten. Auch heute lag die Mooswiese wildleer vor mir. Am Weiher bildeten sich öfter Wasserkringel, Esox war auf der Jagd nach Rotauge und Rotfeder. Immer wieder sprangen die kleinen Fische über das Wasser und dennoch erjagte der pfeilschnelle Wasserjäger seine Beute, die im weit aufgerissenen Hechtmaul verschwand. Schon lange war der Tag angebrochen und ich wollte gerade abbaumen, als am Rande der Dickung eine zaundürre Rehgeiß sichernd stand. Im nächsten Moment stand neben der misstrauischen Geiß ein ganz geringes Bockkitz. Heute hatte ich meine Ferlacher Bockbüchsflinte dabei. Langsam zog die Geiß in Richtung Weiher und damit in den verantwortbaren Schussbereich der Brenneke. Auf 30 Meter setzte ich dem geringen Kitz das Flintenlaufgeschoss hinter die Blattschaufel. Ja, ich sah den Einschlag des schweren Bleibatzen und im nächsten Augenblick brach auch die Rehgeiß, sie wollte gerade abspringen, von der 6,5x57 R getroffen, in ihrer Fährte zusammen. Auch heute stand die Drixie auf ihrer Beute und verkündete dem großen Wald den erfolgreichen Jagdgang. Es war für mich immer eine enorme Befriedigung, wenn ich so passendes Wild, ohne Todesangst der Kreatur, schmerzfrei erlegen konnte. Beim Griff in den Äser fand ich nur noch platt geschliffene und lückenhafte Zahnstummel und das Öffnen des Beckens konnte nur noch mit der kleinen Taschensäge bewerkstelligt werden. Ich schätzte das Alter der „Goaß“ auf weit über zehn Jahre. So ein „Jagern“ entspricht meiner Anschauung.

Nun ließ ich es einige Zeit gut sein und suchte 14 Tage die Mooswiese nicht mehr auf. Anfang Dezember, die erste Neue bedeckte den großen Wald, pirschte ich, vorher hatte ich fünf Ansitzjäger an den Kirrungen auf Kanzeln eingewiesen, zu Weiher und Mooswiese. Am Parkzaunrand saß Freund Rolf Wenig an, während ich völlig lautlos durch die weiße Pracht pirschte und mich auf dem Sitzbrett niederließ, welches ich vorher, ehe ich den unverwüstlichen Filzfleck als Sitzunterlage auslegte, vom fingerhohen Neuschnee befreit hatte. Die Ränder des Weihers waren schon mit einer dünnen Eisschicht bedeckt. Zahlreiche Fährten standen um den Weiher und auch das Schlagen mit den Läufen nach Äsung konnte ich zweifelsfrei feststellen. Es war ein herrlicher Frühwinterabend und die Schneekristalle glänzten im Schein der untergehenden und müde gewordenen Abendsonne. Ich sinnierte so vor mich hin, als auf einmal ein einzelnes Muffelschaf mit seinem sehr starken Widderlamm über die Schneise zur Salzlecke zog. Hier gab es nichts zu ernten, denn das Schaf war sehr stark im Wildbret und sein Zögling hatte bereits lauscherhohe Stummel geschoben. Auf der Wildwiese hatte ich am frühen Morgen etwas Silage ausgebracht und genau dorthin führte der Weg von Mutter und Kind. Ich hatte gerade wieder Schaf und Lamm im Sehfeld meines 7x42 Leitz-Glases, als mich aus den Augenwinkeln heraus eine Bewegung blendete. Und dann kamen sie – die Muffelwidder. Es waren fünf Widder allen Kalibers, bloß der gesuchte und auch begehrte Altwidder war nicht dabei. Friedlich standen die Neubürger, das Muffelwild wurde kurz vor dem Krieg und dann später zu Blutauffrischung noch mal eingebürgert, am Silagehaufen. Es war ein phantastischer Anblick. Bei einem Widder hingen Eiszapfen in seiner weit herunter wallenden Bartmähne und immer wieder schüttelte er den Träger, um die störende Last loszuwerden. Vom Parkrand her hörte ich die ersten zwei Schüsse in schneller Folge. Aha – Freund Rolf! Dann fielen noch mehrere Schüsse, ehe sich die Dämmerung über den großen Wald legte. Kurz bevor ich abstieg, am Abendhimmel glänzten die ersten Sterne, stand am Rande der Dickung noch ein Widder. Ich konnte das Glas drehen, wie ich wollte, diese unbewegliche Standsäule konnte ich beim besten Willen nicht ansprechen. Mit dem Blinken der Sterne und einem purpurrot gefärbten Abendhimmel, es war ein kaum zu glaubendes Naturschauspiel, stieg ich ab. Der Weg führte mich zum ersten Ansitzjäger. Dieser hatte eine Überläuferbache erlegt. Bald darauf rollte der Wagen zum nächsten Jagdkameraden, auch er hatte Waidmannsheil gehabt, vor ihm auf der Straßenböschung lagen zwei Frischlinge und innerhalb einer kurzen Zeit konnte ich alle Ansitzjäger abholen und das Erfreuliche dabei war, dass jeder der Jagdkameraden zu Schuss gekommen war und nichts Verkehrtes auf der Strecke lag.

Wir hatten gerade das Wild am Rechen vor dem „Jagahäusl" versorgt, als auch noch Freund und Vorbild Rolf zu uns stieß. Nochmals spannte ich den Anhänger ein, denn der Rolf hatte ein geringes Kalb und ein uraltes Stuck erlegt. Mit Stolz zeigte er uns die blank geschliffenen und leicht marmorierten Grandln. Es war für mich immer erfreulich, wenn ich andere Waidkameraden, sowohl auf Sau als auch auf Rot- und Rehwild und Mufflon, am Abschuss mit beteiligen konnte. Dass dabei auch Geld in die Staatskasse floss, sollte nicht unerwähnt sein. Mit Hurraxdax ging es Kopf über Arsch zum Kirchenwirt. Und dann begann ein Erzählen und auch das „Jagalatein" kam dabei nicht zu kurz. Es wurde ein etwas längerer Abend, ehe der Rolf und ich unsere Behausung aufsuchten und im „Jagahäusl" das Licht löschten. Noch mehrmals suchte ich das „Möösl" auf, aber der stolze Schneckenträger ließ sich nicht mehr ansprechen. Ich strich den Widder aus meinem Gedächtnis und erlegte am Kreuz einen sauberen IIB Widder, dessen edle Schnecke sechs Jahresringe schmückte.

Wieder war ein Jahr ins Land gezogen und der Kreislauf der Jagd und der Natur forderten von mir weiterhin einen enormen Einsatz. Anfang August, die Blattzeit war im vollen Gange, saß ich auf einer ganz versteckten Kanzel in der Nähe vom „Möösl". Neben mir saß meine Frau und ich erzählte ihr von dem vergeblichen Ausschauhalten nach dem Widder im letzten Jahr. Mehrmals zeterte ich das Angstgeschrei der getriebenen Rehgeiß in den frühen Abend hinein. Meine Frau gab mir einen leichten Stupfer, denn keine 50 Meter neben uns zog der gesuchte und bereits vergessene Widder mit erhobenem Haupt durch das Altholz, dabei brockte er mal hier und mal dort von der wuchernden Schlagflora. Und ich hatte keinen Widder frei! Beide grinsten wir so vor uns hin. Ja, so ist die Jagd und es ist gut so. Auf einmal drehte sich der Widder und äugte zurück. Genau auf seiner Fährte hetzte mit schmetternden Läufen der Waldfürst Rehbock heran. Nach einer Vollbremsung, anders kann man das mit vorgestreckten Läufen und unter erschrockenem Gesichtsausdruck vollzogene Benehmen nicht deuten, sprangen sowohl der Rehbock als auch der Widder in wilder Panik ab. Meine Frau und ich schauten uns ganz verdutzt an. Nochmals fiepte ich zum schmalen Fichtenstreifen und daraus schob sich dann ein Knopfbock. Hier gab es nicht viel zu überlegen. Donnernd fuhr die Kugel aus meinem alten Mannlicher und ich hatte einen Laufschuss produziert. Noch mehrmals führte ich Jagdgäste, in der Hoffnung den Widder zu erjagen, zum Möösl. Es wollte und es sollte einfach nicht klappen.

Ein sehr strenger Winter zog ins Land und wir Berufsjäger und Förster waren mit dem Beschicken der zahlreichen Fütterungen und Kirrungen vollauf beschäftigt. An einem recht stürmischen und bitterkalten Winternachmittag saß ich mit einem Jagdgast in einem Fichtenaltholz auf einem ganz versteckten Bodensitzerl. Ein halbes Jahr vorher, ich war beim „Kahlwildjagern", strich aus dem gegenüberliegenden Altholz ein schwarzer Schatten über die Schneise. Am Rande der Schneise klappte dann ein Schwarzstorch seine Schwingen zusammen. Ich brachte zuerst mein 7x42 nicht von den Augen. Dann kramte ich mein Spektiv aus dem Rucksack und konnte mich fast nicht satt sehen an diesem wunderbaren Waldvogel. Sein ganzes Gehabe und sein hochnäsiges Auftreten erinnerte mich an einen Frack tragenden Ober mit roter Schleife. Mehrmals stieß er dabei blitzschnell zum Waldboden, ehe eine Maus gefangen und verzehrt wurde. Ich hätte jubeln können vor lauter Freude. Später konnten wir auf einer hohen Fichte den Horst und dann auch noch Jungvögel beobachten.

Weite Schneefahnen zogen über das Altholz und man konnte das Wachsen der Schneehöhe genau verfolgen. Ein stark angenommener, nun aber verschneiter Wildwechsel führte durch das Altholz in eine bestens gelungene Mischwalddickung. Der Eiswind trieb Buchenblätter, gleich einer Walze, vor sich her, dem Einstand zu. Auf der linken Seite des Altholzes hatte ich eine Schwarzwildkirrung eingerichtet. Am zeitigen Morgen war ich schon auf den Läufen, um dem Wild über die Notzeit zu helfen. Die Kirrungen mussten genauso versorgt werden wie unsere Hochwildfütterungen. Gerade jetzt waren wir Berufsjäger am meisten gefordert: Fütterungen, Kirrungen, Jagdgastführungen, Abschusserfüllung. Es gab manchmal wochenlang keinen freien Tag, denn auch am Samstag und am Sonntag hat das Wild Hunger. Es war zwar eine sehr harte, aber doch auch sehr schöne Zeit. Am frühen Morgen war ein Muffelrudel über eine Forststraße gezogen und dabei glaubte ich den gesuchten Widder ins 8x56 Glas bekommen zu haben. Die Sicht wurde immer schlechter, ja diesiger, denn der stürmische Ostwind mit seinen kalten Eis- und Schneefingern fegte einen Schneeschauer nach dem anderen auf das Fichtenbauholz hernieder. Selbst unter den hochgestellten Mantelkragen kroch die mit Schneekristallen durchsetzte Eisluft und auf unseren Hüten zeigten sich bizarre Eis- und Schneegebilde und unsere Haare waren eingepackt von einer Eis- und Schneeschicht. Dabei fiel mir ein Steirische Volkslied ein: „Über Tauern tuats schauern, geht a eiskalter Wind und s'Diandl tuat trauern, weil da Bua nimma kimmt." Und diese Lied münzte ich nun um in: „Im Park da tuats schauern, geht a eiskalter Wind und da Jaga is sauer, weil da Widder net kimmt." Immer wieder deutete meine BGS Hündin, ich hatte sie zusammen mit der Büchse unter den weiten Lodenfleck genommen, laut einatmend, den Wind richtig einsaugend zur anschließenden Mischwalddickung. Die Neuaufforstung mit einem reichlichen Laubholzanteil war bestens gelungen. Gerade war wieder eine stürmische Schneewand über Dickung und Altholz gezogen, es war alles andere, nur nicht gemütlich in unserer Hock, als am Rande der Dickung ein Muffelschaf stand und ständig zu uns heräugte. Kaum eine Wildart äugt so treffend und auch impertinent wie die Wildschafe. Endlich zog das Rudel ins Altholz. Es war ein starkes Rudel, mehrere Schafe, Lämmer und Widder zogen vor unserer Naturbühne durch den Neuschnee. Immer wieder musste ich das Glas von Schnee und Beschlag abwischen. Gerade als ich das Glas wieder mit dem Zipfel der Lodenkotze abgewischt hatte, zog ein einzelner Widder, es war ein Nachzügler, durch die dicke Brombeerenhecke. Es war der gesuchte Widder. Schwer atmend und doch etwas lauter schnaufend brachte mein Gast seinen Sauer Drilling an die Wange. Scheibenbreit äugte der Widder, er musste etwas vernommen haben, zu uns her. „Mein Gott, warum schießt er denn nicht endlich?" Gerade als der Widder zur Flucht ansetzen wollte, schlug das Projektil der 7x57R unter dem Widder im Brombeerenverhau ein. Bei der anschließenden weitgreifenden Flucht glaubte ich von der eiszapfenbedeckten Mähne ein Klirren und Klingeln wie von Pferdeglocken zu hören. Natürlich untersuchte ich anschließend die Fluchtfährte und den Einschlag der Kugel, der Widder war gefehlt und ich stocksauer und auch sehr enttäuscht. Die Sprüche, die mein Gast vor der Führung von sich gegeben hatte, und das Ergebnis jetzt waren absolut gegenseitiger Natur. Natürlich war alles andere schuld am Versagen, nur nicht der Steuermann. Wir stiegen aus unserer Hock und zogen heimwärts. Am nächsten Morgen, über Nacht hatte es aufgehört zu schneien, untersuchte ich nochmals die Fährte. Gerade als ich durch den Neuschnee zum Anschuss stapfte, blendete mich ein Wischer von den Brombeeren her. Das Muffelrudel war am Einziehen und mitten im Rudel zog der Widder. Mehrmals äugten die Wildschafe zu mir her, um dann in der Dickung zu verschwinden. Am Abend saß ich mit meinem Jagdgast, er war jetzt schon etwas kleinlauter, an der Altholzhock. Über die tief verschneite Dickung zog in majestätischen Kreisen ein Mäusebussard. Wie oft suchten mich die „Mausgeier", wenn ich einen Schuss abgegeben hatte, auf. Wussten sie doch, dass nun hier etwas für sie abfallen würde. Ganz langsam wich der Tag der Nacht, der Übergang vom Tag zur Vollmondnacht war fast stufenlos. Auf dem Wechsel zogen mehrere Stück Rotwild, Alttiere, Kälber und geringe Hirsche, in Richtung Fütterung. Im letzten Tageslicht schob sich die Muffelschar ins Freie. Der gesuchte Widder war nicht dabei. Wir stiegen aus unserer Hock und pirschten zum Geländewagen. Kurz bevor wir den Wagen erreichten, zog über die Forststraße der Widder. Ganz deutlich konnte ich die dicke, aber kurze Wehr des Widders ins Glas nehmen. Ich deutete auf meine Schulter. Mehrmals zog der Waidmann zitternd die Luft ein. Unbeweglich stand auf ca. 50 Meter der Widder und äugte zu uns. Im nächsten Moment donnerte der Schuss aus dem Sauer Drilling. Nach kurzem Verhoffen und Heräugen flüchtete der Widder über die Straße zurück in den Einstand. Er war wieder gefehlt. Ich konnte nichts mehr sagen, denn sonst wäre ich explodiert. Die Drixi untersuchte den Anschuss, schüttelte sich, als wenn sie sagen wollte, was soll ich denn hier suchen, und wir stiegen in unser Gefährt. Es war das letzte Mal in diesem Jahr, dass ich den Widder sah. Zwei Tage darauf brachte ich den „Waidmann", als solchen bezeichnete er sich selber, endlich erfolgreich zu Schuss. Kaum waren wir am „Jagahäusl", wurden dann die Sprüche wieder größer und die Entfernung bei der Schussabgabe immer weiter. Ich war, um ehrlich zu sein, froh, den Spruchbeutel endlich losgeworden zu sein.

Der lange und harte Winter ging auch wieder vorbei, die Stare und Bachstelzen kamen vom Winterurlaub aus südlichen Gefilden zurück, und von hoher Warte sang die Singdrossel ihr melodisch klingendes Brautwerben, gleich einer wunderschönen Altstimme, in den sich rosarot färbenden Abendhimmel. Auf dem First des Futterstadels trippelte und wippte die Bachstelze, und vom Altholz her gurrte die heimgekehrte Ringeltaube. Der ganze Wald war nun ein Singen und Klingen, ein Zwitschern und Trillern, ein Balzen und Raufen. Ich radelte die Schubkarre zum Futterstadel, ich war beim Säubern des Futterplatzes richtig ins Dampfen und Schwitzen gekommen, als über die schmale Wegschneise mehrere Widder zogen. Längere Zeit äugten die sehstarken Widder zu mir her, ehe sie ins anschließende Altholz zogen. Ich holte aus dem abgestellten Geländewagen das Jagdglas und pirschte die Straße rauf. An einer Wegausbuchtung verdrückte ich mich hinter den dicken Stamm einer Fichte. Im Altholz ästen die Widder vom ersten zarten Grün. In aller Ruhe konnte ich die eingebürgerten Korsen, hier überlebten die spärlichen Reste das gnadenlose Gemetzel und von dort wurden sie auch wieder in vielen Revieren ausgesetzt, ansprechen. Mitten im kopfstarken Rudel äste der gesuchte Muffelwidder. Beim Eintreten der Dämmerung schlich ich einem Indianer gleich zum Jeep zurück.

Wieder war ein neues Jagdjahr angebrochen und in Gedanken steckte ich mir den Erlegerbruch hinter das Hutband, denn ich hatte einen starken Widder zum Abschuss frei bekommen. Ich pfiff aber auf den starken Widder, der Widder mit den dicken Schnecken war mir allemal lieber! Ja, er war was Besonderes. Kurz nachdem die Hirsche ihre Hochzeitsstiefel wieder ausgezogen hatten, wollte ich es auf den Traumwidder versuchen. Am Moorwieserl hatte ich eine neue Kanzel errichtet und an einem sehr sonnigen Spätherbsttag saß ich auf der Kanzel. Unter dem weiten Baldachin einer mächtigen Fichte zog das Muffelrudel aus. Ich traute meinen Augen kaum, aber bei diesem Rudel

stand ein alter Widder mit einer bösen Laufverletzung. Hier konnte ich, hier durfte ich nicht zuschauen. Mit dem Einschlag der bewährten 6,5x57R aus meiner Sonntagsbüchse, meinem Ischlerstutzen, brach der Altwidder in der Fährte zusammen. Ich hatte einen neunjährigen starken Widder erlegt. Beim Drehen des Wildkörpers auf die linke Seite entdeckte ich einen alten und noch nicht verheilten Laufbruch. Es war ein offener Bruch, denn aus einem kleinen Loch sickerte noch Eiter. An der Hütte wartete bereits Freund Ernst Wagner, der bei uns einen Jagderlaubnisschein besaß, auf mich. Nun sollte es der „Ernstl" auf den dickhornigen Widder probieren, mir war es leider nicht vergönnt. Anfang November, die Widder tanzten auf den Brunftplätzen, saß ich an einem Morgen am Kreuz einer markanten Geräumtschneise. Auch heute kochte der Gamshüter, wie im Berg der Nebel bezeichnet wird. Durch das Altholz bummelten Muffelschafe und Lämmer und den Abschluss bildeten mehrere Widder und mit dabei, der Dickhornige. Immer wieder knallten Schnecken aufeinander. Nachdem die Schar eingezogen war, eilte ich los, um den Ernstl zu verständigen. „Mensch Ernst, setz dich sofort in den anschließenden Schlag, der dickhornige

Widder feiert hier Hochzeit." Der Ernst fuhr zum Schlag. Ich beschickte in der Zwischenzeit die Kirrungen und auch bereits die Fütterungen mit besonderen Schmankerln, das Wild sollte ja wissen, dass es hier etwas zum „Schnabulieren" geben würde, sobald der Winter Einzug hielt. Gerade hatte ich an einer Kirrung Mais ausgebracht, da glaubte ich weit weg einen Schuss vernommen zu haben. Es war Mittagszeit, vom Dorf her vernahm ich das Angelusläuten, als ich am „Jagahäusl" aus meinem Frontera stieg. Im nächsten Moment bog der Ernst zum Häusl rein. Etwas blass um die Nase berichtete er vom Erlebten: „Du Koni – i hab auf den Widder gschossn, aber i find ihn net, kumm bitte mit da Drixl." Wir fuhren wieder ins Revier und zogen zum Anschuss. Bei der Fahrt erzählte der Ernst der Drixi, dass sie nun unbedingt den Widder suchen und auch finden müsse. Die Drixi liebte den Ernst über alles, war sie doch bei ihm, wenn ich etwas anderes zu tun hatte, gern gesehener Kostgänger. Nachdem der Ernst die Kanzel bestiegen hatte, wies er mich am Anschuss ein. Kaum hatte ich der Hündin die Schweißhalsung angelegt, umrundete Drixi die Walstatt. Jede Fährte

wurde gründlich untersucht und es dauerte doch eine gewisse Zeit, ehe sich der Schweißriemen spannte. Mit tiefer Nase lag die erfahrene Hündin auf der Wundfährte. An einem Brombeerblatt verwies die Hündin den ersten Schweiß. Über Stock und Stein und über umgestürzte Baumleichen führte uns die Drixi zum längst verendeten Widder, der trotz eines guten Schusses noch ca. 120 Meter geflüchtet war, ehe ihn die Kräfte verließen. Es war für mich, obwohl ich gerade diesen Widder gerne selbst erlegt hätte, auch ein sehr bewegender Augenblick, dem Freund den Erlegerbruch auf meinem abgewetzten und in Ehren ergrauten „Jagahuat“ zu überreichen. Noch nie wurde bei einem der Parkwidder so ein enormer Basisumfang festgestellt. Am Abend gesellte sich dann der Maier Sepp, der für eine Gaudi immer zu haben war, zu uns. Auch hier im Gasthäusl des Tennisparks kreiste dann, wie in der Alten Wurzhütte droben am Spitzingsee, der Humpen und es war eine gewaltige „Lacke“, die wir verdrückten.

Jagderlebnis
Mein lieber Mannlicher

Diese Geschichte ist eine Liebeserklärung an ein Gewehr.

Vor gar nicht allzu langer Zeit bist du dorthin, wo du hergekommen bist, zurückgekehrt. Aber lass mich von dir und mir und unseren gemeinsam verbrachten spannenden Tagen, ja Jahren erzählen.

Immer wieder, ich kann mich noch sehr gut erinnern, denn ich horchte mit offenem Mund den Erzählungen meines Vaters und seiner Brüder, dem Onkel Wast und dem Onkel Hans so gerne zu, fiel das Wort *„da Mannlicher"*. Ich hatte dann sehr schnell herausgefunden, dass hier in besonders liebevoller Weise von dir, dem legendären Repetierer gesprochen wurde. Ja, du musstest etwas Besonderes sein, denn in den Erzählungen der drei Brüder kam selten eine andere „Bix" so oft vor wie du. Wie ich dann etwas später erfahren konnte, hattest du eine besondere Odyssee hinter dir.

Eingelagert

Recht klugen Leuten war nach Kriegsbeginn sehr bald klar, dass das so genannte Dritte Reich trotz versprochener Wunderwaffen nur von kurzer Dauer sein würde. Ein Büchsenmacher aus München suchte, bevor die feindlichen Truppen deutsche Lande besetzten, den Onkel Wast auf und bat ihn, eine große Zahl wertvoller Jagdgewehre zu „überwintern", also vor dem Zugriff der einmarschierenden Truppen zu bewahren. In zwei großen Stahlfässern wurden drei Dutzend Jagdwaffen eingelagert und auf dem Hof bzw. der weitläufigen Tenne unter Heu und anderen Dingen, derer von Esterl versteckt. Aus diesen eisernen Beständen stammtest du also.

Ich sehe es noch wie heute, wie der Vater vor dem aufgebrochenen Waffenschrank stand, als wir nach Beendigung des Krieges heimkehrten. Alle seine wertvollen Waffen waren verschwunden.

Bei einem Gespräch mit dem Onkel Wast erfuhr ich dann auch den Weg deiner Rettung, mein lieber Mannlicher, denn so kamst du nach Bad Wiessee. Wider das Verbot des Vaters – ich wusste ja genau, wo der Waffenschrankschlüssel aufbewahrt wurde – holte ich dich aus deinem dunklen Verließ, streichelte über deine schon etwas abgegriffene Fischhaut an Pistolengriff und Vorderschaft und schaute immer wieder durch das Zeiss-Zielvisier. Ja, ich schwor mir, dass auch ich einmal Jäger sein und mir dann einen „Mannlicher Schönauer" zulegen würde.

Einmal, ich kann mich noch sehr gut an die Abreibung erinnern, die mir der Vater verpasste, hab ich dich sogar gespannt, d. h., ich habe den leicht gängigen Verschluss geöffnet und durch das offene Fenster einen Zaunstempen ins Visier genommen. Gott sei Dank war keine Patrone in der Kammer, denn sonst hätte es unweigerlich „getuscht": Ich bekam und das war die schlimmste Strafe, die mir passieren konnte, drei Wochen „Jagdverbot" zu einem saftigen Arschversohlen. Selbst der Kurzhaardackel, der Lumpi, mein treuester Freund, kroch, bevor es bei mir bzw. bei meinem Hinterteil gewaltig einschlug, mit seinen kurzen, krummen Beinen unter mein Bett. Er ahnte sicherlich, was jetzt passieren würde, denn auch der Lumpi hatte schon einige Male vom Vater ein paar Hiebe mit der Zeitung wegen seiner Streunerei bekommen.

In meiner Not brüllte ich so erbärmlich laut, dass die Mama Erbarmen hatte und dazwischen ging. Du, mein lieber Mannlicher, lagst auf der Kommode in deiner kühlen Schönheit und ich glaubte, dass du mir durch das Zielfernrohr „zugeblinzelt" hast. Als Strafe musste ich sofort ins Bett. In den nächsten Tagen wurden die Mahlzeiten kniend oder stehend eingenommen, denn beim Sitzen spannte der Allerwerteste doch noch sehr spürbar.

Aber trotzdem – oder gerade deswegen – sah ich mich in meinen kühnsten Träumen durch den Bergwald pirschen, und du, eleganter Mannlicher Stutzen, lagst auf meinem Rücken. Wie verächtlich sprachen manche Jäger von deinem Innenleben bzw. von deinem kleinen Kaliber 6,5x54. Jedoch habe ich niemals beim Vater erlebt, dass du ihn im Stich gelassen hast. Die Wirkung deiner Patronen bzw. deines Kalibers hat die Falschaussagen über dich bald Lügen gestraft. Selbst in den

Karpaten wurden deine Brüder, im gleichen Kaliber, auf den schweren Karpatenhirsch mit Erfolg geführt.

Lehrjahre

Die Zeit der Kindheit ging doch schneller vorbei, als ich dachte, und aus dem Knaben wurde langsam ein Mann. Natürlich hatte ich immer die Jagd im Kopf, doch zuerst musste ich, wie meine Brüder, eine berufliche Ausbildung machen. Bei uns herrschte noch das „patriarchalische" System, wir mussten den Beruf erlernen, den der Vater ausgesucht und für richtig empfunden hatte. In einem berühmten Hotel in Rottach-Egern erlernte ich somit den Beruf des Kochs. Es war, um ehrlich zu sein, eine schlimme Zeit für mich. Die Hektik dieses Berufes – ja, ich bezeichnete diese Arbeit als ein Martyrium – war für mich fast eine Zumutung.

Jede freie Minute sah mich am Berg und bei den Rottacher und Kreuther Jägern. Und auch hier sah ich eines Tages einen deiner Brüder an einem hölzernen Zapfen der Jagdhütte hängen. Und auch hier durfte ich den Mannlicher in Händen halten und durch das Zielvisier schauen.

Die Lebensschleife führte mich – ich hatte die Gesellenprüfung als Koch mit Erfolg, jedoch ohne Herzblut abgelegt – in den Schwarzwald. Endlich konnte ich etwas lernen, das mich schon von frühester Jugend an fasziniert hat. Ich setzte mich also aufs Hosenleder und büffelte für die Jägerprüfung. Nach bestandener Jägerprüfung hatte mein Vater, der sehr wohl von meiner Begeisterung für den Mannlicher wusste, eine besondere Überraschung für mich parat. Er gab mir den Mannlicher in die Hand und erklärte, dass dieser von nun an mein sein sollte. Wie stolz ging ich in den Berg, und du lagst auf meinem Rucksack.

Feuertaufe

Noch sehr gut kann ich mich an eine pfundige Pirsch in den Schwarzwaldbergen erinnern. Eine Woche hatte es schon wie aus Kübeln geregnet, und ich stand schon mehrere Tage am Herd und sehnte den freien Tag herbei. Endlich war es so weit. Es tropfte immer noch auf das Dach des Schwarzwald-Hotels, als ich am frühen Morgen aus dem Bett meiner kleinen, aber feinen Kammer stieg. Für mich gab es kein schlechtes Wetter, sondern nur schlechte Kleidung. Mit dem zuständigen Oberforstmeister Wolfgang Binder hatte ich mich zu einer Frühpirsch verabredet. Weit spritzte das Regenwasser unter den Reifen des unverwüstlichen VWs Ich angelte dich, meinen lieben Mannlicher, vom Rücksitz des Käfers und pirschte in die steilen Hänge des „Kühl Brünnerle". Bei einem halb zusammengefallenen Schafstall setzte ich mich unter das schmale Dach. Gegenüber zog sich der mit Alttannen bestockte Berg steil bergauf. Das Dach der Schafhütte war an den meisten Stellen schon sehr undicht, jedoch fand ich einen passenden Platz, wo ich es aushalten konnte. Immer wieder trieb der Wind eine Wasserfontäne nach der anderen über das Dach und den Berg. In meine Lodenkotze eingehüllt, saß ich aber einigermaßen trocken. Auf einmal, von einer Minute zur anderen, setzte der Regen aus und mir gegenüber zog ein roter Fleck durch die Himbeerstauden. Auf den Knien aufgelegt konnte ich den Bock dann endlich ansprechen. Vor mir äste in den Stauden und im Graben ein uralter Bock, der nur noch ein verkümmertes „G'wichtl" trug. Unter meiner Lodenkotze holte ich dich, meinen Mannlicher heraus, zog den Mündungsschoner herunter, und dann lag die „Bix", am Bergstock angestrichen, an meiner rechten Wange.

Mit dem Einschlag des Zehn-Gramm-Geschosses rutschte und kugelte, überschlug sich und walkte der Altbock zu mir herab. Ja, du hattest deine erste Feuertaufe mit mir mit Bravour bestanden. Nach der roten Arbeit, der Altbock hatte ein gehöriges Gewicht, stieg ich zur Forststraße rauf.

Erste Gams

Gerade als ich durch das regennasse Gras „watschelte", glaubte ich, einen Gamspfiff gehört zu haben. „Da hast dich halt richtig getäuscht", war mein erster Gedanke. Im nächsten Augenblick hetzte und stampfte, pfiff und flüchtete ein einzelner Gams durch die nasse Wiese, blieb noch zweimal verhoffend stehen, um dann im steilen Altholz des „Kühl Brünnerle“ zu verschwinden. Ich hätte jubeln können vor lauter Freude und Begeisterung. Ich hatte als Erster die langsam einwandernden Gams im Schiltachtal, vom Feldberg kommend, entdeckt. Der Forstmeister kannte den Rehbock auch nicht.

Als ich ihm – er war wie ich ein Kind der Berge und ein großer Freund des Bergwildes – vom Anblick der Gams erzählte, verabredeten wir ein absolutes Schweigen über das Vorhandensein der Gams. Natürlich legte ich eine Salzlecke in einem wilden Graben des „Kühl Brünnerle“ an, und sie wurde angenommen. Immer öfter wurde ich eingeladen, und immer wieder wurde dein feines Äußeres bestaunt. Ja, selbst beim Hegeringschießen standest du deinen Mann, denn wir zwei wurden Erste. Einige Böcke, vor allem Knopfer, konnte ich mit deiner Unterstützung erlegen. Wir zwei wurden ein eingeschworenes Team.

Untreue

Es gab damals eine Zeit, da war ein Repetiergewehr gerade nicht sehr schicklich. Auch das Kaliber entsprach nicht mehr den von der Jagdpresse so sehr propagierten schnellen Patronen. Natürlich glaubte auch ich, mit dem Zeitgeist gehen zu müssen, und da ich gut verdiente, legte ich mir eine Ferlacher Bockbüchsflinte zu. In meiner kleinen Jagd- und Schlafstube stand dann eine elegante Ferlacherin, im Kaliber 7x57 R. Natürlich musste ein größeres Zielfernrohr auf die mattschwarze „Bock“ montiert werden und du, mein treuer erster Jagdbegleiter, hingst dann etwas traurig am hölzernen Zapfen, unter Rucksack, Wettermantel und Jagdglas. Nun führte ich also die Ferlacherin in den steilen Bergen des Schwarzwaldes. Zur vollkommenen Ausrüstung legte ich mir noch eine Gebirgsschweißhündin zu.

Das Ganze hatte einen wohldurchdachten Hintergrund. Da ich mich stets mit dem Gedanken trug, Berufsjäger zu werden, ließ ich mich in die Warteliste für Berufsjägerlehrlinge eintragen. Nach einem halben Jahr bekam ich endlich die schriftliche Zusage, meine Lehrzeit zum Berufsjäger im Zugspitzmassiv anzutreten.

Meine BGS Hündin, Hella die Erste, begann mit mir zusammen die Ausbildung zum firmen Nachsuchenspezialisten. Nun warst auf einmal wieder du, mein lieber Mannlicher, gefragt. Die feine Ferlacherin war für den schweren Berg einfach zu schade.

Zu Langsam

Mein Lehrherr, Oberjäger Lorenz Karl führte auch einen Mannlicher, allerdings mit der wesentlich schnelleren *6,5x57*. Um eine schnellere Laborierung zu erreichen, fuhr ich mit meinem „Schnauferl“, einer 250 DKW zu Oberjäger Sepp Lang nach Trauchgau. Der Sepp war nicht nur ein Experte für die BGS, sondern auch ein Ass für Patronen und Laborierungen. Er setzte ein etwas kleineres Geschoss auf die Messinghülse, steigerte auch die Pulverladung. Auf seinem Schießstand in den Trauchgauer Bergen schritten wir dann zur Tat, denn Einschießen war angesagt. Mit bewundernden Blicken überzeugte sich der Sepp, dass du, mein lieber Mannlicher, die Neulaborierung bestens verdautest. „Sapralot“, sagte der Sepp in seinem lustigen Allgäuer Dialekt, „des G’wehrle schiaßt ja prima zamm.“

Wieder am Berg

Mit meiner Hella, ich hatte statt des Sozius eine Holzkiste auf das Motorrad montiert, fuhr ich wieder dem Werdenfelser Land zu und stieg noch am späten Nachmittag zur Riffelriß, dort wo die Zugspitz-Zahnradbahn in den Berg einfährt, zur Seealmhütte auf. Am nächsten Morgen kroch ich aus meinem „Hüttenkreister“, stieg in die grobgenagelten Bergschuhe und pirschte beim Schimmern der Sterne zum Latschenfeld unterhalb der Riffelriß auf. Ich hatte wunderbar geschlafen und im Traum war ich schon am Berg gewesen.

Als ich dich vom Holzzapfen der Hüttenwand angelte, hatte ich das Gefühl, als würdest du mir zuzwinkern. So strich ich mit feiner Hand über den edlen Schaft und den extra angebrachten Fingerhaken, den mir der Lang Sepp noch anmontiert hatte.

„Da kannst dei Büchsle besser herhola“, hatte mir der zum Freund gewordene Oberjäger zum Abschied gesagt.

Morgenpirsch

Leichter Morgennebel lag über dem weit unter uns heraufblinkenden Eibsee, als ich mich in den Latschensitz einschob. Der gewaltige Felsen des Zugspitzmassivs nahm langsam Konturen an und weit über den steilen Graben und die Sandreise hinweg schnürte ein Fuchs. Ohne jagdliche Absicht zielte ich auf den Fuchs und es wäre gegangen.

Da plötzlich, weit oberhalb von meiner Hella und mir steinelte und knirschte es. Die Hündin windete aufgeregt und leicht zitternd zur steil aufsteigenden Sandreise hinauf. Auf einmal stand ein einzelnes Stück Rotwild in der Grabensohle. Lange musste ich warten, zumindest kam es mir so vor, bis ich es als Schmaltier ansprechen konnte. Die Ermahnung vom neuen Lehrherrn, Forstamtmann Max Osterhammer, ja beim Kahlwild nicht zu zögerlich zu sein, hatte ich mir doch sehr zu Herzen genommen. Jetzt griff ich den neben mir an einen Latschenast angelehnten Mannlicher. Ganz leise konnte ich den Sicherungsflügel herumlegen und dann ging alles doch sehr schnell.

Im Nu lagst du an meiner Wange, mit dem Mittelfinger im Fingerhaken zog ich dich fest an meine Schulter. Kurz darauf stand das Absehen des Zielvisiers im Leben des Tieres. Im Absehen sah ich, dass es ca. 150 Meter bis zum Stuck waren. Mit einer steilen und hohen Flucht quittierte das „Stuck“ den Erhalt der Kugel, flüchtete schon steifläufig noch einige Meter nach oben, ehe die Läufe versagten, und das Stuck sich überschlagend, rutschend und walkend zur Grabensohle hinunterfuhr. Bald darauf sanken die gespreizten Hinterläufe herunter, es hatte die letzte große Reise angetreten.

Blitzschnell hatte ich repetiert, nie mehr erlebte ich so einen guten und reibungslosen Schlossgang, wie bei dir, mein Mannlicher, doch es brauchte keine neue Patrone mehr.

Zitternd und mit den Zähnen klappernd saß unsere Hella, die auch dich bewachte, wenn ich dich beim Ausschneiden der Steige irgendwo ablegte, neben uns beiden. Leicht kraulte ich die dunklen Behänge der hochpassionierten Gebirgsschweißhündin. Dann stiegen wir aus unserem Latschenfeld im Grabenboden steil bergauf. Bevor ich ans Wild trat, erklang schon die Passionsmusik der BGS Hündin. Mit hoch erhobenem Köpferl sang die Hündin zum Berg, ehe von dort der Widerhall durch die tiefen Gräben im Latschenfeld verhallte.

Nachsuchen

Da meine BGS Hündin genauso passioniert war wie ihr Herr, wurden wir hin und wieder zu Nachsuchen gerufen. Manches Mal tatest du, mein Mannlicher, mir ja fast leid, wie ich dich schinden musste, wenn es in so sperrige Dickungen oder in ein unergründliches Latschenfeld ging. Trotz bester Pflege bekamst du ein mit Narben und Rissen überzogenes Gesicht, warst jedoch für mich immer der „Schönste".

Dann zogen wir gemeinsam zum Spitzingsee und dem Rotwandgebiet rauf. Wieder führte ich dich in den Berg, und zu vielen Nachsuchen.

Eine Nachsuche ist mir noch in besonderer Erinnerung. Der Förster Max Fekler, ein besonders guter Schütze und waidgerechter Waid- und Forstmann, hatte auf der Unteren Petzinger Alm am Morgen einen geringen Schmalspießer beschossen. Er holte mich und mein „gscheites Hunderl", wie er sich immer ausdrückte. Bei ca. 30 Zentimeter Neuschnee kamen wir zum Anschuss und es schneite noch immer leicht. Ich fand Knochensplitter und zwei Zähne. Da zog ich dich, lieber Mannlicher, über den Rücken und gab unserer gemeinsamen Freundin, der Hella, den langen Riemen. Es war ja so herrlich, in die verschneiten Dickungen und rutschigen Gräben einzutauchen. Unbeirrbar lag unsere Hella auf der Fährte, sie hatte sich richtig festgesaugt. Immer wieder schnellte mir ein Fichtenast ins Gesicht, oder er entlud seine kühle Pracht über unseren Köpfen. Das Tauwasser rann so schön zwischen den Arschbacken herunter; von innen schwitzen und von außen der Neuschnee, es war einfach pfundig. Der Max war hinter uns nachgestiegen, als unterhalb der Pfanngrabenwinterstube der Schmalspießer mit baumelndem Unterkiefer flüchtete. In einer Gumpe des Pfanngraben hetzte ihn unsere Hella dann zu Stande.

In Eis und Schnee

Immer wieder mussten wir ausweichen, ehe wir im Hochwasser führenden Pfanngraben dem Bail näher kamen. In einer Gumpe schwamm der Spießer, die Hella duldete kein Ausbrechen mehr. Ganz vorsichtig stieg ich zum Graben runter. Endlich, die Zeit kommt einem in so einer Situation ja unendlich lang vor, konnte ich dich, meinen Mannlicher vom Rücken holen. Aber wie sahst du aus? Ich hatte einen Schneeprügel in der Hand und kein Gewehr. Mit den Fingernägeln und der groben Lodenjoppe konnte ich dich dann endlich schussbereit machen.

Immer wieder musste ich die Linsen des Zielvisiers auswischen.

Nachdem ich Kimme und Korn endlich einigermaßen zusammenbringen konnte, während mir Schmelzwasser und Schweiß nur so über das Gesicht liefen, konnte ich den Fangschuss wagen. Wie vom Blitz getroffen sank der Spießer in sich zusammen und rutschte über eine Gumpe zur nächsten runter. Dort blieb er im Astwerk einer verdorrten Fichte hängen, die der Bach vom Berg mitgebracht hatte.

Mit vereinten Kräften, die Hella saß auf ihrem „Hirschl", zogen und schleppten wir den Hirsch steil bergauf zum Almwirtschaftsweg. Mein Fangschuss saß am Trägeransatz und ich wusste genau, dass ich nur durch Zufall dorthin getroffen hatte. Ich hatte das Glück des Tüchtigen, oder wie der Max sagte: „An Saudusel!" Die Büchse des Max hatte einen gewaltigen Linksschuss, was am Berg durch Ausrutscher und Stürze schnell passieren kann.

Im Söllbachtal

Ein besonderer Einsatz bei einer Nachsuche ist mir ebenfalls in Erinnerung geblieben. Mein Freund, Kamerad und Unterstützer, Wildmeister Klaus Moderegger, dem ich es zu verdanken habe, dass ich meine Ausbildung zum Berufsjäger machen konnte und durfte, hatte mich telefonisch verständigt. Er hatte einen alten Sechserhirsch beschossen und bat mich zur Nachsuche mit meiner Hella. Im weiten Söllbachtal, zwischen Hirschberg und Kampen, in den Flussauen sollte der Anschuss liegen. Am Jagdhaus stand bereits in voller Montur der Klaus. Direkt an der Forststraße lag der Anschuss, den der erfahrene Wildmeister vorschriftsmäßig verbrochen hatte. Nachdem ich den Anschuss eingehend untersucht und die Diagnose erstellt hatte, dass alle Pirschzeichen auf einen Schuss durch das kleine Gescheide deuteten, gab ich der zum Anschuss drängenden Hella den langen Riemen. Der Söllbach war an mehreren Stellen bereits zugefroren, als meine Hündin ins eiskalte Wasser stieg. Von Stein zu Stein balancierend versuchte ich trockenen Fußes das andere Ufer zu erreichen und auf einmal stand ich bis zu den Knien im saukalten Wasser.

Nun war ja dann alles egal, ich zog hinter meiner Hündin durch den Bach und erreichte endlich das andere Ufer. Einige Fährten führten durch die Flusserlen in Richtung Kampen.

Auch hier bekamen wir einige Ladungen Nassschnee so fein ins Genick und die Folgen waren schon von besonderer Güte. Wieder rann das kalte Wasser den Rücken runter und staute sich zwischen den Arschbacken. Nasse Füße und nasskalter Hintern, die Passion und der Fährtenwille trieben Hella und mich vorwärts, der Wundfährte nach. Nur einmal griff die Hündin von selbst zurück, dann spannte sich wieder der lange Riemen. Gott sei Dank war mein Bruder mittlerweile zu uns gestoßen und half mir, wenn sich der vollgesogene Riemen in den sperrigen Erlen verfing. Nach einer längeren Strecke wurde der Riemen schlaff und wir standen vor dem verendeten alten Sechser. Mit vereinten Kräften brachten wir den Althirsch aus den Erlen, stiegen wiederum in den Bach und nach einem ordentlichen Stück Arbeit hing der Hirsch hinter dem Jagdhaus am Wildgalgen. Wie sich herausstellte hatte er wunderschöne Grandln. Die zünftige Hirschfeier über hingst du, mein Mannlicher, zum Trocknen am Zapfen für die Jagdgewehre im Jagdhaus Söllbach. Oberforstmeister Hohenadl, fürwahr eine adlige Gestalt und Erscheinung, war zu uns gestoßen und freute sich mit seinem Wildmeister.

Rotwilddusel

Endlich war ich mit der Führung von Jagdgästen fertig und musste mich nun dem Abschuss des Kahlwildes widmen. Mit dem Max und dem Peter von der Kettenburg stieg ich zur Kümpfljagdhütte auf. Noch lag nicht viel Schnee am Berg, so dass die Futterplätze nur sporadisch angenommen wurden. Wir hatten vorsorglich alle Raufen voll gestopft, denn über Nacht kann es am Berg schon einen gehörigen Batzen Schnee herwerfen. An der Elendwinterstube ließen wir den damals besten Jagdwagen, den VW Käfer, stehen und stiegen zur Hütte auf. Es sollte eine Abschiedspirsch werden, da man im Hochwinter zur Kümpflhütte kaum herauf kam. Wir hatten unsere vollen Rucksäcke geschultert und du, mein Mannlicher, lagst zuoberst auf dem Rucksack. So gerüstet nahmen wir den Berg unter die mit Gamaschen geschützten Bergschuhe. Beim Aufstieg zur Hütte überkam mich ein menschliches Rühren. Das Altbier aus der Wurzhütte hatte seine unheimliche Wirkung in Form einer gewaltigen Explosion getan. „Geht nur weit – i kimm gleich nach“, so verzog ich mich schleunigst hinter einer tiefastigen Fichte. Gerade als ich wieder aus der sitzenden Stellung hoch wurde, zog ein Rotwildrudel über die schmale Almzunge und verhoffte keine 50 Meter neben mir im langsam zuwachsenden Schlag. Ich konnte gerade noch die Hose zuknöpfen, dann schnappte ich mir dich, meinen lieben Mannlicher. Es waren drei Alttiere und drei Kälber. Mit hoch erhobenem Häuptern sicherten sie zu den vorausgegangenen Jagdkameraden. Ganz rechts, leicht verdeckt, stand ein geringes Kalb und dicht daneben seine Mutter, ein uraltes „Stuck“.

Den Bergstock konnte ich mir gerade noch so herangeln. Über das Schloss legte ich meine Hand und öffnete den Zylinderverschluss. Ganz leise repetierte ich eine Patrone in den Lauf.

Am Bergstock angestrichen, setzte ich dem Kalb, das wie seine Mutter immer noch zu meinen Jagdgefährten äugte, eine Kugel ganz knapp hinter die Blattschaufel. Das Kalb sackte sofort in sich zusammen, da hatte ich schon repetiert und konnte noch dem Uraltstuck eine saubere Kugel an die gleiche Stelle setzen wie bei seinem Kalb. So ein Dusel, war mein Gedanke, als ich erst mal die Joppe anzog, mir den Rucksack über den Buckel warf und darauf dich, meinen unverwüstlichen Mannlicher.

Gerade als ich zum erlegten Wild aufstieg, standen auf einmal der Max und der Peter am Steig, sie waren ob der Schüsse zurückgekehrt. „Ja sag amal, auf was hast denn du jetzt g'schossn? Was is denn jetzt blos los gwesen?“ Lächelnd stieg ich weiter und dann stand ich vor dem Kalb und bald darauf, die Schweißfährte war zu eindeutig, vor der alten „Schachtel“ von einem Alttier. Der Max schüttelte nur mit dem Kopf und alle seine Bemerkungen kann ich hier beim besten Willen nicht wiedergeben, sie sind absolut nicht druckreif. „Der Kerl wenn zum Sch---- geht, dann hat er auch noch schöne Grandln, du bist doch der größte Duselbruader“, war noch der feinste Kommentar des Jagdkameraden.

Der Max und der Peter halfen dann mit, das aufgebrochene Wild mit Stricken, die ich immer im Rucksack mitführe, aufzuhängen. Es war bereits leicht dämmrig, als wir die Lieblingshütte von Max erreichten. Nun konnten wir endlich die bleischweren (bierschweren) Rucksäcke ablegen, die Mannlicher, alle drei führten wir diese Universalwaffe, an die hölzernen Zapfen hängen, ein Feuer machen und uns einen wunderbaren Hüttenabend gönnen. In bierseliger Laune, auch a paar Schnapserl waren dabei, stiegen wir in unsere Hüttenbetten.

Gamsjagd

Am nächsten Morgen, ein kalter, aber traumhaft schöner Morgen zog über das Sonnwendjoch und die Kümpflschneid, stiegen drei Bergjäger zum Geißlahner auf. Hier hatte der Max schon mehrmals eine alte Gamsgeiß ansprechen können, und die wollte er sich zu Gemüte führen, wie er sich des Öfteren ausdrückte. Im schuhhohen Schnee war es ein feines Pirschen und Spekulieren. Wir setzten uns in die obere Hock, an den Rand eines Schneefeldes. Wir saßen noch keine fünf Minuten, als die ersten Gams auszogen. Ein starkes Rudel. Es standen noch zwei junge Kasperl von Gamsböcken beim Scharwild und machten sich besonders wichtig.

Die Geißen nahmen von diesen Wichtigmachern keine oder nur kaum eine Notiz, denn jetzt galt es, sich noch kräftig Feistreserven für die strenge Jahreszeit anzuäsen. Nur auf der Schattseite lag Schnee, während die Südseiten bereits wieder sauber waren. Mit dem Spektiv musterte ich das kopfstarke Rudel. Da gab mir der Max einen Renner. Direkt neben dem Steig stand die alte Geiß. Nachdem ich diese mit dem Spektiv gemustert hatte, wir waren uns alle drei sicher, dass die Geiß nichtführend war, ließ der Max seinen Mannlicher, deinen Bruder reden. Auch hier dauerte es nicht lange, es war ein „zacha" (zäher) und weiter Schuss, den dein ganz geschäfteter Bruder herausließ, ehe die Geiß sich überschlagend unter einer Latsche zur letzten Ruhe legte. Es war halt wieder ein Mannlicher, der hier gesprochen hatte. Gerade als wir aufsteigen wollten, sprang ein ganz geringer Jährling in die Sandreise. „Fertig machen Peter, auch den nehmen wir mit", war der Kommentar von Max und mir. Auch hier tuschte der Mannlicher. Und dein Bruder, er ist nur halb geschäftet, machte ganze Arbeit. Mit den zwei Gamsl am Lieferhaken stiegen wir zur Jagdhütte ab. Nach dem obligatorischen Jagafrühstück, wir hatten Weißwürste, die meine Frau Ilse noch in den Rucksack gesteckt hatte, stiegen wir zu Tale. Deine Freundin, die Hella, und die BGS Hündin von Peter, die Mankei, „lurten" noch nach den Weißwursthäuten. Am Lieferstrick zog ich das Alttier, der Max und der Peter zogen das geringe Kalb hinter sich her, es war bedingt durch den Schnee ein leichtes Liefern der Beute. Die bruchgeschmückten Gamshäupter schauten aus den Rucksäcken raus, als wir den VW Käfer erreichten. Sowohl auf der hinteren Stoßstange als auch auf der vorderen lag das erlegte Wild, und so schaukelten wir Spitzingsee und der Wildkammer zu.

Da mein Schwiegervater auch ein leidenschaftlicher Jäger war – er führte bei mir meine Ferlacher Bockbüchsflinte – durfte er sowohl beim Kahlwildabschuss mitjagern und bekam sogar einen geringen Hirsch frei. Ich selbst trug mich schon lange mit dem Gedanken, mir eine Ferlacher Bockbüchsflinte, mit außen liegenden Hähnen, zuzulegen.

Meine liebe Ilse und ich, wir Berufsjäger haben ja beim Antritt des Dienstes das Gelübde der ewigen Armut abzulegen, sparten uns meinen Herzenswunsch regelrecht vom Munde ab. Der Schwiegervater kaufte mir meine kaum geführte Ferlacherin ab und mit der Zeit hatte ich den nötigen Betrag zusammengespart. Drei Berufsjägerkollegen hegten den gleichen Wunsch wie ich, und dann bekam ich den Auftrag nach Ferlach zu fahren und mit den dortigen Büchsenmachern zu verhandeln. Mit dem VW Käfer fuhr ich eines Tages ins Kärntner Land nach Ferlach, das am Fuße der Karawanken liegt. Auf den damaligen Straßen war es eine elendige Kurverei, ehe ich Ferlach, die Büchsenmacherstadt erreichte. Vom Landratsamt hatte ich mir die nötigen Papiere besorgt und im Rucksack lagen vier Hensoldt Zielfernrohre. Nun ging es ans Aussuchen und Verhandeln. Der Gschwandler Sepp, ein Kollege aus den Tegernseer Bergen hatte mir eine besondere Adresse gesagt. Als ich bei den ersten Büchsenmachern meine Wünsche vortrug, da verschlug es mir ob der Preise fast den Atem.

Ziemlich resigniert betrat ich die Werkstatt des Büchsenmacher Josef Schmid. Beim Anblick der vorsintflutlichen Handwerksschmiede musste ich wieder in mich reinlachen, denn ich kam mir wie in einem Gruselkabinett vor. Unter einem speckigen Jägerhut schaute mir eine rußige Gestalt entgegen. Was mir aber am meisten auffiel, waren die Schnupftabakzapfen, die dem Meister aus der Nase hingen. Artig und brav trug ich meine Wünsche nun vor und der „Büchserer“ machte mir ein annehmbares Angebot. Wir wurden uns einig, zumal ich von jedem Kollegen 200 DM und die Zielfernrohre abgeben konnte. Noch in derselben Nacht fuhr ich wieder der Heimat, dem Spitzingsee zu. Nun mussten wir vier etwas Geduld aufbringen, denn gut Ding braucht

Weile. An einem späten Vormittag, ich war gerade von der Frühpirsch und dem Einlagern von Wildfutter zurückgekommen, klingelte das Telefon. In Kufstein, am Hauptzollamt lagen unsere Gewehre. Nachdem am nächsten Tag die Kollegen bei mir waren, fuhren wir nach Kufstein und bezahlten auch dort unseren Obolus und den Restbetrag für die vier „Bock". Mit Spannung wurden nun die Gewehre ausgepackt und unsere Erwartungen weit übertroffen. Jeder hielt zusammen mit der Schusstafel eine exzellente Bockbüchsflinte in Händen. Nachdem wir uns im Schusshüttl an der Waitzinger Alm von der Genauigkeit der Schussleistung überzeugt hatten, konnte es in den Berg gehen. Nun stand neben meiner Schonzeitbüchse, einer Hornet, meine neue Errungenschaft, der „Hahnbock", und mein treuer Freund, der Mannlicher. Trotz der neuen Büchse führte ich dich weiter, denn bei meinen Jagdgästen saß der Schuss nicht immer so zufriedenstellend, so dass ich immer wieder zum Schweißriemen greifen musste.

Wunderschöne Jagd

Eines Tages, es war ein wunderschöner Spätherbsttag, nahm ich meine neue Ferlacherin mit zum „Gamsjagern". Ich hatte, und das war eine besondere Auszeichnung, einen Gamsbock der Klasse 2B zum Abschuss frei bekommen. Obwohl damals noch glückliche Zeiten herrschten, wurden wir Berufsjäger nur nach besonderen Leistungen mit dem Abschuss eines Gamsbockes beglückt. Schon etwas traurig, zumindest kam es mir so vor, schautest du, mein Mannlicher, aus dem schmalen Waffenschrank. Oberhalb des Grünsees hatte ich in den Erlen und Latschen eine kleinere Gamsschar ausgemacht. Der Platzbock, ein richtig grober Lackl, vertrieb immer wieder die lüstern sein Scharwild umkreisenden Böcke. Am alten Keller, es war nur noch eine Ruine, denn eine Lawine hatte vor vielen Jahren die alte Almhütte weggerissen, setzte ich mich in die bescheidene, aber überdachte Hock. Vor mir trieb und bläderte der Altbock, als über die Schneid des Rosskopfes ein suchender Bock zog.

Es war ein absolut passender 2B Bock. Als sich der Bock auch noch schüttelte und ich dabei feststellen konnte, dass ihm ein langer und reifiger Bart über die Keulen hing, da brachte ich meine neue Ferlacherin in Stellung. Lange musste ich zielen, denn es war ein weiter und „zacher" Schuss. Mit dem Einschlag des 6-Gramm-Geschosses rutschte der Bock, sich mehrmals überschlagend, über die steilen Kuhtreppen zum Grünsee runter. Heute konnte ich nicht lange warten, denn die Neugierde und die Jagdpassion trieben meine Hella und mich zum Bock, der am leicht zugefrorenen Ufer des giftgrünen Sees lag. Bald darauf hielt ich einen neunjährigen Gamsbock mit einem wunderbaren langen Bart, auch der Reif war von besonderer Güte, in den Händen. Ich konnte nicht anders, ich ließ einen „Juchizer" hinaus. Man muss sich einmal in die Lage versetzen: junger Revierjäger, neue Büchse und erster Gamsbock. Ich hätte die ganze Welt umarmen können vor lauter Glückseligkeit. Mit dem Gamsbock am Rücken, auch der neue lederne Gamsträger, den S.K.H. Herzog Ludwig Wilhelm in Bayern, der Herr auf der Schanz und ein besonderer Förderer der Berufsjäger, mir überreicht hatte, stieg ich mit meiner pfundigen Last vom Berg. Ich ging am Haus vorbei und zeigte mit Stolz meiner Frau meinen ersten Gamsbock. Heute konnte ich die Wurzhütte nicht aufsuchen, sie war wegen Betriebsferien geschlossen, so dass ich den Max zur Gamsbockfeier ins „Jagahäusl" einlud. Es war halt wieder besonders lustig, zumal der Max so wunderbar erzählen konnte und unser Erstgeborener, der kleine Thomas, beim Max auf den Oberschenkeln saß und fröhlich krähte.

Mein Gott waren das noch herrliche Tage, wie schnell waren wir zufrieden und wie einfach und dennoch schön waren die Zeiten. Der Gamsbart, ein richtiger Wachler, den ich einem Trachtler verkaufte, bescherte meiner Frau zu Weihnachten eine Waschmaschine. Weiterhin führte ich aber dich, meinen lieben Mannlicher. Es war eine gehörige Zahl von Kahlwild, Rehen und geringen Gams, die ich mit dir erlegte.

Eines Tages konnte ich mir vom Max, er ging in den Ruhestand, seinen Mannlicher, im bewährten Kaliber 6,5x57, für ein sehr bescheidenes Honorar ersteigern. Dieser Mannlicher steht noch heute in meinem

Waffenschrank und du, mein lieber alter Mannlicher, wurdest nur noch zu Nachsuchen verwendet, zumal ich vom Lang Sepp, auch er war in die ewigen Jagdgründe gewechselt, keine Patronen mehr bekam.

Unternehmen Mannlicher

Am Forstamt und besonders am Spitzingsee waren neue Besen eingekehrt und der Spruch „Neue Besen kehren gut" war zur grausamen Wirklichkeit geworden. Dem Bergwild wurde in gnadenloser Art und Weise nachgestellt und das Wild hatte fast keinen Stellenwert mehr. Mein Eintreten für das Wild und mein Verteidigen der Wildbestände bekam ich auf brutale Art quittiert. Ich konnte es nicht mehr mit ansehen, wie die Kreatur behandelt wurde, und ließ mich in den Ebersberger Forst versetzen. Und nun kam wieder deine Zeit, mein lieber Bergbegleiter und Freund, mein Mannlicher. Durch einen Zufall lernte ich einen Büchsenmacher kennen, der auch in seinem Revier den Mannlicher führte. Nun bastelten wir an einer neuen Laborierung und wir wurden fündig. Zuerst probierten wir es mit dem kleinen 6-Gramm-Geschoss, aber der Streukreis war einfach viel zu groß. Dann setzte der Obemayer Lenz, ein Kollege, der zu uns in den Park versetzt wurde, auch er hatte große Probleme mit der Bandscheibe, das schwere Kegelspitzgeschoss auf die Messinghülse des 6,5x54. Die Schussleistung war überzeugend. Nun ließ ich mir noch ein variables Swarovski auf dich, meinen Mannlicher setzen und dann konnte das Unternehmen Mannlicher und Ebersberger Forst beginnen.

Die erste Bewährungssituation stand bald darauf an. Im Saupark fährtete ich eines Tages das pratzengroße Trittsiegel eines Keilers. Ich habe in meinem ersten Buch „Das Jagen, das ist halt mein Leben" die Geschichte der Erlegung schon eindeutig geschildert.

Frech wie ich nun einmal bin, probierte ich bei diesem riesigen Keiler die Neulaborierung, und du, mein Mannlicher, hast mich wieder nicht enttäuscht. Ich war begeistert von deiner Leistung und deinem Innenleben. In einem Jahr erlegte ich mit dir über 70 Stück Schalenwild und du hieltest dein Wort. Dein Bruder, der Mannlicher vom Max, und du, ihr habt mich auf vielen Jagden begleitet und manch besondere Trophäe verdanke ich euch beiden, besonders aber dir.

Und nun bist du auf den Hof meiner Väter zurückgekehrt. Aber hier muss ich noch eine für mich wichtige und auch weitreichende Geschichte einstreuen.

Der Kreis schließt sich

Als junges Ehepaar trugen wir uns anfangs nicht mit dem Gedanken, ein eigenes Häusel zu bauen. Aber vorsorglich wie meine Frau nun mal ist, hatten wir einen Bausparvertrag abgeschlossen. Wie meine Frau, trotz eines mageren Gehaltes, es dennoch schaffte, hier eisern einzuzahlen, ist für mich fast ein Wunder. Zwei Kinder großzuziehen, in der Abgeschiedenheit zu hausen und dann noch die Raten für den Bausparer zusammenzukratzen, dafür bin ich meinem „Weibi" besonders dankbar. Als das Erbe meines Vaters verteilt wurde, konnte ich Dank des damaligen Chefs des Forstamtes Schliersee, Forstdirektor Heinrich Thierfelder, von dem Geld einen Bauplatz erwerben. Meine Schwiegereltern hatten ja mal vor, zu uns an den Schliersee zu ziehen, und so starteten wir das Unternehmen „Häuslbau". Ich hatte zwei Jahre keinen Urlaub genommen, so dass ich nun beim Bau unseres Hauses kräftig mithelfen konnte. Meine Berufsjägerkollegen, die auch in der Bläsergruppe des Bundes Bayerischer Berufsjäger vertreten waren, halfen sich stets gegenseitig, wenn einer am Bauen war, aus. Was mein VW Käfer alles aushalten musste, kann sich kaum einer vorstellen. Der Wagen war nicht mehr der neueste und der strenge Einsatz im Dienst und am Bau hinterließen gewaltige Spuren.

Wie schon mehrmals erwähnt, war unser steter guter Geist, der Onkel Wast, der Herr auf Reisenthal, und er war ein Herr. Der Onkel Wast schenkte mir einstens eine ganz alte Böllerbüchse, die auch beim Oberbayerischen Femelgericht, dem so oft schon zitierten Haberfeldtreiben eingesetzt wurde. Ortsfremde Beamte erreichten, dass dieses Laiengericht verboten wurde. Trotz strengster Strafen, der starrköpfige, aber Gerechtigkeit liebende Oberlandler ließ sich auch von hohen Strafen nicht abhalten. Wer ein Lump war, dem wurde das Femelgericht abgehalten. Mit Böllerschüssen und sonstigen Radau machenden Instrumenten wurde dem Straftäter, der einem ordentlichen Gericht sich zu entziehen wusste, das Volkstribunal abgehalten. Ja, man zog sogar eine Fuhre Mist auf das Dach des „Lumpen", um so Gerechtigkeit walten zu lassen. Das Volk hat hier das beste Gefühl für Recht und Unrecht. Und aus der Zeit dieser Volksrechtsprechung stammte die alte Böllerbüchse. Da mein VW seinen Geist aufgab, stand ich vor einem riesigen Problem.

Woher sollte ich das Geld für einen Neuwagen oder einen guten Gebrauchten hernehmen? Ich hatte Schulden für den Hausbau zu zahlen, und ich hatte keine andere Möglichkeit, als mich von der antiquarischen Böllerbüchse zu trennen. Mit dem Erlös und den letzten Groschen konnte ich mir wieder einen guten gebrauchten VW Käfer zulegen. Der Onkel Wast war natürlich etwas verschnupft, glaubte er doch, diese Büchse bei mir in besten Händen.

Nun wurde in Reisenthal wieder eingeheiratet. Der junge Sebastian, der Sohn meines Cousins, auch ein Sebastian, für uns natürlich die typische Oberlandler Namensgebung, geht auf der zum Hof gehörenden Eigenjagd auch zum „Jagern", was mich besonders freut. Nun hatte ich endlich Gelegenheit, Wiedergutmachung zu betreiben. Du, mein lieber Mannlicher, bist auf den Hof und die Jagd meiner Väter zurückgekehrt. Es war für mich eine sehr große Freude, dem Sebastian meinen lieben Mannlicher zu überreichen. Ich wurde mit staunenden, aber auch strahlenden Augen belohnt. Der Kreis hat sich geschlossen – Gott sei Dank.

In memoriam

Innerhalb von nur vier Wochen haben wir nun Forstamtmann Max Fackler und Wildmeister Klaus Moderegger, einige Jahre waren sie im

Söllbachtal dienstlich zusammen, auf dem Tegernseer Friedhof das letzte Jagd vorbei und Halali geblasen. Es stimmt mich zwar sehr traurig, dass diese beiden großartigen Männer nicht mehr sind, aber ich bin meinem Schöpfer sehr dankbar, dass ich mit beiden Waid- und Forstmännern zusammenarbeiten durfte, wodurch ich unendlich viel gelernt habe. Habt Waidmannsdank für eure Liebe zum Wild und euer Einstehen für die von Gott geschaffene Kreatur.

Schlussgedanke

Die Jagd im Hochgebirge ist sicher eine der faszinierendsten Möglichkeiten, sich waidmännisch zu betätigen.

Sturm und Schnee, ein steiler Aufstieg, das kameradschaftliche Hüttenleben von sehr unterschiedlichen Persönlichkeiten, ungewöhnliche Wildbeobachtung und eine großartige, menschenarme Landschaft, das sind nur einige Aspekte, die den Jäger stimulieren.

Wer nicht den Unterschied zwischen dem seltenen Berghirsch von acht Enden und dem winterfutterzahmen Punkteprotz der Klasse Eins erkennt, der wird es nicht begreifen, und der wird auch nicht

den von ganz weit oben geholten Gamsbock, glücklich auf seinen Schultern zu Tale tragen.

Mir war es vergönnt.

Glückliche Zeiten – wunderschöne Stunden – Hubertus hab Dank.